U0577400

江苏高校"青蓝工程"资助项目

江苏省高等教育教学改革研究课题
"应用型地方高校大美育课程体系创新研究"
（项目编号：2023JSJG068）研究成果

Fifteen lectures on
Jiangsu contemporary
novelists

谢燕红——主编

江苏
当代小说家
15讲

Editor-in-Chief:
XieYanhong

上海文艺出版社

图书在版编目（CIP）数据

江苏当代小说家十五讲 / 谢燕红主编. -- 上海：
上海文艺出版社，2025. -- ISBN 978-7-5321-9187-1

Ⅰ. I207.42

中国国家版本馆 CIP 数据核字第 2025MX8148 号

责任编辑　毛静彦
特约编辑　长　岛
封面设计　马海云

书　　名　江苏当代小说家 15 讲
主　　编　谢燕红
出　　版　上海世纪出版集团　上海文艺出版社
地　　址　上海市闵行区号景路 159 弄 A 座 2 楼　201101
发　　行　上海文艺出版社发行中心发行
　　　　　上海市闵行区号景路 159 弄 A 座 2 楼 206 室　201101　www.ewen.co
印　　刷　苏州市越洋印刷有限公司
开　　本　787×1092　1 / 16
印　　张　18.25
字　　数　233,000
版　　次　2025 年 3 月第 1 版　2025 年 3 月第 1 次印刷
书　　号　ISBN 978-7-5321-9187-1/I·7212
定　　价　88.00 元

（敬启读者，如发现本书有印装质量问题，请与印刷厂联系　T：0512-68180638）

前　言

　　编写本教材的初衷在于，长期以来，用于中国现当代文学课程后续关联课程的教材阙如。作为一所位于江苏的地方应用型本科高校，也急需一本可用于指导学生开展文学创作与文学批评实践的教材。于是，便有了这本教材。

　　江苏是中国当代文学，特别是20世纪80年代以来文学的重镇，我们选取在各个阶段具有一定代表性的江苏籍小说家，梳理他们的创作经历，归纳总结他们的创作特色，也对尚处于创作活跃期的作家做出展望。有些作家业已进入常见的文学史，代表作品被"经典化"，评论界也早已做出"定论"，我们侧重对其小说创作进行全貌式的概括，并提供最新的研究资料，也让大家看到文学前沿的热点问题，以及在新的批评视野中，这些似乎早有定论的作家作品具有的新的阐释可能，也为文学批评提供一条新的路径。

　　同时，我们特别关注那些与江苏有着千丝万缕联系的作家，不仅仅是因为他们的籍贯是江苏，出生于江苏的某个地方，更重要的是，他们的小说中有着清晰的"江苏印记"，这里有苏南的运河流淌、小巷悠长，有苏北的黄河故道、民风淳厚，也有苏中的沃野千里，稻米飘香。有城市与农村在现代化进程中的变革，市民生活与乡土样貌的变迁；有优秀传统文化在现代得到创新性传承的欣悦，也有传统习俗在时间的河流中失落的叹息。由此，我们选择了以下十五位作家作为主要评述对象：从上世纪40年代即开始文学创作的汪曾祺，到50年代活跃文坛的陆文夫、高晓声，到80年代以先锋姿态走入文学史的苏童、格非、叶兆言，再到90年代起佳作迭出的女作家范小青、黄蓓佳，以及韩东、毕飞宇，再到新时代以来获茅盾文学奖、鲁迅文学奖的70后作家徐则臣、鲁敏等，中间还有以官场小说闻名的周梅森、以乡土书写受到文坛关注的赵本夫。

另外，本教材还突出了用于指导学生实践的特征。每一章都附有该作家主要的创作作品（以发表或出版时间为序）及评论界对于其创作的主要研究资料（以作者姓氏首字母音序排列），便于学生查询。同时，提供必读书目（以发表时间为序）和练习题，便于开展实际教学。

本教材内容共分十五章，按作家出生年月排序。由常州工学院国家级一流本科课程教学团队、江苏高校"青蓝工程"优秀教学团队骨干成员编写，主要分工如下：第一章、第三章、第十四章由张晓婉编写；第二章、第九章、第十一章由刘嘉编写；第四章、第六章、第七章、第八章由谢燕红编写；第五章由陆克寒编写；第十章、第十二章由张梦妮编写；第十三章、第十五章由傅燕婷、陆克寒、谢燕红共同编写。全书由谢燕红统稿。

目 录

contents

第一章

汪曾祺：小说的文体与语言

汪曾祺（1920—1997），江苏高邮人。现当代小说家、散文家、戏剧家、文体家。曾任北京剧协理事、中国作家协会理事、中国作家协会顾问等。1939年入昆明西南联大中文系学习，受教于沈从文。1940年开始文学创作。早年发表《复仇》《鸡鸭名家》《异秉》《老鲁》等，引起文坛注目。1949年之前的小说大部刊载于《文学杂志》等京派刊物，后收入《邂逅集》。1950年后在北京文联、中国民间文学研究会工作，编辑《北京文艺》《说说唱唱》《民间文学》等刊物。发表小说《受戒》《黄油烙饼》《岁寒三友》等。创作散文《端午的鸭蛋》《沈从文先生在西南联大》《金岳霖先生》《闻一多先生上课》《多年父子成兄弟》等。出版小说集《羊舍的夜晚》《晚饭花集》《寂寞和温暖》《茱萸集》等。散文集《蒲桥集》《塔上随笔》《旅食集》等。文学评论集《晚翠文谈》。整理评书《程咬金卖柴笆》，创作京剧剧本《王昭君》等，合编执笔京剧剧本《沙家浜》。1982年出版《汪曾祺短篇小说选》，1987年出版《汪曾祺自选集》，1998年出版《汪曾祺文集》，2019年出版《汪曾祺全集》。作品被译介成多种文字介绍到国外。江苏省作家协会与高邮地方政府联合举办多届汪曾祺文学奖，旨在继承与发扬汪曾祺的文学精神。2020年5月汪曾祺纪念馆在其故乡江苏高邮正式开馆。

汪曾祺在文学史上被称为连接现、当代文学的一位作家，也是为数不多难以归类的作家之一。他于 1940 年代在西南联大中文系学习时，师从沈从文，并且在这期间广泛阅读西方现代派小说，如弗吉尼亚·伍尔芙、纪德、普鲁斯特等的翻译作品，这类艺术资源的滋养也在这一时期的创作中留下痕迹，在此后出版的小说集《邂逅集》中可见一斑。1949 年以后从事戏曲工作，写过京剧剧本。新时期以来，其所创作的《受戒》《大淖记事》等作品引起广泛关注，被批评家作为"寻根"作家来谈论。随后一发不可收，发表了风格独树一帜的小说作品，喜爱者甚多，追随者也很多，俨然形成一种"汪曾祺热"。目前《汪曾祺小说集》《汪曾祺文集》《汪曾祺全集》均已出版问世。

一、汪曾祺小说的审美世界

汪曾祺出生于江苏高邮的士绅之家，但其文学趣味很平民化，注目于民间生活的意识强烈。汪曾祺曾经给小说下过定义："跟一个可以谈得来的朋友很亲切地谈一点你所知道的生活。"[1]他的小说背景大多是故乡江苏高邮的风土人情与市镇的旧日生活，也有的写在昆明、张家口坝上、北京等地留下的生活岁月与追忆。汪曾祺在其小说中对于市井平民、下层读书人硬刻板的生活以及他们某些卑琐的心理行为，不无针砭和嘲讽，却不苛刻且有同情，更多的是发现乡镇民间生活的美和健康人性。这是他作品的整体艺术基调，而这一点也与他的老师沈从文如出一辙——注重表现自然人性，不悖乎人性的生命形式。我们阅读他的小说，感受到的是一位岁月老人娓娓道来的有意思的往事，再加上一点博闻强记，清淡、飘逸、舒缓有致，自有一番坐看云起的达观。

---

[1] 汪曾祺、施叔青：《作为抒情诗的散文化小说》，《上海文学》，1988 年第 4 期。

汪曾祺小说最吸引人的莫过于对乡土风景的传神描写，那里有他的童年生活与回忆，《受戒》《大淖记事》《异秉》《陈小手》等，他写得最好的也是这些关于童年回忆的作品。记忆中的往事点点滴滴叠印起来，经过作者艺术和审美的过滤，通过一种远距离的凝望和选择，被时间过滤掉外在的尘嚣与浮华，沉淀下那些醇美的、在生命中留下印迹的东西，形成独具个性的艺术世界，生动细致地呈现在读者面前。不少评论者感叹，汪曾祺的小说以他的家乡高邮为背景，是一幅反映大江南北特别是江南水乡的"民俗风情画卷"。

汪曾祺在作品中对风俗画的描述堪称经典。在小说《大淖记事》中，十分出色地刻画了小洲风光的自然与随和：

淖是一大片水。……春初水暖，沙洲上冒出很多紫红色的芦芽和灰绿色的蒌蒿，很快就是一片翠绿了，夏天，茅草、芦荻都吐出雪白的丝穗，在微风中不住地点头。秋天，全都枯黄了，就被人割去，加到自己的屋顶上去了。冬天，下雪，这里总比别处先白。化雪的时候，也比别处化得慢。[1]

汪曾祺抓住水乡的特点，把小洲风光写得鲜活而跃动，描写茅草和芦荻的植物清香，让人仿佛身临其境感受到空气中弥漫的水乡味道，联想到水乡生活的自然随性。牛棚、水车、鸡鸭炕房等场景在文中不断呈现，描写的事物虽然是俗物，汪曾祺却能用丰润雅淡的笔触烘托诗意的氛围，追忆逝去的时代记忆，让我们感受到那种独特的地域文化。而这种流水般自然的小说风格，营造了"思无邪"般纯正天然的艺术世界。汪曾祺的小说构造出一片没有权力浸染的纯然而宁静的乡土，那是和谐而温馨的所在，洋溢着一种迷人的道

---

[1] 汪曾祺：《大淖记事：汪曾祺小说精选》，译林出版社，2020年，第175页。

德氛围。

《大淖记事》故事中的主人公十一子和巧云因水结缘，大淖滋养了他们的爱情：

十一子到了淖边。巧云踏在一只"鸭撇子"上（放鸭子用的小船，极小，仅容一人。这是一只公船，平时就拴在淖边。大淖人谁都可以撑着它到沙洲挑蒌蒿，割茅草，捡野鸭蛋），把蒿子一点，撑向淖中央的沙洲，对十一子说："你来！"过了一会儿，十一子泅水到了沙洲上。他们在沙洲的茅草丛里一直待到月到中天。月亮真好啊！①

月色与沙洲映着两个人的心灵，人性与自然和谐，《大淖记事》里的乡土呈现出自然、随和等诸多意涵，表现出与自然相亲相爱的感觉。虽然巧云和十一子的恋情因为号长的介入而有些波折，但正义和善良很快驱逐了丑恶，这只是暂时性的因素，并不是威胁性的力量，整个氛围的和谐与恬静，依旧能感染读者。正像汪曾祺自己所言，"我的作品缺乏崇高、悲壮的美。我所追求的不是深刻，而是和谐。"②

《受戒》里所有的人都生活得自自在在，自然率真。《受戒》里的那个小和尚和那个明秀的小英子莫不洋溢着健康与活泼的气息，当和尚是一种职业，娶妻、杀猪，如俗人一样。明海和小英子健康明朗的初恋诗意般呈现出来，写得含蓄节制，如明海和小英子到田里"捏"荸荠，柔软的田埂上留下英子的脚印。

"明海看着她的脚印，傻了。五个小小的趾头，脚掌平平的，脚跟细细的，脚弓部分缺了一块。明海身上有一种从来没有过的感觉，他

① 汪曾祺：《大淖记事：汪曾祺小说精选》，译林出版社，2020年，第191—192页。
② 汪曾祺：《汪曾祺自选集·自序》，漓江出版社，1987年，第4页。

觉得心里痒痒的。这一串美丽的脚印把小和尚的心搞乱了。"①

汪曾祺非常善于描写这些富有诗意情趣的细节，这就使整篇小说虚实相间，构成"生活境界的美的极致"。汪曾祺曾说他写小英子形象受过老师沈从文笔下那些农村少女三三、夭夭、翠翠等的潜在影响。他小时候曾在农家见过小英子的一家："小英子眉眼的明秀，性格的开放爽朗，身体姿态的优健和健康，都给我留下难忘的印象，和我在城里所见的女孩子不一样。她的全身，都发散着一种青春的气息。"②

汪曾祺的小说写人写事，其实是在写生活。他笔下的人物品类多，三教九流，引车卖浆之流和下层知识分子，这些都是身处社会下层的小人物。小人物身边多是小事件，喜怒哀乐，悲欢离合，日出而作，日落而息，每个人物都有属于自己的生活方式和生活姿态，在他们身上沉淀着淳朴和温情。《异秉》中的王二卖卤菜、听书，《鸡鸭名家》中的余老五炕鸡，《八千岁》里的八千岁卖米、节俭，《大淖记事》里挑妇们挑着鲜嫩的菱角、藕，锡匠打锡器。正像汪曾祺所言，"我写作，强调真实""我只能写我所熟悉的平平常常的人和事""我只能用平平常常的思想感情去了解他们，用平平常常的方法表现他们"。③汪曾祺对这些日常生活的劳动过程描写尤其细致入微，充满美感，比如《三姊妹出嫁》中的秦老吉卖馄饨：

　　别人卖的馄饨只有一种，葱花水打猪肉馅。他的馄饨除了猪肉馅的，还有鸡肉馅的、螃蟹馅的，最讲究的是荠菜冬笋肉末馅的，——这种肉

---

① 汪曾祺：《受戒》，文汇出版社，2020年，第53页。

② 汪曾祺：《关于〈受戒〉》，《汪曾祺的写作课》，江苏凤凰文艺出版社，2020年，第180页。

③ 汪曾祺：《七十书怀》《人间滋味》，西安出版社，2021年，第287页。

馅不是用刀刃而是用刀背剁的！作料也特别齐全，除了酱油、醋、还有花椒油、辣椒油、虾皮、紫菜、葱末、芹菜和本地人一般不吃的芫荽。馄饨分别放在几个抽屉里，作料散放在外面，任凭顾客各按口味调配。[1]

汪曾祺将这些写入作品，是一种欣赏，体现着一种生活趣味。以一种温和温情的姿态，扎入丰沃的现实土壤，在其笔下卖馄饨几乎不只是一种谋生手段，而是让人感受到一种劳动者生活所追求的快乐与朴实的方式，借此表现出一种对平凡生活中人与事的亲近与热爱。

二、汪曾祺小说的文体与语言特点

汪曾祺的小说耐读、耐品、耐人寻味，可是，当我们读完后却难以复述这篇小说到底写了什么。汪曾祺小说常常被人形容是没有情节的小说，故事性不强，好像没有起承转合，没有起伏高潮。留给我们的只是一种感觉，一种氛围，一种印象。散文化的小说，介于散文与小说之间，非戏剧性的抒情结构是散文化小说的核心特征，散文化的小说淡化典型环境与典型人物的塑造，力图呈现人物的本真面貌，人物也常常无主次之分。汪曾祺对自己小说文体的散文化是有着充分的自觉的，在他看来，故事性太强的小说不真实，他在《汪曾祺短篇小说选》的序言里声称："我的小说的另一个特点是：散，这是有意为之的。我不喜欢布局严谨的小说，主张信马由缰，为文无法。"并对散文化小说的特征作过具体描述，"在散文化小说作者的眼里，题材无所谓大小，他们所关注的往往是小事，生活的一角落、一片段。

---

① 汪曾祺：《三姊妹出嫁》《故里三陈·汪曾祺精选集》，江苏文艺出版社，2018 年 8 月，第 223—224 页。

即使有重大题材，他们也会把它大事化小。散文化的小说不大能容纳过于严肃的、严峻的思想，这类作者大都是性情温和的人，不想对这世界做拷问和怀疑。许多严酷的现实，经过散文化的处理，就会失去原有的硬度。散文化小说是抒情诗，不是史诗……"[1]

这种"近似随笔"的小说文体带来了小说观念的更新，也带来了别具一格的阅读趣味。原来小说还可以这样写。比如，最有名的作品《受戒》，故事很简单。《受戒》里一开头写荸荠庵，引出当地当和尚的风俗、明海出家的过程、荸荠庵的生活方式，正好在庙旁边有一户人家，进而写到小英子一家的生活状态，最后才出现明海受戒的场面。而且，小说中还进一步插入其他细节，叙述了几个和尚的情态，叙述三师傅时又讲到他的"飞铙"绝技、和尚与当地姑娘私通风俗、独具风情的山歌小调。可谓枝节纵横，旁逸斜出。最后，小说结束在明海与小英子懵懂的爱恋情绪里。这样一个故事，汪曾祺叙述得却那么自然，浑然天成。汪曾祺自己也说："《受戒》写水虽不多，但充满了水的感觉"，"水不但于不自觉中成了我的一些小说的背景，并且也影响了我的小说的风格。水有时是汹涌澎湃的，但我们那里的水平常总是柔软的，平和的，静静地流着。"[2]

《受戒》最后写明海回来，小英子去接他，趴在他耳边小声的说：

"我给你当老婆，你要不要？"
明子眼睛鼓得大大的。

---

[1] 汪曾祺、施叔青：《作为抒情诗的散文化小说》，《上海文学》，1988 年第 4 期。汪曾祺：《汪曾祺短篇小说选·自序》，《汪曾祺全集》第 3 卷，北京师范大学出版社，1998 年，第 166 页。

[2] 汪曾祺：《自报家门》《人间草木》，民主与建设出版社，2020 年，第 264—265 页。

"你说话呀!"

明子说:"嗯。"

"什么叫'嗯'呀!要不要,要不要?"

明子大声说:"要!"

"你喊什么!"

明子小小声说:"要——!"①

大胆直白的表露,不遮遮掩掩,不扭捏作态,小英子如水般明净的言语,说出自己的内心所想,明海也大胆回应自己的情感,遵循生命本真的呼唤。大部分人读了《受戒》,感受到中国民间乡间的淳朴,人与人之间温柔情感的互动,两小无猜的恋情犹如一首小诗,让人感到一种来自生命本身的欢乐。小说确实没有什么离奇曲折的情节,甚至可以说情节是淡化到了极点了,但是透过汪曾祺的淡笔素描,平淡的日常生活有了一种温润的光泽。汪曾祺小说的功力就是能够用一种很平淡的文字,一种几乎淡到连情节都没有的叙事手法写小说和故事,描写他所经历的生活。写成那种标志性的,平淡而有韵味的小说。

汪曾祺大多数小说结构松散,舒放自由,随意写去,却有一种漫不经心的格调。他的小说多生活场景与细节,还有掌故、风俗、天文地理等,这些成分加入其中都削弱了小说故事性,但它们同样是小说中的重要部分,增添了小说的生活气息,都有一种随笔似的自由和亲切,令人感觉不到是在读小说,亲切温柔,简约恬淡,颇似真实的生活,如《徙》《云致秋行状》等。而这种情节淡化、散文化的小说文本的创造,离不开语言的组织与结构。

---

① 汪曾祺:《受戒》,文汇出版社,2020年,第58—59页。

一个作家最重要的能力是对语言的掌握与创造能力。汪曾祺多次谈到自己对小说语言的观念：语言是作家人格的一部分；语言体现了作者对生活的基本的态度；语言决定于作家气质；写小说，就是语言。显然，汪曾祺把语言提到了非常显要的位置上，这是一个有着丰富写作经验的小说家在长期对语言的玩味、揣摩和与之较量中的切身体会。汪曾祺实践着自己的文学主张，小说的平淡恬静、诗意氛围也是靠语言来完成的。汪曾祺的语言简洁干净，文白相间，节制而富有弹性。汪曾祺认为，研究语言首先应从字句入手，遣词造句，更重要的是研究字与字之间的关系，句与句之间的关系，段与段之间的关系。好的语言是不能拆开的，拆开了它就没有生命了。好的书家写字，不是一个一个地写出来的，不是像小学生临帖，也不是像那些"不高明"的书法家写字，一个一个地写出来。他是一行一页写出来，一篇一篇地写出来的。

　　汪曾祺的小说语言简约、生动、传神，汪曾祺认为语言的唯一标准，是准确。往往三言两语，神情毕肖，性格生动地呈现出来。比如《安乐居》中写"鸟友"玩鸟是"瞎玩儿"，说"他们不养大鸟，觉得那太费事，是它玩我，还是我玩它呀？"又写"酒客"专喝一毛三一两的，"喝服了，觉得喝起来顺"。[1]寥寥几笔，就把鸟友酒客的个性、豁达的心理写出来。

　　再有，汪曾祺的小说语言排列有许多跳跃、隔断，喜欢使用短句，语言简约流转。比如《受戒》中写小英子姐妹：

　　两个女儿。长得跟她娘像是一个模子里托生出来的。眼睛长得尤其

---

[1] 汪曾祺:《安乐居》《故里三陈汪曾祺精选集》，江苏文艺出版社，2018年，第197页。

像，白眼珠鸭蛋青，黑眼球棋子黑，定神时如清水，闪动时像星星。浑身上下，头是头，脚是脚。头发滑滴滴的，衣服格挣挣的。[①]

汪曾祺使用了比喻、对偶等多种修辞手法，双声叠韵，展示出小英子姐妹的俏丽风采，文字中恰当运用颜色搭配，给读者勾勒出一个活泼天真的乡间少女形象。

《受戒》的结尾处，画面感很强，几乎是用意象派诗人的笔触，带出自然风景与一种流动而轻盈的情韵：

芦花才吐新穗。紫灰色的芦穗，发着银光，软软的，滑溜溜的，像一串丝线。有的地方结了蒲棒，通红的，像一枝一枝小蜡烛。青浮萍，紫浮萍。长脚蚊子，水蜘蛛。野菱角开着四瓣的小花。惊起一只青桩（一种水鸟），擦着芦穗，扑鲁鲁鲁飞远了。[②]

这段文字总共不过一百字，但却有十七处停顿，而且短字占绝对多数，汪曾祺显然着意于节奏效果的制造，长短参差，叙述时快时慢，形成一种回环与婉转的节奏，韵味十足，在蒲棒、青浮萍、紫浮萍等意象的飘动重叠中，有一种流动的思绪和流动的美。小英子和明海的小船划进芦花荡，把整部小说推向高潮、结束。我们感受到一种情景，一种氛围，一种言犹未尽、余音绕梁的感觉。

语调、语气、语感，一旦成熟，作家的语言风格也就形成了。汪曾祺的文体语言或恬淡而富有诗意，传达着一种生命的欢乐，如《受戒》《大淖记事》，或在克制的叙事中流露出淡淡的感伤，如《晚饭花》《职业》等，或有一点暗讽，如《八千岁》《异秉》等。我们能感

---

①② 汪曾祺：《受戒》，文汇出版社，2020 年，第 59 页。

觉到汪曾祺语言功底很深，语言有创造性，这也是汪曾祺小说经得住反复品味的一个关键因素。

三、汪曾祺小说的当代反思

汪曾祺在文学史上被视为具有承先启后意义的小说家。一方面他把被中断的散文化小说传统延续下来，另一方面他对中国当代文学的影响很深远，开启了"寻根文学"风气之先[①]，更新了小说理念。正如学者黄子平所言，"熟悉新文学史的人却注意到了一条中断已久的史的线索的接续。这便是从鲁迅的《故乡》《社戏》，废名的《竹林的故事》，沈从文的《边城》，萧红的《呼兰河传》，师陀的《果园城记》等作品延续下来的'现代抒情小说'的线索。'现代抒情小说'以童年回忆为视角，着意挖掘乡土平民生活中的人情美，却又将'国民性批判'和'重铸民族品德'一类大题目蕴藏在民风民俗的艺术表现之中，借民生百态的精准刻画寄托深沉的人生况味。在'阶级斗争为纲'愈演愈烈的年代里，这一路小说自然趋于式微，销声匿迹。《受戒》《异秉》的发表，犹如地泉之涌出，使鲁迅开辟的现代小说的多种源流（写实、讽刺、抒情）之一脉，得以赓续。"[②]由是，在文学史家眼中，汪曾祺的复出代表着一个久被冷落的传统，被"延安文艺""十七年文学"中断了的"三十年代文学"与"四十年代文学"重新带到了"新时期文学"面前。

但是，汪曾祺的意义只是以上研究者所认同的遗忘与接续吗？学

[①] 张诵圣：《开近年文学寻根之风——汪曾祺与当代欧美小说结构观相颉颃》，《当代作家评论》，1989 年第 5 期。

[②] 黄子平：《汪曾祺的意义》《偈幸者的文学》，（中国台北）远流出版社，1991年，第 96 页。

者罗岗在一篇重要论文《1940是如何通往1980的?——再论汪曾祺的意义》中提出了十分具有启发性的问题,值得我们深思:在1940到1980这中间相隔的三十多年里,是否真的像主流观念强调的创作上的"空白"?文学史家强调汪曾祺和"40年代文学"特别是西南联大时期现代主义文学的关联,而遗忘了汪曾祺在40年代到80年代这差不多三十多年所经历的一切。①罗岗的这一提问提醒我们如何重新看待汪曾祺的复出意义,"把汪曾祺作为1940年代西南联大现代主义的代表之一引入到1980年代的语境中,仅仅从'小说技法'的层面固然言之成理,可如果进一步考察他横跨这'三十多年'来小说在'语言风格'上的变化,问题可就不那么简单了。"②与此同时,罗岗再次提示我们重新检视、对比汪曾祺《复仇》与《受戒》的开篇:

《复仇》的起篇:

一支素烛,半罐野蜂蜜。他的眼睛现在看不见蜜。蜜在罐里,他坐在榻上。但他充满了蜜的感觉,浓、稠。他嗓子里并不泛出酸味。他的胃口很好。他一生没有呕吐过几回。一生,一生该是多久呀?我这是一生了么?没有关系,这是个很普通的口头语。谁都说:"我这一生……"就像那和尚吧,——和尚一是常常吃这种野蜂蜜。他的眼睛瞇了瞇,因为烛火跳,跳着一堆影子。他笑了一下:他心里对和尚有了一个称呼,"蜂蜜和尚"。这也难怪,因为蜂蜜、和尚,后面隐了"一生"两个字。明天辞行的时候,我当真叫他一声,他会怎么样呢?和尚倒有了一个称呼。我呢?他会称呼我什么?该不是"宝剑客人"吧(他看到和尚一眼就看到他的剑)。

---

① ② 罗岗:《1940是如何通往1980的?——再论汪曾祺的意义》,《文学评论》,2011年第3期。

这蜂蜜——他想起来的时候一路听见蜜蜂叫。是的，有蜜蜂。蜜蜂真不少（叫得一座山都浮动了起来）。

《受戒》的开头：

明海出家已经四年了。

他是十三岁来的。

这个地方的地名有点怪，叫庵赵庄。赵，是因为庄上大都姓赵。叫做庄，可是人家住得很分散，这里两三家，那里两三家。一出门，远远可以看到，走起来得走一会，因为没有大路，都是弯弯曲曲的田埂。庵，是因为有一个庵。庵叫菩提庵，可是大家叫讹了，叫成荸荠庵。连庵里的和尚也这样叫。"宝刹何处？"——"荸荠庵。"庵本来是住尼姑的。"和尚庙""尼姑庵"嘛。可是荸荠庵住的是和尚。也因为荸荠庵不大，大者为庙，小者为庵。

显然，两者在语言上有着明显的区别，《复仇》的语言整体上是相当欧化的，如果汪曾祺是用这样欧化的语言一直写，那么还会是我们熟悉的汪曾祺吗？[1]因此，我们不能不关注汪曾祺对民间文学与方言的体验对其文学风格与语体风格形塑的重要影响，那么，从"40年代"到"80年代"的这三十多年里一定发生了什么，影响着汪曾祺对小说语言的态度与观念。

新中国成立后，汪曾祺长期担任《说说唱唱》和《民间文学》的编辑，汪曾祺自己就多次回忆这段岁月，认为受益匪浅，"我编过几年《民间文学》，深知民间文学是一个海洋，一个宝库""我甚

---

① 李陀：《汪曾祺与现代汉语写作——兼谈毛文体》，《花城》，1998年第5期。

至觉得，不读民歌，是不能成为一个好作家的""语言是要磨练，要学的。怎样学习语言？——随时随地，首先向群众学习"。①汪曾祺对于民间文学艺术形式的认识奠基于此，历经数十年依旧兴趣盎然，而且有着相当自觉的思考与实践，汪曾祺曾先后独立整理过《赵州桥》《铜大家伙》《兜头敲他两下》等民间故事与民间传说、长歌，有研究者指出，细读汪曾祺所整理的作品，其语言一改早年欧化文风，变为质朴准确的鲜活口语，这可视为汪曾祺"得益匪浅"的例证。②汪曾祺在《说说唱唱》工作期间，曾和赵树理是同事，汪曾祺也曾多次撰文怀念这位民间文学的杰出代表作家，有研究者指出，赵树理对汪曾祺的写作有很深的影响，可能比沈从文的影响还大，没有四五十年代的赵树理，也就没有八九十年代的汪曾祺。③汪曾祺是主动而深入地汲取民间文学，在下放改造期间，汪曾祺反而能真正生活在民间文学的活水里，切身参与到"农民式幽默"的语言现场，"我下去生活那段时间，和老百姓混一起，惊讶地发觉群众的语言能力不是一般知识分子所能及的，很厉害，往往含一种很朴素的哲理，用非常简朴的语言表达出来。我觉得新潮派的年轻作家，要补两门课，一门课是古典文学的课，一门课是民间文学。"④

---

① 汪曾祺：《思想·语言·结构》，选自《晚翠文谈新编》，生活·读书·新知三联书店，2002年，第83页。汪曾祺：《揉面——谈语言》，选自《晚翠文谈新编》，生活·读书·新知三联书店，2002年，第105页。

② 张高领：《民间文学、方言体验与阅读史重构——张家口如何滋养汪曾祺》，《中国现代文学研究丛刊》，2020年第6期。

③ 李陀：《汪曾祺与现代汉语写作——兼谈毛文体》，《花城》1998年第5期。赵勇：《汪曾祺喜不喜欢赵树理》，《当代作家评论》，2007年第4期。

④ 汪曾祺、施叔青：《作为抒情诗的散文化小说》，《上海文学》，1988年第4期。汪曾祺作，顾建平编：《散文化小说是抒情诗》，选自《受戒集》，浙江文艺出版社，2020年，第30—31页。

而在这种农民的语言的滋养下，汪曾祺从口语化的写作入手，形成了自己的修辞法则与话语系统，最终绽放于1980年代的文学创作中。因此，综合以上的讨论，我们在考察汪曾祺的文学成就时，应该注意到其向下看的民间文学立场与姿态，这是其文学思想重要的组成部分。汪曾祺在80年代的语境下，在"40年代新文学传统"的基础上，重新启动了他所接受的"50、60年代文学"，在别人还以为两者是完全对立和断裂的情况下，他偷偷地完成了另一次"打通"和"延续"。[①]

附录：

一、汪曾祺主要作品

短篇小说《受戒》，《北京文学》，1980年第10期

短篇小说《大淖记事》，《北京文学》，1981年第4期

《汪曾祺短篇小说选》，北京出版社，1982年

《晚饭花集》，人民文学出版社，1985年

《汪曾祺自选集》，漓江出版社，1987年

《中国当代作家选集丛书·汪曾祺》，人民文学出版社，1992年

《汪曾祺小品》，中国人民大学出版社，1992年

《汪曾祺散文选集》，百花文艺出版社，1996年

二、主要参考文献

1. 李陀：《汪曾祺与现代汉语写作——兼谈毛文体》，《花城》，1998年第5期

2. 罗岗：《1940是如何通往1980的？——再论汪曾祺的意义》，《文学评论》，2011年第3期

---

① 罗岗：《1940是如何通往1980的？——再论汪曾祺的意义》，《文学评论》，2011年第3期。

3. 张诵圣：《开近年文学寻根之风——汪曾祺与当代欧美小说结构观相颉颃》，《当代作家评论》，1989 年第 5 期

4. 赵勇：《汪曾祺喜不喜欢赵树理》，《当代作家评论》，2007 年第 4 期

5. 张高领：《民间文学、方言体验与阅读史重构——张家口如何滋养汪曾祺》，《中国现代文学研究丛刊》，2020 年第 6 期

三、必读书目

陆建华：《草木人生：汪曾祺传》，江苏文艺出版社，2019 年

汪曾祺：《汪曾祺的写作课》，凤凰文艺出版社，2020 年

梁由之编：《百年曾祺 1920—2020》，天津人民出版社，2020 年

汪曾祺：《汪曾祺全集》，人民文学出版社，2021 年

汪朗等著：《老头儿汪曾祺：我们眼中的父亲》，中国青年出版社，2022 年

四、拓展与练习

汪曾祺的小说往往具有诗意的情趣，成就了他笔下一幅幅充满了诗情画意的生活画卷，带有浓厚的人情情怀。汪曾祺亦表示，"我追求的不是深刻，而是和谐"。但汪曾祺也曾提醒读者，自己不是闲适文学的代表，其创作背后是有隐痛的。对此我们应该如何理解？

第二章

陆文夫：文学家的"滋味"

陆文夫，1928年生于江苏泰兴。1948年参加革命，1957年调至江苏省文联从事专业创作，后因参加筹办《探索者》同人刊物，被打成右派。1964年下放到苏州工厂进行改造，1969年下放到苏北射阳务农。1978年平反，回到苏州并恢复文学创作，后主编《苏州杂志》。历任新华社苏州支社采访员，《苏州日报》记者，江苏省文联专业作家，苏州市创作室专业作家，中国作家协会副主席，全国第六、七、八届人大代表，江苏省作家协会主席、苏州市文联副主席等。1953年开始走上文学创作道路，代表作品有短篇小说《荣誉》《小巷深处》《葛师傅》《二遇周泰》《献身》《特别法庭》《小贩世家》《围墙》《门铃》《临街的窗》等，中篇小说《美食家》《有人敲门》，长篇小说《人之窝》，散文随笔集《小说门外谈》《艺海入潜记》等。多部作品被翻译成英、法、日等语言，畅销海外。《美食家》《小贩世家》《献身》《围墙》等作品曾先后获得国家优秀中、短篇小说奖。

作为中国当代文学史中的经典作家，陆文夫的文学生涯相当漫长，横跨了四十余年。他在一篇意义深长的散文《林间路》中曾经写道："一旦踏上林间小道，你什么依赖都没有。虽然不是前无古人后无来者，但你和古人和来者都保持着一定的距离，只好靠你自己去摸索、判断、分辨；向前人的足迹去求教，为来者留下一些信息。"①这段文字可以视为陆文夫文学创作道路的生动写照。一方面，他的创作伴随着时代变换的艰难曲折，常常"非常吃力，非常难受"。另一方面，他总是在不断寻觅新的创作道路，不断尝试突破自我的历史和文化局限，表达独立清醒的文学思考。

一、陆文夫的创作道路

陆文夫生于江苏泰兴，童年由祖母抚养。1932年，陆文夫举家搬迁至靖江县夹港，这是一个长江下游北岸的水陆交通码头，贩夫走卒、三教九流，各色人等在此云集，其间的民俗风情，对童年陆文夫产生了深远影响。1934年，陆文夫入私塾读书。他在自传中回忆，每当读过《三国演义》《水浒传》《封神榜》《西游记》，回家后就会把内容拼拼凑凑再讲给祖母听。②抗战时期社会动荡，陆文夫举家又迁徙回到泰兴县，1944年在苏州养病期间，陆文夫开始大量阅读现代作家的文学作品。1948年，陆文夫考取过上海的两所大学，但因家境贫困，无法继续深造。后来他经人指引去往盐城，进入当时的华中大学学习。1949年，陆文夫随人民解放军渡江南下，回到苏州，在《新苏州报》任记者，在采访工作过程中，他积累了大量的社会经验和生活素材，随后正式开始了文学创作。

1954年12月，陆文夫完成了第一部短篇小说《荣誉》，并发表在《文艺月报》1955年2月号，同年，陆文夫创作了《节日的夜晚》《火》《平原的颂歌》《小巷深处》等十多个短篇作品。1956年3月，

---

① 陆文夫：《陆文夫文集》（第四卷），古吴轩出版社，2006年，第11页。
② 陆文夫：《陆文夫自传》，《作家》，1983年第8期。

收录八篇陆文夫早期短篇作品的小说集《荣誉》出版，这些小说大部分描写的是工人阶级的新人新事，如代表作《荣誉》写的是一位工人方巧珍如何对待荣誉的故事。当方巧珍在工作中发现作为常年获先进生产者的自己竟然生产出两匹次布时，内心产生了剧烈的挣扎和矛盾，于是如何在荣誉和诚实之间取舍使她进退两难，不安愤怨。在经历了一系列的思想斗争之后，她终于选择正确对待"荣誉"的态度，承认了错误，并收获了新的肯定和赞誉。陆文夫早期这类小说虽然无法逃离"十七年文学"典型化、概念化的写作范式，不过《荣誉》还是展现了陆文夫不完全趋同于主流的倾向。小说对方巧珍负面情绪的揭示，对其内心冲突的刻画都显得真实、细致，层次分明，这使得人物些许摆脱了惯常的对工人阶级简单化和程式化的描写和处理。

在陆文夫的早期作品中，《小巷深处》堪称最为重要，也是最具有艺术探索精神的小说代表作。1956 年 5 月，"百花齐放，百家争鸣"的方针正式提出，文艺界开始出现"解冻"现象。在"双百"方针的激励下，文学创作的禁锢得到了一定程度的解除，于是，一批要求突破以往创作方法，更多关注现实、批判现实的作品开始涌现，《小巷深处》便是其中的一员。值得注意的是，在"百花"时期推动文学创作变革，呈现"异质"作品的作家大都是在四五十年代走上文学道路的年轻作家，包括陆文夫在内，如王蒙、李国文、宗璞、邓友梅、刘绍棠、从维熙等人，他们都是"在革命中获得了一种政治信仰和生活理想，也接受了一种有关未来社会的美好图景的许诺。但在之后，他们逐渐觉察到理想与现实的差距"，于是他们的创作便具有了"特有的视觉和感应，惶惑、忧郁的情绪也掩盖不了那种明锐的朝气。"[1]

《小巷深处》在选材上就较为独特，其主人公是一位旧社会的妓

---

① 洪子诚：《1956：百花时代》，山东教育出版社，1998 年，第 93 页。

女，名叫徐文霞。她在新社会摆脱了过去的悲惨身份，当上了纺织工人，体验到了翻身解放，重新做人的美好。然而以往的阴影一直存在，当她遇到爱情时，很快便又陷入了痛苦的深渊，能不能去爱始终纠缠折磨着她。在鼓足勇气告诉恋人张俊她的身世和经历之后，后者也沉浸在了震惊、沉痛、踌躇的情绪之中。经过一番激烈的思想斗争，男主人公张俊最终决定不畏闲言和传统，小说的结尾，张俊来到徐文霞的家门前，小巷深处再次响起了急促的敲门声。《小巷深处》之所以一直被当作"百花"时期最有价值也最具影响力的小说，其原因是，第一，它在写作题材上进行了大胆的突破。在50年代的文学语境中，"'题材'被认为是关系到文学反映社会生活本质的'真实'程度，关系到'文学方向'的确立的重要因素"，[①]因此在小说题材的等级"规则"已经确立的情况下，作家可选的表现对象的狭窄程度不言而喻。《小巷深处》却将笔触伸向妓女这种一向被漠视的小人物身上，体现了作家不俗的勇气和艺术开拓精神。第二，小说尽管在塑造人物形象的过程中仍要迎合时代主题，让人能够"从被遗忘、被忽略的小人物身上看出一个人的向上的灵魂，歌颂我们这个伟大的时代"，[②]但在具体的叙述中，陆文夫并没有过于生硬地进行图解，比如对徐文霞命运转变过程的描写，没有陷入简单化、概念化的窠臼，而是充分围绕其真实、复杂的心理变化，突出转变中所遭遇到的坎坷和困苦。第三，与"百花"时期的很多直接揭露时弊、"干预生活"的小说相比，《小巷深处》似乎只是将重点放在了书写爱情生活上。不过，对爱情生活的重视和表达本身就是一种摆脱以政治为中心的文学规

---

① 洪子诚：《中国当代文学史》，北京大学出版社，1999年，2024年印刷，第74页。

② 许杰：《关于〈小巷深处〉》，《萌芽》，1956年第12期。

范的尝试，对个人情感、个人价值的伸张与强调，某种意义上也是一种"干预生活"的重要方式。从这个角度而言，《小巷深处》所表现的爱情生活正体现了作家在特定的历史时期保持独立意识，维护人性尊严的可贵追求。

《小巷深处》发表后引起巨大反响，为陆文夫带来了不小的声誉，也对其文学创作热情起到极大的鼓舞作用。1957年6月，已经进入江苏省文联创作组从事专业写作的陆文夫，同叶至诚、高晓声、方之等人一起，秉持"大胆干预生活，严肃探讨人生"的文学主张，开始筹划创办文学社团及同人文学刊物《探求者》。陆文夫还为此特意撰写了《探求者文学月刊章程》。在陆文夫、方之等人为办刊事宜奔赴上海寻求帮助期间，巴金曾经给予他们"放弃"的忠告，"年轻的作家们犹自沉浸于理想追求中，年长而富有人生阅历的巴金却已经感觉到气候在变化。"①果不其然，随着1957年下半年全国"反右"运动的扩大化，"探求者"被迅速定性为"反党反社会主义"团体，其成员遭到严厉的批判和迫害。陆文夫本人由此经历了"两次批判，一次批斗，三次下放，做了七年的车工和保全工，举家在农村落户九年"，②而《小巷深处》也被斥为"毒草"遭受了长达二十年的禁锢。

1960年6月，在得到"改造得还可以"的认可后，陆文夫被调回江苏省文联创作组继续从事专业写作，尽管在四年半后，他又因文艺整风再次被下放农村劳动，但在1960年至1964年这数年间，还是创作了《二遇周泰》《葛师傅》《队长的经验》《牌坊的故事》等十余篇小说作品。这些作品大都收录在陆文夫的第二个短篇小说集《二遇周泰》里，集子由上海文艺出版社于1964年2月出版。陆文夫在这一阶段的

---

① 陆克寒：《"探求者"文学月刊社案考》，《文艺争鸣》，2016年第9期。
② 陆文夫：《陆文夫自传》，《作家》，1983年第8期。

写作主要选取的是工业题材，写作的重点则聚集在塑造"社会主义新人"形象上。《二遇周泰》《葛师傅》《队长的经验》等作品都是意在通过设置新旧社会的对比，突出工人阶级在新时代的光照下所焕发出的主人公或英雄式的精神风采。但由于先前的"变故"，陆文夫在小说艺术的"探求"上变得更加克制、拘谨，作品中对人物形象、人物心理的刻画常常相对单一、粗糙，对人物行为逻辑的表现力度也变得更加屠弱。陆文夫曾说过这一时期他对创造"社会主义新人"形象的看法，"要评判一个人，必须从时代、从阶级斗争的形势、从社会主义建设事业的发展出发，从广阔的时代背景中给一个人找到准确的位置，从这个位置再回过头来看人的语言和动作，你就会发现许多新的意义和光彩。"[1]这里表达出的文学观念反映了陆文夫不得不迎合主流文学话语的立场，再结合其早先的创作，也展现出他在描写社会主义工人阶级时所无法绕过的内在矛盾。在陆文夫那里，以徐文霞为代表的"旧人"和以周泰、葛师傅为代表的"新人"是始终作为一种对立关系而存在的，而这种对立就是作家在寻找写作可能存在的空间时根本无法调和的冲突。在小心翼翼，步步为营的历史氛围中，凡是对文学有别样的想象的作家都需要面对这一冲突必然带来的困窘和妥协。

1964 年 7 月，陆文夫因"右倾翻案"再次被下放至南京江宁县劳动，1969 年冬，他第三次被下放苏北射阳县劳动九年。直到 1977 年，在搁笔十多年后，陆文夫才重新"复出"，恢复文学创作，并陆续写出了后来脍炙人口的《献身》《小贩世家》《围墙》《美食家》等小说作品。饶有意味的是，在 1979 上海文艺出版社出版的《重放的鲜花》一书中，当年许多被定性为"毒草"的"百花"时代文学作品被

---

[1] 陆文夫：《致编辑部的一封信》，《雨花》，1963 年第 7 期。

重新收入,获得肯定和重视,陆文夫的《小巷深处》也赫然在列。由"毒草"变成了"重放的鲜花",这寓示着陆文夫曾经"努力"调整的写作方向再次扭转,也代表过往新与旧的对立关系又被新的历史话语所覆盖更改。对《小巷深处》成为新历史叙述中的文学经典,陆文夫倒是十分谦虚,觉得它"不是什么上乘之作","更不是80年代的高精尖",而是一篇"虽非胡编却有失真之处的小说"。①

在新时期的文学语境中,陆文夫的文学观与之前相比发生了巨大变化。尤其在谈到艺术与生活、与现实主义的关系等问题时,陆文夫往往有着十分清醒深刻的文学认识。比如面对写作与现实的关系,陆文夫曾说:"我写短篇小说,总是对当今的世界有所感触,然后调动起过去的生活,表现出对未来的希望。"②这里陆文夫所暗示的对现实的处理,是指那种摆脱过去"当下性"的反复纠缠,在具有清晰完整的自我认知与经验中由作家去寻找真实的生活对象。再比如谈到"三三制"的证明文学,陆文夫也明确指出,"不能把文学的任务仅仅归之于政治服务",也不能将"某种模式当成最好的、唯一的,文学最忌的就是整齐划一"。③这些思考都展露了陆文夫对过去的反省和对文学的深刻洞见,但也正如有论者所说,本质上它是"一种拨乱反正,回到了五六十年代反对公式化、概念化的识见","陆文夫他们尽管没有在理论上推进现实主义理论的发展,但恢复现实主义的本来面目,在历史转型时期起到了积极的作用,也让自己的创作从桎梏中解放出来。"④

① 陆文夫:《陆文夫文集》(第五卷),古吴轩出版社,2006年,第133页。
② 陆文夫:《陆文夫文集》(第五卷),古吴轩出版社,2006年,第38页。
③ 陆文夫:《陆文夫文集》(第五卷),古吴轩出版社,2006年,第54页。
④ 王尧:《重读陆文夫兼论80年代文学相关问题》,《南方文坛》,2017年第4期。

陆文夫在后来的言论中承认方之对其新时期的文学创作是"糖醋现实主义"的概括，它"有点甜，还有点酸溜溜"。①从作家欣然接受这一概括的情形来看，至少陆文夫在新时期乃至之后的创作生涯中，曾经的惶然不复存在。某种意义上，正是这种平和的心态使真正奠定其文学史地位的中篇小说《美食家》得以诞生。《美食家》在"滋味"深处的那种迂缓和自在体现了陆文夫在"酸"与"甜"之间，在"反思历史、直面现实时处理好了紧张与妥协的关系""他的创作因此不在'伤痕文学'之列，也不在'干预生活'之列，从而与创作潮流无关。"②事实上，不只上世纪80年代，直到90年代之后，这种纳定的"无关"还始终渗透在陆文夫的文学选择中。1995年，陆文夫出版了一生中唯一的长篇小说《人之窝》，但是对历史再次剧变的敏锐感知使他能够坦然面对一些衰微和落寞，他很快基于晚年的心境和体味转向了散文随笔的创作。

二、《美食家》："吃"的意义

《美食家》向来被认为是陆文夫的巅峰之作，小说发表于1983年《收获》第1期，一经问世就引起了热烈的反响并受到广泛赞誉，陆文夫凭借此作品荣获1983—1984年全国优秀中篇小说奖，还因为小说对苏州地域文化的描绘，获得了"陆苏州"的雅号。有意思的是，据说在《美食家》诞生之前，现代汉语中尚没有"美食家"一词，正是这部小说使得这一词汇不胫而走，广为流传，成为人们谈论饮食时的

---

① 陆文夫：《陆文夫文集》（第五卷），古吴轩出版社，2006年，第38页。
② 王尧：《重读陆文夫兼论80年代文学相关问题》，《南方文坛》，2017年第4期。

日常用语，而陆文夫自己甚至还曾被好事之人邀请进入烹饪协会，幸亏他百般解释虚构与现实的区别才得作罢。

《美食家》主要是以革命干部高小庭为视角，叙述了一位一生沉湎于吃喝的资本家朱自冶四十年来的沉浮命运。小说较为巧妙地将高小庭和朱自冶两家人的生活经历扭结在一起，凸显了革命者与资本家尖锐复杂的矛盾瓜葛，以此来折射半个多世纪中国历史的发展走向和社会生活的巨大变迁。陆文夫对《美食家》的创作做过八个字的总结，即"宏观着眼，微观落笔"。宏观着眼是"居高临下地来审视生活，其目的是找到它准确的方位，增加它的内涵以扩大它的外延"，[1]而微观落笔则是"从小处落笔，如果连生活的细微末节都看不清楚，那末小说便会变成大说，变成哲学论文或政治宣言"。[2]

在进入新时期之后，陆文夫较快完成了文学观念的转变与更新，对现实主义的理解和主张实际上是要重回"十七年文学"，重回"文学是人学"和"现实主义—广阔的道路"中去。换句话说，"十七年文学"的这些理论资源是陆文夫逃逸出过去的思想规训最重要依托之一。不过，如果我们将陆文夫放置到新时期初的文学场域中再仔细观察就会发现，其与同时期的"伤痕""反思"作家相比，身上始终保持着一种微妙的距离感。尽管许多作品还是难免打上时代的烙印，但陆文夫的"糖醋现实主义"并没有完全融于盛大的文学潮流。如果说1977年的《献身》还是一种激越和应和的产物的话，那么1979年写出的《小贩世家》就又显示出陆文夫最为擅长也是一以贯之的创作方式，即将小说的焦点投射于凡人小事。这其中的原因，一来陆文夫对过去的世界有深深的怀念，"我发现生活的素材总好像酒一样，

---

① 陆文夫：《小说门外谈》，花城出版社，1982年，第120页。
② 陆文夫：《小说门外谈》，花城出版社，1982年，第119页。

越陈越是浓郁；好像墨一样，越陈越有光泽。过去了的生活回头看起来更清楚。"①二来他始终钟情于具体的某个人物、某个事件、某个细节、某种语言，那总是"鲜明的，生动的，感人的"。②他甚至还告诫过青年作家，"重视自己熟悉的生活""不要争着去写右派分子，老干部、工程师"。③所以，某种意义上，从《小贩世家》开始，重新启动"凡人小事"的叙事进程几乎是陆文夫在新时期接续由《小巷深处》就中断了的文学脉络的必然之举（虽然这种接续在《美食家》之前有着不言而喻的过渡性质），而把凡人小事安置在时代、社会中进行处理（宏观与微观结合）也是他最为熟悉的一种写作策略。

在政治的过度挤压被削减后，应该注意到陆文夫的"距离感"并非是把目光仅仅局限于"过去"，也不完全是在重新确立"坐标"后作家本人安之若素的结果。陆文夫对现实主义的认知，在论及它与创作的关系时是一直保持开放态度的。他并不反对形式的创新，不反对使用现代主义手法，而对待现实主义本身，他一直强调，它不是"唯一"，需要"突破"，但也坚持文学必须首先立足于丰富的生活，"没有丰富的生活，你就无法冲破束缚，如果用贫乏的内容去追逐新颖的形式，最多引起一时的新奇，不会持久的。"④这种审慎的开放性虽然意味着陆文夫对非现实主义创作方法可能只会适度借鉴，但同时也意味着，在他笃信的现实主义内部，"突破"，或者更准确地说，拓展固有的现实主义创作空间也势必是一种趋向。那种激昂地抒写历史情绪，反思历史创伤的文学主流以及其代表的搅拌了新的政治话语的"现实

① 陆文夫：《陆文夫文集》（第五卷），古吴轩出版社，2006 年，第 38 页。
② 陆文夫：《陆文夫文集》（第五卷），古吴轩出版社，2006 年，第 39 页。
③ 陆文夫：《陆文夫文集》（第五卷），古吴轩出版社，2006 年，第 46 页。
④ 陆文夫：《陆文夫文集》（第五卷），古吴轩出版社，2006 年，第 67 页。

主义"并不大可能为陆文夫所采用，而《小贩世家》之后，对凡人小事在深广度上的进一步探求就自然变成了顺应陆文夫创作发展的一种叙事方向。

在《美食家》问世的 1983 年，"伤痕""反思"等文学热潮已经逐渐消退，文坛对创新有热切的渴望，但文学保守的观念也依旧盛行。陆文夫在这个时间节点写一个关于"吃"的小说，一开始其实并未受到认可。当时不少人在看完《美食家》后，对朱自冶这个形象是表示强烈反感的，认为不过是一个"酒囊饭袋"。陆文夫的解释是，"作为使用某种文化的阶级可以打倒，作为某种文化的本身是打不倒，也不应该打倒的。吃的文化尤其表现得明显。对于此种文化应该保存并促其发展，但是使用时要有个限度。"①从文化的角度切入，将"吃"放在了一个超越"阶级"的位置，那么陆文夫就有理由把朱自冶围绕"吃"的一系列行为逻辑从历史的羁绊中解脱出来。更值得玩味的是，陆文夫在解释中最后提到了"使用时"的"限度"，这说明他非常清楚对朱自冶及其"事迹"的使用涉及到历史当下的接受问题，而《美食家》依旧选择了比"凡人小事"更平凡更细微，更有"现实"作用力的"废人琐事"来写，足以看出陆文夫敏锐的历史眼光和果敢的写作魄力。

《美食家》的早先境遇还很容易让人联想起汪曾祺。1980 年《受戒》面世后，汪曾祺也饱受质疑。有人嫌他的小说过于沉浸在乡土的"欢乐"中，不符合时代的底色，也有人说他恋旧，宣扬"传统文化"，汪曾祺都无言以对。现在看来，这些或滞后或激进的历史成见确实制造了不小的误解和盲视，但随着时间的推移，汪曾祺小说真正的价值却还是很快在文学史中显露出来。《异秉》《受戒》《大淖记事》等作品的出现，恢复了文学对淳朴美好的人性的想象和表达，承续了消失

---

① 陆文夫：《陆文夫文集》（第四卷），古吴轩出版社，2006 年，第 323 页。

已久的现代抒情小说的叙事传统，而之后汪曾祺对小说文体的探索、革新更是极大推动了80年代文坛对于现实主义文学的再认识。与汪曾祺类似的是，在整体的评价又迅速转变以后，陆文夫的《美食家》首先为人所辨认出的历史价值也是其更深刻地回应了新时期以来文学回到人、回到人性的这一基本主题。小说通过对一个"奥勃洛莫夫"式的形象的塑造将一直以来被政治宏大叙事掩盖消弭的人性以一种鲜活的方式还原出来。尤其特别的是，《美食家》对"人性"的抒写较先前的伤痕、反思小说有了很大的不同，陆文夫越过了后者过于简单的情感渲染和苍白浅显的反思逻辑，紧紧透过人的基本欲望来表现、观照人性。朱自冶一生唯一感兴趣的事情就是"吃"。他脾气谦和，与人为善，流连于街巷，只为追求点不一样的滋味。尽管世事变幻，但其对人之于滋味的"执迷"从未改变，就连"革命"的改造也不曾动摇。在小说中，陆文夫通过诸多较为巧妙地细节描述，比如朱自冶如何在吃上精益求精，如何呼朋唤友浩浩荡荡寻觅美食，如何在饭店改制后对"吃"精神不振，毫无生趣，如何为了吃娶一个精于做菜的女人，又如何在新时代向大众诉说自己的吃客经等，立体地衬托出在朱自冶这个历史的"边缘"人物身上洋溢的一种充满生活气息的"纯粹性"。可以说，正是这种剥离了过多政治意识形态附着的"纯粹性"让《美食家》传达出了不同以往，更真挚也更具现实感的人性观。

如果我们将展现这样的人物形象和人性观看作陆文夫对现实主义文学创作的一种开拓的话，不应忘记的是，就陆文夫的写作策略来说，不管凡人小事有多"纯粹"，它同时不可能脱离作家反复强调的"宏观"定位。有人指出过，朱自冶的"吃"是始终被嵌入历史的，朱自冶因"吃"而引来的人生起伏也与不同的历史时期保持同频。表面上看，这些或多或少的历史介入确实是在宏观层面"透视社会病灶"，指出了"二十多年工作的'左'倾幼稚病和实用主义的危害性。"[1]然而从文学史的角度来说，陆文夫在《美食家》里对"历史"的把握却仍然暗含一种熟悉的淡然。我们知道，在新时期初，伤痕、反思文学所倡导的"现实主义"本质上还是一种历史主义，其"通过对民族苦难的再次演绎和重温来为新时期赋予合法性，通过对'伤痕'的克服和对光明的向往来为社会主义制度赋予延续性。"[2]但当主流思潮退去之后，文坛却开始出现了一种"脱历史"的叙述方式，比如汪曾祺就善于使用"取消了具体、特殊的历史意义的民国叙事"来表现"非历史化的姿态"，[3]而更后来的寻根派对汪曾祺的寻找和援引，也正是看中这种"姿态"中所蕴含的纯文学形式。虽然陆文夫在对现实主义的理解上肯定与汪曾祺不同，但《美食家》也并未表现出过于急迫的历史主义意识。朱自冶的一生固然多有跌宕，和反对食文化的狭隘的基层当权者发生过不少摩擦，但那种沉重、尖锐的历史创痛和历史矛盾并不存在，小说参与新的历史进程的欲望也并不强烈。事实上，《美食家》最终面向的"现实主义"维度恰恰不是重构的历史话语，而是一种带有浓厚怀旧意识和地域特色的"市井"写作。具体到小说，真正安放朱自冶的"滋味"的也显然不是反复变幻的历史，而是姑苏江南恒久深远的民间文化和世俗风情。耐人寻味的是，在《美食家》之后，也有人迅速把陆文夫归入到文化寻根派，陆文夫对此表示"乐意接受"，"因为我对文化传统，对事物之根源也十分注意，但我主张拔起树木带出根，对根须的化石、枯根、死根不感兴趣。"[4]陆文夫于此可能还

---

[1] 范伯群：《再论陆文夫》，《苏州大学学报（哲学社会科学版）》，1984 年第 3 期。

[2][3] 屠毅力：《汪曾祺的"灰箱"——从"现实主义"转换看其在 1980 年代文学中的位置》，《中国现代文学研究丛刊》，2012 年第 1 期。

[4] 王尧编：《陆文夫研究资料》，人民文学出版社，2016 年，第 392 页。

无法意识到，寻根派对他的"好感"，意不在于他本人对文化传统的兴趣，而是与汪曾祺一样，看中的是其小说的市井风味中所表现出的去历史的倾向，出于这种有意的挪置，寻根小说也才能在后来为其"反写实"和"反社会化"的写作确立某种承续的合法性。从这个意义上来说，《美食家》的最大的文学史价值还在于，它不仅为80年代现实主义小说提供了另一种写作向度，也在"无意"间为80年代中期的非现实主义文学带来了一种潜在且关键的文学启示。

三、陆文夫的市井小说

20世纪80年代初市井小说之所以在文坛逐渐兴起，有较为深厚复杂的历史背景。在经历了新时期初期激烈的历史和政治批判后，文学开始继续寻觅新的回应现实，回应现代化的写作主题。其中，将文学反思更深入到传统文化的内部，用现代眼光探索传统文化的"根源"，探索自我与民族文化之间的关联成为了一种趋向。在小说创作上，过去淡化、模糊"风俗"和"地域"，强调阶级意识的主流文学观不再受到重视，而受到"普遍认可的小说观念则是，特定地域的民情风俗和人的日常生活，是艺术美感滋生的丰厚土壤，并有可能使对个体命运与对社会的、对民族历史的的深刻表现融为一体"。① 这样，汪曾祺曾经定义过的"没有史诗""没有英雄""所写的都是极其平凡的人"的市井小说也就很快为不少小说家所看重，逐渐形成了一股不小的创作潮流。

现在看来，"市井小说"以描写特定地域的民俗文化为主要特色，其代表作家和作品主要有邓友梅的京味小说《那五》《寻访画儿韩》

---

① 洪子诚：《中国当代文学史》，北京大学出版社，1999年，第324页。

《烟壶》，冯骥才的"津门系列"小说《神鞭》《三寸金莲》《阴阳八卦》，刘心武的四合院小说《钟鼓楼》《四牌楼》《栖凤楼》，当然陆文夫的"小巷人物"系列小说《美食家》《井》《毕业了》等作品也在其列。市井小说在写那些从地域文化中生长出来的芸芸众生，小人小事以及其代表的传统文化时常有一种现代意识作为观照（比如小说背后往往潜藏着的"轻松玩世的悲痛"）。而在艺术手法上，"市井小说的语言一般是朴素的，通俗的。多数市井小说的语言接近口语，句式和词汇都能与所表现的人物相协调。在叙述方法上比较注意起承转合，首尾呼应。时空交错，意识流，很少运用。但是上乘的的市井小说力避市民文学的套子。这些作家以俗为雅，以故为新，他们在探索一种具有浓厚的民族色彩但并不陈旧的文体。"[1]汪曾祺这里的解释十分清楚，尽管市井小说与时代对文学新的创作面向的寻找有密不可分的呼应关系，但其总体上仍属于现实主义创作，这就和后来同样意欲在传统和民族文化深处开掘突破口的寻根小说有了明显的区别。

基于80年代东西方文化剧烈碰撞的文化语境，寻根文学在对民族文化精神的探究中，其立场和观念都更为激进。寻根派文学家一直强调，寻根文学是"有名字的自我"，寻根文学会用一种"现代观念的热能"去"重铸和镀亮这种自我"。于是在文化抱负上，寻根文学显然就产生了更大的"野心"，再加上拉美文学的启发，寻根文学坚信以世界文学为参照，从中国文化中寻找富有生命力的东西，就是中国文学重建的可行之路，所以在对现代性价值的急迫渴慕中，寻根小说也就必然会"借鉴"更多现代主义文学的形式来完成"走向世界"的雄心夙愿。由此再反观文学史就不难理解，发生时间稍后的寻根文学对市

---

[1] 汪曾祺：《汪曾祺全集》（第四卷），北京师范大学出版社，1998年，第237页。

井文学（包括汪曾祺）心照不宣的追念，本质上是一种带有极强功利意味的话语"收编"。寻根小说的叙事重点是调用非范式的民间文化和文学的资源，去呈现与拉美文学类似的本土性的文化特质，从而达到同拉美文学一样的"世界性"的文学水准。不过，操切的文学实践往往会制造创作逻辑的倒置，当寻根文学竭力寻求的民族文化之"根"由叙事的目标变成叙事的策略的时候，那些因为"保守"反倒留存于市井小说中对风土人物和民俗生活真正质朴、具象而又生动的现实书写却已然被其遮蔽和忽略。

80 年代之后，在小说创作的"理想"上，陆文夫曾经表露过有营造所谓"苏州园林"的计划，他认为一个人的作品也该如苏州园林一样，形成一座艺术园林，其间有"亭台楼阁、花木竹石、小桥流水，丰富多彩而有统一，把一个大千世界，纳入一个有限的园林中。"[1] 此言可以视为陆文夫 80 年代小说创作的总体性目标，而实际上，自《美食家》起，陆文夫就已开始有意识地收录、写作"小巷人物志"系列，其不断扩展"小巷"人物的类型，小说涉及的世俗生活场景也愈加深远地延伸至苏州的各个社会层面。尽管陆文夫从未标榜自己的小说隶属于何种流派，"我不想自己制造或接受别人的圈套""熟悉什么便写什么，想到哪里去便到哪里去"，但如《井》《围墙》《临街的窗》《门铃》《清高》《毕业了》《享福》等小说，确实呈现出一种盆景式的艺术建构，组合式地反映了时代变迁、历史沉疴、世情风俗和人间百态，体现出市井小说俗不落套、雅不做作的美学质地。

这些小说首先在人物形象上大都选取的还是凡人，不过对世态人心的解剖却更显精到。如《门铃》以徐经海家里来了两位客人引出情节，小说透过一只门铃的反复安装来映射徐经海在历史变迁中形成的

---

① 陆文夫：《陆文夫文集》（第五卷），古吴轩出版社，2006 年，第 186 页。

戒心，他被迫形成了一种"防"的惯性，所以即使后来因为嫉妒而把老旧的门铃撞坏，最后仍然还要装回去，小小的门铃见证了一个历史中的小人物荒唐又可悲的心理状况。《清高》写了一位小学老师汪百龄平淡的一生。为了照顾家庭，身为兄长的汪百龄一直没有结婚，80年代后汪开始相亲，可是时代已经变化，作为一个老实又清高的老师，汪百龄固守的很多观念已被淘汰，于是在相亲过程中，汪变得无所适从，只剩下了一种自我安慰式的孤芳自赏。小说在对汪百龄的刻画中，重点深描了汪百龄内心的偏执和自我嘲讽，这样一个沉溺于历史和过去的小人物的无奈和困顿便跃然纸上。再如《毕业了》也是写一位女知识分子的守旧意识，小说的主人公李曼丽早年念过大学，后参加革命，新时期的某天家里要进行大扫除，然而在整理旧物品时，李曼丽却觉得它们充满了过去的回忆，难以割舍。自己的老床在大炼钢铁时都未曾交出去；先生的小床则让人想起当年的"右派"经历；旧衣服也是自己在穷困潦倒时跟裁缝争来的。这些物品似乎成为李曼丽的一部分，承载着李曼丽痛苦的记忆和生活的痕迹。小说其实是通过李曼丽的恋旧，寓示了时代转换中普通人在历史和当下间进退维谷、不知所措的艰难。

其次，这些小说往往含有市井小说特有的谐谑嘲讽的艺术批判。像代表性的作品《井》通过写一个新时期重展人生的知识分子徐丽莎之死，对传统文化观念展开针砭和反思，小说里徐丽莎的死当然不是一人所为，是其周围的被极"左"观念、封建意识和嫉妒心理共同侵染的人群在不经意之间将她逼入绝境，制造了悲剧。《临街的窗》则是调侃了"咸与维新"式的假改革。姚大荒、范碧珍的苦楚也是源于现实政治对真诚的艺术创作者的压制和磨灭，小说最后将在临街的长窗中来回踱步的姚大荒形容成一只被关在笼子里的"大袋鼠"，一股充满了讽刺、荒诞而又无奈的悲剧意蕴顿时弥漫开来。再如小说《围墙》

讽喻的是吴所长和一干建筑专家的"清谈误国"症，陆文夫在叙述中并未大张旗鼓的渲染流弊，而是将讽刺含蓄地渗透在字里行间。小说结束部分，忽然笔调一转，传神地描绘了诸多清谈人士好名争功的心理活动，将这些只会迂腐空谈，打压新人新事物的成长的愚人虚伪空洞的灵魂暴露无遗。

陆文夫的市井小说在艺术风格上较之以往显得更为沉稳精炼，独具韵味。在谋篇和剪裁中，这些小说疏密动静，起伏照应，配置严谨，章法鲜明。而在刻画人物时，陆文夫一方面极为擅长抓住人物特有的状貌特征，寥寥点染，就形神俱出，如《围墙》中写马而立的脸，素描般清晰有力，他那张清俊干练，一看就容易"吃亏"的脸，瞬间就让读者能够领悟其性格以及其与那些平庸的领导清谈家们的差别。另一方面他也极为精于细腻多层次地描写心理活动，如对汪昌平的自足、徐经海的无奈、范碧珍的孤高、徐丽莎的心灰等诸多人物的心理描绘，都既缜密合度又举重若轻。小说经常可以透过这些凡人在俗事中微妙的心理活动，折射作家对人之多舛乖离命运的深重关怀和思考。

更需指出的是，陆文夫的这些"小巷人物志"，当然还极其擅长将人与事内嵌于苏州的地域文化景观之中。在他笔下，苏州城的风物民俗、街巷石库、园林风景无所不在，成为其标志性的叙事元素。仅陆文夫无限钟情的姑苏"小巷"，就依旧频繁地出现在众多的市井小说中。"我提着竹篮穿街走巷，苏州的夜景在我的面前交替明灭。"（《美食家》）[1]"小巷里又出来了一位人物，一位黄黄胖胖，腰背微驼，眼皮松弛，头发花白，衣着背时的不太老的老太婆。这样的老太婆巷子里很多，随便找找就可以找到十几个。"[2]（《毕业了》）"我们这条半

---

① 陆文夫：《陆文夫文集》（第二卷），古吴轩出版社，2006年，第10页。
② 陆文夫：《陆文夫文集》（第五卷），古吴轩出版社，2006年，第164页。

瓣巷是条水巷，一面临河，家家的门前有块空地，有一架石码头深插到河底。"①（《故事法》）可以看出，这些最能代表姑苏历史的"小巷"并不是作为一种空洞的背景而存在，它们寄寓着陆文夫对于此生生死死、快乐痛苦的人们的深情。"小巷"里的幽深动人，沉静曲折本身也就是文化、历史和人的见证，"它有浓厚的生活气息，既有深院高墙，也有低矮的平房，有烟纸店、大饼店，还有老虎灶。那石库门里的大房子可以住几十户人家，那小门里的房子却只有几十个平方米。巷子头上有公用的水井，巷子里面也有只剩下石柱的牌坊。这种巷子也是一面临河，却和城外的巷子大不一样，两岸的房子拼命地挤，把河道挤成狭窄的水巷。"②陆文夫的这类表述充分说明了他对小说中的"市井"呈现，正是杂糅了他对生活在其间之人的悲与美的两种可贵发现。同时也说明陆文夫对凡人小事的书写不管出于何种时代，最终的落脚点都是一种具有普遍性意义的生命价值的表达。"文学是写人，是写人生活于其中的自然。所以写人的文学就无法离开其民族性与地方性的特点。如果离开了的话，就会变得不真实，不可信。文学描写的结果可以显示出一个幻想的世界，但它描写的本身必须是真实的，具体的。"③人在地方中就是人在世界中，人的热切中有关于那些市井的阡陌和风景，也更有关于对现实的，细微的生存的想象和寄望。如此真挚的文学认知即使放到现在来看，也能感受到陆文夫当年对文学"地方性"精准的把握。不过，这样对生活、对现实、对现实主义的清醒坦诚的认识却很快在80年代的文学史中消失不见了。80年代中期以后，不管是寻根小说对市井小说的占用，还是先锋文学不顾一切的叙事狂

---

① 陆文夫：《陆文夫文集》（第五卷），古吴轩出版社，2006 年，第 279 页。
② 陆文夫：《陆文夫文集》（第四卷），古吴轩出版社，2006 年，第 168 页。
③ 陆文夫：《陆文夫文集》（第五卷），古吴轩出版社，2006 年，第 220 页。

欢，再到更后来新写实主义所彻底走向无限的"日常"与"烦恼"，都注定不会再珍惜陆文夫式的声音。时至今日，当我们重新审视陆文夫那些后来被定义为"有限"的"地方"作品时，当我们再去仔细体会一个文学家对文学所坚守的诚笃和品味时，那些时代的焦躁和偏执又何尝不是一种漫长的、膨胀的虚浮？

附录：

一、陆文夫主要作品

短篇小说《小巷深处》，《萌芽》，1956 年第 10 期

短篇小说《葛师傅》，《人民文学》，1961 年第 1 期

短篇小说《二遇周泰》，《人民文学》，1963 年第 1 期

短篇小说《小贩世家》，《雨花》，1980 年第 1 期

《美食家》，《收获》，1983 年第 1 期

《人之窝》，上海文艺出版社，1995 年

二、主要参考文献

1. 洪子诚：《1956：百花时代》，山东教育出版社，1998 年

2. 陆克寒：《"探求者"文学月刊社案考》，《文艺争鸣》，2016 年第 9 期

3. 陆文夫：《陆文夫自传》，《作家》，1983 年第 8 期

4. 陆文夫：《陆文夫文集》，古吴轩出版社，2006 年

5. 王尧编：《陆文夫研究资料》，人民文学出版社，2016 年

6. 王尧：《重读陆文夫兼论 80 年代文学相关问题》，《南方文坛》，2017 年第 4 期

三、必读书目

陆文夫：《小巷深处》，上海文艺出版社，1981 年

陆文夫：《美食家》，四川人民出版社，1983 年

陆文夫：《小巷人物志》，中国文联出版社，1984 年

四、拓展与练习

1. 讨论题：在 80 年代的文学语境中，如何理解陆文夫对现实主义文学创作的坚守？

2. 陆文夫在现实主义文学创作上取得了哪些突破？

第三章

高晓声：文学探求与反思

高晓声（1928—1999），江苏武进人。当代著名乡土作家。曾在苏南文联、江苏省文化局工作，曾任中国作家协会江苏分会副主席，中国作家协会第四届理事。1948 年考入上海法学院经济系，1949 年入无锡苏南新闻专科学校学习。1950 年开始发表作品。发表短篇小说《收田财》《解约》《不幸》，撰写锡剧剧本《走上新路》。1979 年重归文坛，出版短篇小说集《李顺大造屋》《陈奂生上城》《水东流》《陈奂生》《七九小说集》《高晓声一九八〇年小说集》《高晓声一九八一年小说集》《高晓声一九八二年小说集》《高晓声一九八三年小说集》《高晓声一九八四年小说集》《觅》《新娘没有来》《钱包》等。长篇小说《青天在上》《陈奂生上城出国记》等。文艺评论集《创作谈》《生活·思考·创作》等。散文集《生活的交流》《钱往哪儿跑》《寻觅清白》等。以及 1987年出版《高晓声代表作》，1992 年出版《高晓声散文集》，1999 年出版《高晓声散文自选集》。出版小说、散文、创作谈等专集和选集 30 余部，作品被译成英、德、日等多国文字。2022 年江苏省作家协会与常州市地方政府、常州市文学艺术届联合会设立"高晓声文学奖"，旨在繁荣当代文学创作，特别是鼓励新乡土题材领域的杰出创作者。

作家高晓声作为"归来的作家"从 1978 年开始恢复写作。1979

年到 1984 年是高晓声创作的旺盛时期，此后，作品渐少。在 80 年代初，他的作品以农村生活为题材，以表现当代农民的命运著称，别开生面，独树一帜。短篇小说《李顺大造屋》《"漏斗户"主》《陈奂生上城》等，是当时有影响的作品，引起当时文坛的极大关注。当时评论者王晓明指出，高晓声称得上是这十年中少数几位出色的小说家之一。[1]在这些小说中，高晓声用自己的眼睛，正视严峻的生活，深切关注农民的境遇与命运，探索他们的坎坷经历与当代各个时期的政治事件、农村政策之间的关联，以及当代农民精神世界的变化，性格心理的"文化矛盾"的描写，反映出农村的兴衰际遇和令人深思的历史经验。因为在探索当代农民悲剧命运的根源上，提出了农民自身责任的问题，这些小说被批评家看做是继续了鲁迅有关"国民性"问题的思考。高晓声笔下的陈奂生被公认为当代文学真正称得起艺术典型的人物，高晓声也努力留下 80 年代以后农村变革步履的痕迹，而让陈奂生等不断换活动场景——上城、包产、转业、出国。乡土中国处在新时期改革开放的现代性转型的大背景下，而陈奂生就是在这样的新文化背景下被塑造出来的新农民形象。1980 年代中期以后，高晓声的创作数量减少，研究热度也有所下降。但是，在新世纪以来，高晓声的研究迎来新的热潮，研究视野也不断扩大，将高晓声的小说与乡村"能人""民间道德""三农"问题构成新的对话，成为进一步打开高晓声作品内涵与意义的新途径。[2]

---

① 王晓明：《在俯瞰陈家村之前——论高晓声近年来的小说创作》，《文学评论》，1986 年第 4 期。

② 张丽军：《山深流清泉岭高昂白头——论当代文学史视域下的高晓声》，《小说评论》，2022 年第 2 期。

一、高晓声的文学探求之路

高晓声出生于江苏武进农村。1949 年，高晓声参加革命，同年毕业于苏南新闻专科学校，后分配到江苏文联，1950 年发表第一篇小说《收田财》，与叶至诚合作锡剧《走上新路》，歌颂农业合作化运动。后又发表短篇小说《解约》，表达了对于反封建主义思想，对 1950 年代婚姻法颁布的支持。高晓声曾表示自己这些作品基本继承了现实主义传统，反映了社会主义的生活，基调开朗，方向明确。1956 年 5 月，毛泽东提出"百花齐放、百家争鸣"的"双百"文艺方针，同年 10 月，第一届全国文学期刊工作会议提出"同人刊物可以办""提倡不同风格、不同流派的自由竞争"。高晓声与陈椿年、陆文夫、方之、叶至诚等青年策划同人刊物《探求者》，高晓声撰写《探求者》启事，提出同人杂志，应形成艺术鲜明的流派，提倡真正的现实主义手法，反对教条主义，反对阶级斗争持续化，大胆干预生活，严肃讨论人生，促进社会主义建设。1957 年 6 月高晓声发表小说《不幸》，可以视为高晓声对上述启事内容的文学探索。小说讲述了剧团女演员李素英与丈夫刘志进副团长的矛盾。[1]小说中的刘志进狭隘而虚伪，借由一套冠冕堂皇的革命话语压制李素英。1957 年"反右运动"开始，高晓声因"探求者事件"被打成"右派"，《不幸》也成为了高晓声的罪状之一。

1962 年，高晓声头上的"右派"帽子被摘掉，成为"摘帽右派"，到三河口中学当语文老师，1965 年因肺病到苏州手术，出院后回到常州武进县劳动改造。这一时期高晓声仍旧没有放弃文学创作，立志要写农民，当一名农民作家，写出了三四个短篇和一个中篇小说，但在

---

① 高晓声著，陆文夫、费振钟主编：《不幸》，《高晓声文集短篇小说卷》，作家出版社，2001 年。

当时没能够发表。1979 年高晓声终于等到了自己的复出的时机，此时的高晓声已在脑海中积累了相当多的素材，成竹在胸，蓄势待发，完成了《李顺大造屋》《“漏斗户”主》，1980 年又发表了《陈奂生上城》，引起文坛的广泛关注。

这一时期，高晓声将目光投注农村，取材农村的日常生活，聚焦人物命运，致力于在人的命运中探求生活的真理，挖掘深厚的历史内容，这种探求是清醒的，严峻的，同时又是热情而恳切的。高晓声用自己的眼睛，正视严峻的生活，关注关乎千百万农民群众的切身利益的生活问题，他们的境遇与命运，探求他们在坎坷的生活道路上的精神变化与问题，反思农村的兴衰变迁与历史经验。比如《李顺大造屋》，围绕李顺大这个忠厚老实农民盖房子的问题，上演了一出触目惊心的悲喜剧。①李顺大的父母当年穷苦，只能住在船上，一场大雪，被活活冻死。李顺大立志要造三间屋。有乡亲嘲笑李顺大好高骛远，李顺大总是笑笑说“总不比愚公移山难”。李顺大一家人努力挣钱，积累每一分钱。然而，造屋的理想几经周折与碰壁，直到 1977 年冬，才有了实现的可能。在李顺大的痛苦与忧愁的交替中，我们看到的是农村社会巨大的历史变迁。作家下笔平静而幽默，娓娓道来，然而又渗透着辛酸的泪水。小说发表后，高晓声去上海作协开会，有记者问高晓声作品是否写出了几十年来中国农民生活的典型状态，高晓声回答，自己不知道什么典型不典型，就是写村里的一个邻居，真人真事。②

《“漏斗户”主》中农民陈奂生愁吃饭问题③，高晓声以自己丰富

① 高晓声：《李 顺大造屋》，《高晓声小说精选》，四川人民出版社，1999 年。
② 许子东：《重读 20 世纪中国小说》，上海三联书店，2021 年，第 497 页。
③ 高晓声：《“漏斗户”主》，《高晓声小说精选》，四川人民出版社，1999 年。

的农村经验与知识，精细地算着细账，让农村具体现状及其政策问题在小说中有着强烈的现实感，高晓声不追求离奇的故事情节，只从日常的实际生活出发，把艰难岁月中农民、农村的境遇与问题刻画得真实而深沉，感人肺腑。高晓声对于社会矛盾的解剖是深刻的，不停留于事物的表面，而是探求生活的底蕴，洞察人物命运的社会根源，这样的作品是坚实的，具有现实主义的感人力量。高晓声是一位创作态度严肃、有着责任感的，勤于探求的作家，在重新执笔后，贡献了许多独树一帜的作品，奠定了文学史的独特地位。

新时期以来，除了农民形象的塑造，高晓声还构建了"新能人"的形象，试图塑造既符合时代的现代化想象，又寄托集体主义道德诉求的"时代新人"。比如，《村子里的风情》里勇敢追求爱情的李爱娣[1]，《拣珍珠》中的新式农村女孩刘新华等。[2]小说的叙事动力在于发家致富，既要展现"个人发家"的道德魅力，又要避免个人主义的描述，而这再一次不禁让我们联系到《创业史》中"柳青的难题"，是集体化道路可行，还是个人发家？[3]所谓的两条路线的斗争也隐隐浮现在高晓声当年的创作思考背景中。1980年代初，高晓声曾表现出对于"新能人"与商业原则的热情赞赏。比如《买卖》中农民与小摊贩的斗智斗勇，被激起的聪明才智。[4]《泥脚》中朱坤荣的精明强干，"他要干出一番事业，让子子孙孙传下去，晓得曾有过这样一个创业祖

① 高晓声：《村子里的风情》，《新娘没有来》，华艺出版社，1993年，第115—138页。
② 高晓声：《拣珍珠》，《高晓声代表作》，黄河文艺出版社，1987年，第25—42页。
③ 房伟：《文学史时间中的高晓声与陈奂生》，《当代作家评论》，2020年第5期。
④ 高晓声：《买卖》，《高晓声1982小说集》，四川人民出版社，1983年，第148—157页。

宗"。①真实描绘了改革开放初期，农村发展、农民发家的心态。然而，随着社会变革的不断发展，高晓声也逐渐表达出对于"新能人"的担忧。《美国经验》中再现了曾经的大队书记张志东②，而高晓声笔下的陈奂生从《转业》《包产》《战术》《出国》，不断与时俱进，却随着城乡差距的持续扩大，再一次被时代抛下。正是在这个意义上，新时代中国提出的"乡村振兴战略"，让陈奂生再次登上时代舞台，高晓声也重又激发人们的讨论，研究者指出高晓声笔下的农村发展问题，农民形象特征，"展现了普通农民在农村改革中从行为到灵魂的艰难蜕变"，深化与拓展了乡村小说发展道路的探索。③

二、"陈奂生系列"与中国农村变革

高晓声在农村生活了近 21 年，对农村与农民有着深厚的情感和深刻的理解。归来者的高晓声迅速以《"漏斗户"主》《陈奂生上城》等新时期乡土书写成为八十年代最受重视和好评的作家之一。洪子诚、陈思和等文学史家十分精准地概括出其文学创作中的重要特点，指向了高晓声有关农民性格心理的"文化矛盾"的描写，揭示了作为一个"文化群体"的农民的行为、心理和思维方式的特征：他们的勤劳、坚韧中同时存在着逆来顺受和隐忍的惰性，这些小说被批评家看作继续了鲁迅有关"国民性"问题的思考。④陈奂生的精神，典型地表现了中国广大的农民阶层身上存在的复杂的精神现象。他的形象是一幅处

① 高晓声：《泥脚》，《高晓声代表作》，黄河文艺出版社，1987 年，第 293 页。
② 高晓声：《美国经验》，《新娘没有来》，华艺出版社，1993 年，第 39—59 页。
③ 郭春林：《历史如何进入想象和现实——重读陈奂生与高晓声（一）》，《南方文坛》，2012 年第 5 期。
④ 洪子诚：《中国当代文学史》，北京大学出版社，2007 年，第 265 页。

于软弱地位的没有自主权的小生产者的画像，包容着丰富的内容，具有现实感和历史感，是历史传统和现实变革相交融的社会现象的文学典型。高晓声既有善意的嘲讽，又发出沉重的慨叹，这种对农民性格心理的辩证态度，颇具鲁迅对中国"国民性"的"哀其不幸，怒其不争"的精神传统。[①]

以上文学史家将高晓声的创作与鲁迅的国民性改造问题相联系，使之成为这些作品的重要标记，是一种典型的改革开放后、五四启蒙视野下的文学批评路径。然而，另一方面，当代台湾学者黄文倩的研究让人耳目一新，极富启发性，提示高晓声的作品中表现当代农民的命运，主人公的坎坷经历与当代各个时期的政治事件、农村政策之间的关联。这些更具体、更丰富的社会实践同样值得我们关注。

1978年改革开放，对农村和农民最大的影响，就是重新开放了"包产到户"制。"包产到户……从1979年夏开始推广。半年后便有15%全国农户采取包产到户制度……两年后……包产到户的全国普及率扩大到67%，1983年，更高达97%，可以说整个家都扬弃了集体经济的道路。"[②]也就是说，不用再由公社统一办理统购统销，农民有更大的耕种和买卖的自主权，与此伴随的就是农民也可以选择务农以外的工作，经营副业。此举旨在大大释放中国农村与农民的生产力。从这个意义上来说，高晓声的《陈奂生上城》《陈奂生专业》与《陈奂生包产》，不能仅仅看作是一种文学创作，更重要的是与时代变革的紧密关系，正像研究者指出的，它们以一种形象化的方式，补充了我们对新中国在上世纪80年代初期，历经农村社会各项转型的复杂

---

① 陈思和：《中国当代文学史教程》，复旦大学出版社，2003年，第238页。

② 陈永发：《中国共产革命七十年（下）》，转引自黄文倩：《在巨流中摆渡："探求者"的文学道路与创作困境》，武汉出版社，2011年，第125页。

性的理解。这一点尤为关键。

小说《陈奂生上城》是高晓声非常有名的作品，首刊于《人民文学》1980年第2期，曾获中国作家协会1980年优秀短篇小说奖。主要内容是解决了吃饭难题的"漏斗户"陈奂生将吃用节余下来的油粮炸成油绳，带到县城出售，进城卖油绳、买帽子，竟病倒在车站，被碰巧遇到的县委书记吴楚送到县委招待所，住进高级房间休息的一番际遇。特别是其醒来后发现一夜要付五块钱的住宿费用，陈奂生极不情愿，却不能不付，心有不甘，又回到宾馆乱踏乱躺，让自己的心理平衡。这是小说最精彩的部分，成为日后文学史和评论家讨论的焦点，历来被视为高晓声对中国农民的"国民性"书写的焦点。而这些生动的细节，其实与高晓声个人的生活经历有关。1979年高晓声和几位作家朋友一起到重庆出差，接待单位安排他们入住一个高级宾馆，住一晚24元钱，高晓声一夜没睡好。由此触发了高晓声对城乡差异的反思，他想起乡下的陈奂生们的生活，想让陈奂生也住一夜高级宾馆试试，于是有了小说中最吸引人、最精彩的部分。高晓声让陈奂生先被城市景观所震惊："房里的一切，都新堂堂、亮澄澄，平顶白得耀眼，地板暗红闪光，床上是床单，雪白的被底，崭新的绸面，刮刮叫三层新。"[1]这一城市空间的描写极具有当代性，刻画出城乡二元结构中的农民在城市的种种强势文化面前，感受到了自身的无力和渺小。然而，当陈奂生交了住宿费，花钱花到"肉痛"后，原先小心翼翼不敢碰的弹簧皮椅，便发狠般的多坐它几次，先前怕被自己弄脏的枕巾、被褥，也捞起来就盖。高晓声将一个勤劳朴实、过了一辈子穷日子的农民，在城市"高消费"面前的纠结心理刻画得活灵活现，并由此开发出了"精神胜利法"，以"全当花钱吃药"和难得有此礼遇的说法来安

---

① 高晓声：《陈奂生上城》，《陈奂生》，花城出版社，1983年，第40—53页。

慰自己，应对现实困境，并意外获得了一种精神上的满足。

从题材或文学史的传承演变的意义上来看，这种说法确实有其联系的合理性，一方面揭示了中国农民在新时期以来的某些物质生活变化，另一方面也表现了他们身上固有的沉重的精神创痛，耐人寻味，确实有助于反省中国小农性格上的封闭、无知等不足。不过，正如前文提出的，我们是否可以更深刻地挖掘这篇小说现实意义，而不仅仅停留在伟大作品的互文关系上，有研究者指出，这篇小说提出了新时期下新的社会问题。在农村转型期下，过去忙碌、物质匮乏的农民，在脱离了"李顺大造屋""漏斗户主"，居住和饮食问题都已得到了克服之后，开始有了"精神"需求，而衍生出来的一系列新的个人问题，也是一种社会问题与现象。陈奂生在莫名其妙花掉了五元钱，正担心回家无法跟老婆交待时，灵机一动，开发出来了一种精神胜利的解释法，把吴书记是如何救了他，送到宾馆休息的过程，编成自己进城见世面的故事，如此便顺理成章地完成了对老婆的解释，而且由于与吴书记的牵连，陈奂生反而被大家羡慕且佩服，陈奂生也因此从中得到了很大的精神满足，解决了自己的"精神"需求的问题。从对应的具体社会历史问题来说，陈奂生并不完全是阿Q，在鲁迅笔下，阿Q反映的是中国封建社会秩序下扭曲的社会性格和民族性格。但陈奂生是"新中国"的人物，是个勤劳努力的劳动者。鲁迅的阿Q反映出的是一种具有象征性的历史因袭的问题，而陈奂生在这里所体现出的"精神胜利"的行为和心理，"比较具体地指涉新中国改革开放初期的一种农村新的社会性质对人的影响。"[①]高晓声曾直言，"其实阿Q不阿Q也同我毫无关系。我自己从未说陈奂生是阿Q。我

---

① 黄文倩：《在巨流中摆渡："探求者"的文学道路与创作困境》，武汉出版社，2011年，第126—127页。

从生活出发，并不从理论出发。也不从别人的小说形象出发。"我们也需警惕"国民性批判"话语可能使陈奂生们的真实生活被简化处理为进化论中的蒙昧阶段。陈奂生的上城经验和由此转化出的"精神胜利"的行为与心理，还应历史化地来看待，从这个意义上说，如果说《创业史》中的梁生宝以高度自觉的政治觉悟成为了社会主义新农民的代表，陈奂生则成为了转型时期又一个具有鲜明特色的"新人"。陈奂生的形象是当代文学史的一个重大突破，正像高晓声概括的那样，"像陈奂生这样的人，是我多年在农村中见到的一种农民类型，可以从很多农民身上看到他的某些影子，也甚至在个别农民身上完整地体现出来。他们善良而正直，无锋无芒，无所专长，平平淡淡，默默无闻，似乎无有足以称道者。他们老实得受了损失不知道查究，单纯得受到欺骗会无所觉察；他们甘于付出高额的代价换取极低的生活条件，能够忍受超人的苦难去争得少有的欢乐；他们很少幻想，他们最善务实。"①

《陈奂生转业》中，高晓声显然让陈奂生的精神需求继续往前推进，在转业进厂的过程中，反映出 1980 年代中国农村中的工厂问题，复杂的人际关系，社会关系，行政体系等。这当中既有中国传统乡土社会的人情互动模式，也有农村社会转型下的利益、权力关系。正像学者黄文倩深刻提醒的《陈奂生转业》是社会剖析的具体程度最高的一篇，不只是陈奂生的，而是以他为中心，统摄了书记、书记的亲戚、农村的干部、其他供销员、提供材料的工厂内部的斗争与平衡关系等，高晓声处理这篇小说流畅自然，也可以看出其对农村转型的社会问题，

① 高晓声：《且说陈奂生》，《人民文学》1980 年第 6 期。转引自王春荣：《新时期文学的主题学研究意义的生成与阐释》，辽宁人民出版社，2007 年，第177 页。

有相当程度清晰的洞识。[①]

《陈奂生包产》顾名思义，小说主要处理的是农村重新推动"包产到户"制度对农村、农业的影响。这篇小说的叙述角度与以往不同，并没有直接触及"包产"的具体情况，而是把写作的重心放在了陈奂生在"包产"与供销员之间选择的烦恼与摆荡上。整个小说风格被研究者称作一种缠绕与细碎的调性。而恰恰是这种啰嗦形式与缠绕的形象，正是像陈奂生这种保守的老实农民才会有的行为与心理。同样的我们对这部作品的解读，还是回到前述的问题，不把它抽空为一种跨时空的国民性批判之类的批评，而是挖掘作品的现实指向与社会意义。陈奂生为什么会在这两种工作间犹豫，如在《陈奂生转业》最后，他在供销上所得到的佣金，抵得过他一年的农业收入，这有什么难以选择的呢？但是陈奂生觉得这些现象让他很不踏实，到了《陈奂生包产》里，他连别人点到这一点时，都会脸红。它其实突显了新中国老一辈农民的历史经验与性格，宁愿以脚踏实地的劳动换取温饱，也不愿意跟进看似"现代化"的供销的佣金制度。所以，陈奂生终于决定，放弃没有实在劳动基础的供销员的工作，选择"包产"，维持一种素朴实在的生存方式。陈奂生转业的挣扎过程，具体而微地补充了 1980 年代中国农村转型的重要一面。

三、访美经验与中国农村现代化转型问题与反思

1981 年和 1988 年高晓声的两次赴美访问经验，让他对中国社会问题的认识发生了转变。从高晓声的海外游记作品和一些演讲材料中可以

---

① 黄文倩：《在巨流中摆渡："探求者"的文学道路与创作困境》，武汉出版社，2011 年，第 126—127 页。

看出，第一，国民性主题突出，呈现出了中国历史反思与促进现代化的不可逃避的现实焦虑，建立了观察和启蒙农民的叙事结构；第二，单一的国民性批判与对农民性的审视，开始越来越不能回应1980年代新时期农村改革出现的新的问题，也不能充实启蒙者自己面临的精神危机。

在《美国经验》中，高晓声描写了新时期的农业改革能人——张志东。张志东虽勇于开拓"事业"，却表现出某种程度上的道德沦丧。"老符是个极好的人，凡能帮忙的事，最肯点头；可是这一次却一筹莫展。他私下告诉我说：'全县的贷款，算你们乡最多。拖着不还的，也是你们乡最多；特别是……（他不肯说名字）有一大笔款子，一个钱都收不回来。所以你们那个乡，大家都头痛了。再说就是我答应你，银行也没有钱借出来。除非那笔大款子还来了，才会有。'说罢，他见我失望，又好心安慰我说：'我们正在抓紧追那笔贷款，等追回来了，就借给你。'我问有没有把握，他想了想说：'多少总得还些来吧；就算只还个零数，也够贷给你们了。'这样，半个月内，我一连跑了三趟城，始终不曾有着落。"①张志东为了他办的大厂，贷一笔大款，却一而再、再而三地拖欠着一分不还，令银行和其他需要贷款的人头疼不已。

面对美国现代化的生产方式和生活方式，高晓声的《美国经验》，在中西比较视野下对中国农业现代化改革进程的特殊性有了更多关照。它是从经济模式转型的角度，深刻反映了1980年代新时期的中国在通货膨胀下，农村工业化发展的经济问题，同时也包括了美国资本主义集资模式对长期的社会主义经验所造成的矛盾与冲击。在《美国经验》中谈到"我们是学'美国经验'，拉大场面，拖多头债。你要说我穷，我的企业年年发展；你要说我富，我的赤字年年不断。我赚

① 高晓声：《美国经验》，《新娘没有来》，华艺出版社，1993年，第39—40页。

了钱，就扩大工厂，自己投一百万，就拉有关方面投两百万；我亏了本，亏掉一百万，就要求有关方面拿两百万来支持我……我的厂一关会影响'大局'，比如美国金元垮了台，日本、西德、法国、英国——都不得了，全要乱成一团糟。"①张志东直率地对"我"说过，"我们"办厂都是一小农经济思想，甚至将自己不停贷款背后的原因的意识形态运作模式和盘托出。"我"发觉到这种"美国经验"不是切实的，而带有中国色彩。此时，这种经验是否是切实的"美国经验"已经不是那么重要，反而重要的是1980年代新时期的中国实际上是在有选择性地运用美国经验，并凭借这个将其权术运作和低道德全部变得合理起来，高晓声很明显试图将问题的责任重新转回到中国自身上来，这样与时俱进的历史自觉性，在许多中国知识分子文学作品中可以说是少之又少而且是十分难得可贵的。②

在《寻找美国农民》中，高晓声开头就详细介绍了自己在美国艰难寻找美国农民的一番波折的经历，最后在交友广泛的好朋友梅仪慈、李欧梵、聂华苓等的竭力帮助下，才有幸获得了参观一个专门生产鸡蛋的养鸡农场的机会。看到整个养殖机械自动化程度之高，"饲料不断有传送带从笼边经过，随时可供啄食。如果生了蛋，也会自动从笼子里滚到笼外一条帆布传送带上，直接送到处理鸡蛋的地方。"需要人力处理的就只有洗涤、剔除破蛋、分大小装盒装箱几个步骤。有的农场还参加农业公司联营，"增强了它的经济基础和经营活力"，③高晓声更吃惊地从农庄主罗卜特口中得知，"在我们这个区里，一共

---

① 高晓声：《美国经验》，选自《新娘没有来》，华艺出版社，1993年，第58—59页。
② 黄文倩：《在巨流中摆渡："探求者"的文学道路与创作困境》，武汉出版社，2011年，第221—222页。
③ 高晓声：《寻找美国农民》，《高晓声散文自选集》，作家出版社，1999年，第253—254页，第251页。

有一百家农户，却只有十五户是专业农户，其余都是业余的。"①高晓声认为"美国的农民，并不是自食其力、出大力、流大汗的体力劳动者，而是一个企业经营家，虽然他们仍旧从事农副业生产，但同传统的农民完全不同了。"这里既是农场主，又是农业工人，更是农业科技与市场专家的典型美式"农民"。"美国农民之少，已使他们的习性不可能影响其他阶层了；相反，他们受到其他阶层的影响，已经失去了农民原有的习性。他们从事商品生产、经营和上超市购买蔬菜瓜果（甚至粮食）等行为，就不是农民原来的东西。他们已经融合在现代的潮流里。"②高晓声在美国的"业余农民"身上，看到美国农民现代化的生产方式，由此，引发了对中国传统农业的思考。高晓声从西方的现象中发现讨论中国的现实问题，思索中国当时正在进行的农村改革问题，可以说相当难得。

附录：

一、高晓声主要作品

《七九小说集》，江苏人民出版社，1980 年

《高晓声一九八〇年小说集》，人民文学出版社，1981 年

《陈奂生上城》，甘肃人民出版社，1981 年

《高晓声一九八一年小说集》，人民文学出版社，1982 年

《陈奂生》，花城出版社，1983 年

《高晓声一九八二年小说集》，四川人民出版社，1983 年

《高晓声一九八三年小说集》，中国文联出版社，1984 年

---

① 高晓声：《访美杂谈》，《生活的交流》，中国文联出版社，1987 年，第 50 页。
② 高晓声：《寻找美国农民》，《高晓声散文自选集》，作家出版社，1999 年，第 250 页。

《高晓声一九八四年小说集》，中国文联出版社，1986 年

《青天在上》，上海文艺出版社，1991 年

《陈奂生上城出国记》，上海文艺出版社，1991 年

《高晓声散文集》，中国文联出版社，1992 年

《新娘没有来》，华艺出版社，1993 年

《寻觅清白》，海南国际新闻出版中心，1996 年

《高晓声散文自选集》，作家出版社，1999 年

二、主要参考文献

1. 黄文倩：《在巨流中摆渡："探求者"的文学道路与创作困境》，武汉出版社，2011 年

2. 王彬彬编：《高晓声研究资料》，人民文学出版社，2016 年

3. 杨晓帆：《归来者的位置："高晓声访美"与〈陈奂生出国〉》，《中国现代文学研究丛刊》2018 年第 2 期

4. 房伟：《文学史时间中的高晓声与陈奂生》，《当代作家评论》2020 年第 5 期

5. 张丽军：《山深流清泉岭高昂白头——论当代文学史视域下的高晓声》，《小说评论》2022 年第 2 期

三、必读书目

高晓声：《高晓声小说选》，江苏文艺出版社，2009 年

李怀中主编：《高晓声自述》，江苏凤凰文艺出版社，2016 年

高晓声：《高晓声精选集》，中国文联出版社，2017 年

王彬彬：《高晓声评传》，江苏凤凰文艺出版社，2019 年

四、拓展与练习

一直以来高晓声的"陈奂生系列"的价值与意义是在"国民性／农民"这样的启蒙话语脉络中得到确认，如何理解高晓声的作品在其创作语境下，介入时代进程的现实性与同构性。

第四章

赵本夫：书写大地的传奇

赵本夫，1947 年出生于江苏丰县。1967 年高中毕业后回乡务农。1971 年参加工作，先后在县委宣传部、县广播站、县文化馆工作。1981 年发表处女作《卖驴》，获当年全国优秀短篇小说奖。1983 年至 1988 年先后考入中国作家协会第八期文讲所（鲁迅文学院）、北京大学，后转学至南京大学中文系，并本科毕业。1984 年调入江苏省作家协会任专业作家，1985 年当选为江苏省作协副主席，1990 年任专职副主席，驻会工作至退休。1992 年任《钟山》杂志社主编。历任中国作协第六届全委会委员，中国作协第七届、第八届主席团委员。代表作有《卖驴》《绝唱》《鞋匠与市长》《走出蓝水河》《涸辙》《天下无贼》及"地母"三部曲等，先后获全国优秀短篇小说奖、紫金山文学奖、百花文学奖、《雨花》奖、《钟山》奖、《上海文学》奖、《小说选刊》双年奖、人民文学出版社奖、《中国作家》奖、《天津文学》奖、《文艺报》年度人物奖等奖项。长篇小说《无土时代》（2008）入选"新中国 60 年长篇小说典藏"系列和"共和国作家文库"；2012 年获江苏省委、省政府紫金文化金质奖章；《天漏邑》（2016）被称为中国文坛"十年来长篇小说的巨大收获"，并获得"首届汪曾祺华语小说奖"唯一的长篇大奖；《荒漠里有一条鱼》（2020）荣获百花文学奖。小说《卖驴》《天下无贼》被改编成同名电影，《刀客和女人》《在寂静的河道上》《青花》等被改编成电视剧。诸多作品被译成英、法、德、日、俄、挪威等文字在海外出版。

从《卖驴》到《荒漠里有一条鱼》，赵本夫四十余年的小说创作，大体分为四个阶段。第一阶段为 80 年代前半期，即 1985 年以前，以短篇小说《卖驴》《绝药》《寨堡》《绝唱》和长篇小说《刀客和女人》为代表，主要用现实主义笔法，描写徐州丰县一带农村、农民的生存状态、精神面貌以及当地的民俗风情。第二阶段为 80 年代中后期至 90 年代中期，即 1995 年以前，以中篇小说《涸辙》《走出蓝水河》《陆地的围困》和长篇小说《混沌世界》为代表，这是赵本夫创作的转型期，"逐渐突破主要写现实生活、农民心理的创作格局，更加注重从文化层面思索黄河故道的历史兴衰、农民的命运沉浮，表现人与自然的关系，表达浓烈的人文情怀"。[1]第三个阶段为 90 时代中期至 2013 年，以长篇小说"地母"三部曲(《黑眼睛蓝蚂蚁》(又名《逝水》)《天地月亮地》《无土时代》)《青花》，短篇小说《鞋匠与市长》《名人张山》《斩首》《天下无贼》等为代表，这些作品"在空间上从乡土扩大到城市，在境界上从地域风情、历史文化的表现拓展到对人类生存状态和生命意识的关注上面，从而提供了新的价值形态和思想境界。"[2]第四个阶段为 2013 年至今，以长篇小说《天漏邑》《荒漠里有一条鱼》等作品为代表。进入新时代，赵本夫的创作呈现"向内转"的趋势，他又重新回到他最熟悉的乡土，书写黄河故道、丰沛平原上的传奇故事，展现朴实的人性之美和厚重的历史负载。

---

[1] 张光芒编：《赵本夫创作论》，《赵本夫研究资料》，人民文学出版社，2016 年，第 5 页。

[2] 张光芒编：《赵本夫创作论》，《赵本夫研究资料》，人民文学出版社，2016 年，第 13 页。

综观赵本夫四十年来的创作，他持续关注的是土地与在大地上讨生活的普通人，脚夫、寡妇、乡村少年、乡下姑娘、老汉、山民，他的小说的核心意象是土地，从这个意义上说，赵本夫的创作可以归入乡土小说一类。但事实上，我们很难称赵本夫是一位农民作家，虽然他出生在农村、长在农村，也从事过农村工作，对农村生活和农民很熟悉，专注写土地及土地上的人，但赵本夫小说体现的神秘性与传奇性美学特征，又使得他的作品与其他乡土小说有着明显的差异。曾有研究者从寻根文学的角度分析赵本夫的小说，实际关注的还是其作品与土地、与农村关联的特质。如此说来，从黄河故道边走出的赵本夫，其小说重点关注故乡、故土和故人，地域特征明显，题材、艺术手法上的特殊性便也得到凸显。

一、对土地的集中书写

赵本夫说："我一直对乡村、田野、土地怀着浓厚的兴趣。"[1]这份对乡土的感情，源于他本人出生、成长和生活的环境。1947年，赵本夫出生于江苏徐州丰县一个有着五百年历史的大寨子里，他的父亲和母亲都出身当地的大户人家，两个家族都曾经拥有过很多土地。赵本夫十三岁以前一直生活在农村，后来又在小县城生活了三十年，生活环境始终没有大的改变。70年代曾连续六年参加农村工作队，在这期间，与农民及基层干部密切接触，对农村、农民的心理及处事方式等有了更深切的了解。他的家乡丰县也属黄泛区，黄河故道从这里经过。丰县因四省交界的地理位置而独具特色，"那里曾是黄沙蔽日野草丛生的荒凉世界，那里曾是土匪出没蟊贼蜂起的偏僻之乡；那里

---

[1] 赵本夫：《寻找自己的世界》，《徐州师范学院学报》，1987年第4期。

是寨堡林立强人横行的混沌世界，那里也是帝王将相的发迹之地，逃犯流氓的隐匿之所。那里有文明和野蛮的搏斗，也有光明和黑暗的交战。"①人们在艰辛的劳作之余，便是闲话祖祖辈辈的苦难、烧杀、凶险和传奇般的经历。家族与家乡的历史文化，充满神秘与传奇色彩的民间传说，给了赵本夫持久的影响和丰富的文学滋养。对土地、故乡的深厚情感，对"无数的历史的影像"的追踪，让他的写作有了专一的主题——"尽力反映四省交界之地纯朴的古风，深远的历史，人民的气质、性格，饶有风味的民情风俗以及时代的变迁，使社会更多地了解这一带人民的过去和今天。"②赵本夫说："我离不了丰沛平原、黄河故道。"③写大地、写大地人，表现"人对土地的最原始的崇拜"，④便成为赵本文持久的文学追求。

吴义勤认为，赵本夫完全没有摆脱农民身份的焦虑，"对赵本夫来说，'农民情结''土地情结'不仅不是一种负担，而且还是一种艺术突围的重要手段。"⑤"地母"三部曲是赵本夫土地书写的突出代表，集中探讨的是土地问题，被评论者誉为"农耕史诗"（汪政　晓华）、"土地的史诗"（何镇邦）。"在某种意义上讲，《地母》完全可以作为一个人类学家的野外作业的描述性文本来研究，它的工作范围是古黄河流域，它试图描述的对象是黄河流域的农耕文化。"⑥这样的结论突出的是赵本夫大地书写的写实性。第一部《黑蚂蚁蓝眼睛》（曾以《逝水》

---

① 徐兆淮：《赵本夫小说创作的蜕变轨迹》，《文学评论》，1987 年第 5 期。

② 赵本夫：《历史·民风·乡情——我和文学》，小说集《寨堡》，中国文联出版公司，1985 年。

③ 赵本夫：《我生长在界首》，《雨花》，1983 年 11 月。

④ 赵本夫：《我一旦进入写作，便神思飞扬》，《西湖》，2011 年第 7 期。

⑤ 吴义勤：《赵本夫论》，《钟山》，2009 年第 6 期。

⑥ 汪政、晓华：《农耕史诗——赵本夫〈地母〉研究》，《当代作家评论》，1998 年第 6 期。

为名出版）中，柴姑用一坛子金子从一个晚清官员手里买下了一大块已成荒原的土地；在饥荒年代，天易娘用自己辛勤劳动所换来的粮食，买进了"赤贫"农民杨耳朵的几亩土地，然后带着全家出去讨饭（第二部《天地月亮地》）。无论是柴姑还是天易娘，她们都对土地有着宗教般的虔诚与热爱，她们本能地感觉到：有了土地，就有生的希望。在柴姑眼中，土地是一切，只有土地才是真正的宝贝，"它什么都能变出来，什么都能长出来，种瓜得瓜，种豆得豆"，当荒漠变成沃土，那是一件多么有趣的事情啊，她无数次想象着，若干年后那一片神奇的景象：

荒原变成黑黝黝的肥沃土地，到处葱茏着绿色生命，几度晨昏、几度清风之后，沉甸甸的庄稼穗头在风中摇曳，放眼一片金黄，四处飘散着醉人的香味。那是一片无比灿烂的诱惑。[1]

抱着对土地繁衍生命的信念，柴姑"以少女的全部天真和痴情迷恋着土地"，她召集一批流民，迅速开始了在这片荒原上的耕耘。

柴姑就是土地的化身，她的子孙也延续了对土地的热爱。"地母"三部曲集中体现了赵本夫对于土地的思考：土地是农民的灵魂，失去了土地的农民，便不能称之为农民。岁月更迭，时间到了 20 世纪 50 年代，当年那个领着一众难民开荒种田、终成草儿洼寨主的柴姑已经成了百岁老人，而她积攒下的土地已经一块块卖了出去，以赎回被绑架的儿孙们。失去了土地的柴姑，也失去了生气。"赤贫"农民杨耳朵不会种地，也不愿种地，所以尽管在土改中分得了土地，他仍选择卖地填饱肚子，杨耳朵并不是真正的农民。时间进入 20 世纪末 21 世

---

① 赵本夫：《黑蚂蚁蓝眼睛》，人民文学出版社，2009 年，第 50—51 页。

纪初，原来的乡村被遗弃、城市被改造，人类进入了"无土时代"，柴天柱在城市三百六十一块等待绿化的土地上种上了麦苗，为的是唤起城里人对于土地的记忆；天易年少时常常俯身倾听大地的呼吸；石陀每晚穿着大褂拿着锤子去砸马路，只为寻找土地的影子，他们的举动固然具有荒诞性，却又带着从乡村走出的后代的行为合理性。"地母"三部曲从一百多年前黄河最后一次在这里决堤泛滥、从此改道写起，从柴姑带领难民们艰难垦荒，到 20 世纪 50 年代围绕土地引发的争斗，写到"无土"时代的现代人的焦虑与隐忧，围绕着人与土地的关系，赵本夫阐述了他对土地的虔诚："土地像大地母亲一样承载和养育着万物群生，土地成为人类真正的宗教。"①

中篇小说《涸辙》写在赵本夫对黄河故道进行实地考察之后，同样表现了对于土地的认识。1985 年夏天，赵本夫骑着自行车，与一个小伙子同行，沿着大沙河进入黄河故道，走遍了苏鲁豫皖交界地带的十几个县。当看到黄河故道两岸依然村庄稠密，草木繁茂，老百姓在土地上耕耘劳作时，赵本夫对着脚下的土地发出了疑问：这块土地到底属于谁？并最终明白："脚下的这片大地她谁都不属于，大地是母亲，养育了一代又一代人。"②"在世界任何地方随便抓起一把土，都比人类古老得多，……但大地无语。"③村支书老扁带着村民遍植树木，以致种树成为村里的一种信条：任何人都要种树，嫁出去的女儿回来也要种树。长篇小说《荒漠里有一条鱼》的部分情节几乎是《涸辙》的扩充版，大药商梅云游偶然发现了荒漠中

---

① 李星、赵本夫：《关于长篇小说〈逝水〉的通信》，《当代作家评论》，1998 年第 2 期。
② 赵本夫：《我一旦进入写作，便神思飞扬》，《西湖》，2011 年第 7 期。
③ 赵本夫：《大地人》，《时代文学》，2003 年第 4 期。

的鱼王庄后，决心以种树的方式帮助这里的百姓渡过苦难。弃婴老扁继承了他的事业，在老扁的带领下，鱼王庄人在经历了日本入侵、树林损毁等打击后，依然坚守着种树的信仰，他们平日外出乞讨养活自己，春天回来种树，代代如此、生生不息。一代代鱼王庄人对种树的坚持，实际上是对土地的一种坚守——种树，正是为了土地的永恒；只要土地在，村庄就有生的希望，人们就有了家。这是农民的恋土情结，也是对家园的守望。土地—家园，这是农民恪守的生存信条，村庄"毁灭—重建"的过程，是人类为了与土地共存所必须进行的斗争。"在赵本夫意识之中，屹立于黄河故道的鱼王庄不仅是一个单纯的小村，而是意味着比恐龙类和人类还早的生命的源地，是祖先的祖先，摇篮中的摇篮"。[①]《寨堡》《走出蓝水河》等作品，都表达了相似的主题，由此，"对于黄河故道这块古老土地的思考，成为赵本夫创作的一个总的思想主体。"[②]

赵本夫也在小说中表达了对现代人与土地隔绝之后所产生问题的隐忧，《无土时代》集中表达了他的这种忧虑。无土，既是指现代化的城市高楼林立、路面硬化的场景，也指农村城镇化改造中土地流失、农田荒废的状况。赵本夫借小说人物之口陈述了他的观点，在他看来，"在城市里，一层厚厚的水泥地和一座座高楼，把人和大地隔开了，就像电流短路一样，所有污浊之气、不平之气、怨恨之气、邪恶之气、无名之气，无法被大地吸纳排解，一丝丝一缕缕一团团在大街小巷飘浮、游荡、汇集、凝聚、发酵，瘴气一样熏得人昏头昏脑，吸进五脏

① 潘雪清、焦桐：《赵本夫小说的文本意义》，《当代作家评论》，1991 年第 1 期。

② 费振钟、王干：《对于古老土地的沉思——赵本夫小说民族心理结构的呈现》，《当代作家评论》，1986 年第 4 期。

六腑，进入血液，才有了种种城市文明病。"①在农村，随着一座座废弃多年的房屋的坍塌，年青一代走出乡村一去不返，"年轻人对建房子失去了兴趣，对土地也失去了兴趣。"②乡村的败落、行将消失举目可见，头脑活络的年轻人都想着"出外赚钱""跑生意"，远行成为他们脱离土地的渴念（《远行》）。赵本夫既直面年青一代走出乡土的必然，又流露出无可挽回的遗憾，因为他对土地的情感，依然执着。正如《无土时代》卷首语所说："花盆是城里人关于土地和祖先种植活动的残存记忆。"赵本夫关注城市文明的发展，同时也审视城市化的弊病，他想通过笔下的人物和故事，对现代文明进行反思，为社会提供另一种思考。

二、人与自然——对生命主体的强调

每次谈起自己的作品，赵本夫总是强调作品对生命主体的重视。他的诸多作品所关注的是人的生命形态、生命意识，探讨人与自然的关系问题。他认为在人类繁衍发展的历史长河中，唯有生命是永恒的，所以他的作品"关注生命本体的或本原的意义"，③讴歌原始生命。赵本夫一直在作品中呼唤"野性"，因为"野性"保存了生命的原始基因，人类社会唯有保持"野性"，才能让文明充满活力。

赵本夫小说的生命意识，主要体现在三个方面，一是展现生命的韧性，二是刻画浑身散发着自然野性的女性形象，三是描写一群与人类世界共处的动物。

---

① 赵本夫：《无土时代》，人民文学出版社，2007年，第6页。
② 赵本夫：《即将消失的村庄》《天下无贼》，人民文学出版社，2004年，第81页。
③ 赵本夫：《我一旦进入写作，便神思飞扬》，《西湖》，2011年第7期。

《黑蚂蚁蓝眼睛》《涸辙》《荒漠里有一条鱼》等作品，都从洪水过后生命的复苏写起，在洪水过后的一片荒原上，无论是人类还是自然万物，都充分展示了生命的韧性，生命的顽强。草儿洼经历了黄河在这里的最后一次决口，"黄水退下后，数百里之内，几乎断了炊烟。原有的村庄一座座都消失了。举目所望，残垣断壁，枯树昏鸦，景象极为凄惨。浩浩数百里，就像一片死去的土地。"①但还是有幸存者，他们"或借助一块门板，或抓住一根木头，或驾一条破船，终于死里逃生。"②"他们在大水中不知昏死过几次，又醒过来几次。"生命力的顽强在这里得到了伸张。孤身一人来到此地的奇女子柴姑，用一坛金子买下了大片荒原，带着一批幸存的"野人"在此开始了耕耘。她先后救活的人，也都带着一股淋漓的生命之气，如巨人老佛，洪水过后，他幸运地活了下来，靠生水、生鱼、草芽充饥，仍活得非常强壮，且力大无比，不仅是干活的一把好手，而且充当了柴姑的保镖。《涸辙》的故事也从"那场毁灭性的洪水过后"开始，无边的沼泽地里，"没有人迹，却充溢着生命的疯狂。叫不上名字的各种鸟在蒲苇上掠来掠去，喳喳欢叫。密密的草丛中，鸟蛋一堆一堆的，俯拾皆是。蜻蜓在草尖上自由地滑翔交尾，战栗着幸福。"蛤蟆、蛙、水蛇、乌鸦、兀鹰、野狐、狸猫、黄鼠狼……"互相追击，互相躲避"，然后是"一场生死大战"。③在《荒漠里有一条鱼》中，处于黄河故道边上的村子鱼王庄，贫瘠、荒凉、落后，就像荒漠里的鱼一样，生存环境极其恶劣。但村民们身上，始终有一种原初的生命力。他们凭借顽强的毅力和不服输的干劲，在荒漠里种了几十万棵树，改变了那片土地的面貌，

---

① 赵本夫：《黑蚂蚁蓝眼睛》，人民文学出版社，2009年，第31页。
② 赵本夫：《黑蚂蚁蓝眼睛》，人民文学出版社，2009年，第37页。
③ 赵本夫：《赵本夫选集（第6卷）：涸辙》，作家出版社，2011年。

显示了生命力之顽强。隐藏在深山老林山窝窝里的天漏村，"是天空的一个破绽"，每年总有几个人被突然而至的雷电劈死，这里其实并不适合人居住，但一代代天漏村人没有逃离，他们以"直面灵魂和生死的勇气"在这里扎根，虽然随时可能面临雷劈的危险，非死即伤，但这里仍"鸡鸣犬吠，人语晏晏"。①

从《"狐仙"择偶记》开始，赵本夫塑造了一系列充满生命热望的女性形象，她们仿佛天地间的精灵，浑身上下散发着人类原始的、野性的、纯粹的生命力量，完全不受任何规范的约束，尽情释放生命的能量，哭笑自由，任性逍遥，爱得热烈，恨得彻骨。"《逝水》中的男男女女，发生了许多故事，有善有恶，有美有丑，有情有欲，呈现着生命的恣肆。""在所有这些人中，都是以女性为中心展开的"。②柴姑在石洼村落脚时，已经历了"山林、厮杀、鲜血、遍野的尸骨、追杀、逃亡、数千里跋涉、路途的艰险"；当黄河水泛滥，中原千里尽成泽国，滔滔洪水中，柴姑不仅活了下来，还果断购得了一大片荒原，带着流民在这里耕作，建造了充满生机的草儿洼王国，她，成为真正的国王，所有男性都对她俯首称臣。小迷娘的出场便充满野性的味道——披头散发，蓬头垢面，只穿一件蓑衣，还一本正经说自己吃过人，疯笑起来"浑身抽搐"。这个六七岁就被父母丢弃的女孩子，喜欢热闹，"和一帮流浪儿、小要饭的、玩杂耍的瞎混混"③，习惯了到处游荡。"她没有任何生活的目标""她喜欢随意。随意走走转转，随意和人调情，随意往马棚或者哪个藏兵洞一睡，随意爬墙上树，随意溜出城去野地里晃荡几天，随意躲进古塔，在灰尘和阴暗中与蛇为伍几天不露

---

① 赵本夫：《天漏邑》人民文学出版社，2016 年，第 50 页。

② 李星、赵本夫：《关于长篇小说〈逝水〉的通信》，《当代作家评论》，1998 年第 2 期。

③ 赵本夫：《黑蚂蚁蓝眼睛》，人民文学出版社，2009 年，第 74 页。

面，然后又突然出现在街头。"①小迷娘仿佛天地间的精灵，她的身体和情感不受任何的拘束，展现着活泼、热辣的生命活力。单身女人麦子用一篇题为《回归原始》的文章，向世人宣告自己曾在一个人迹罕至的山区，"引诱了一个强壮的山里男人，体验了一次简单而原始的性爱。"②无论是她在大山里每天"赤条条躺卧在溪流里"洗澡的行为本身，还是将引诱鳏夫村长的结果公之于众，这个女性的行为都可谓大胆而放肆。开茶馆的杨八姐，"爱骂人，敢和男人打架，在地上翻滚着打"，对占她便宜的男人"伸手就是一巴掌。男人要打她，她就和男人厮打，打得气喘吁吁，头发散乱。男人治不服她"。③赵本夫还特别注意通过写女性像野兽一样的嚎叫，来表现这些女性身上的野性。《寻找月亮》中的月儿"尖叫的声音非常特别""就像在举行尖叫大赛，声音细而尖刻，撕心裂肺持续不断惊心动魄，以至整座森林都回旋着尖叫声，逼得人透不过气"。④柴姑在与男人交媾时，会"含糊不清地大叫"，"啊啊……呀！……噢噢……啊啊啊啊！……"的叫声在黑夜里传得很远，整个村庄都听得清清楚楚，那是"一种兽性的叫声"，⑤震撼而无所顾忌。

赵本夫在他的小说中写了很多动物——狼、狗、蚂蚁、驴、马、龟等，它们常常就是小说中的一个角色，他将动物看做与人类一样的生命，认为天地间所有的生命都应得到尊重。⑥他写动物，一方面是通过动物

---

① 赵本夫：《黑蚂蚁蓝眼睛》，人民文学出版社，2009年，第94页。

② 赵本夫：《即将消失的村庄》《天下无贼》，人民文学出版社，2004年，第88页。

③ 赵本夫：《赵本夫选集（第6卷）：涸辙》，作家出版社，2011年。

④ 赵本夫：《寻找月亮》《天下无贼》，人民文学出版社，2004年，第154页。

⑤ 赵本夫：《黑蚂蚁蓝眼睛》，人民文学出版社，2009年，第23页。

⑥ 赵本夫、沙家强：《文学如何呈现记忆——赵本夫访谈录》，《南京师范大学文学院学报》，2009年第4期。

来审视人类，让人类看到自己的残缺，也告诉人们："这个世界并不仅仅属于人类。"①人类与动物一样，只是万千世界里的一种生命，也有局限性，这是赵本夫普遍的、平等的生命意识的体现。从《白驹》开始，赵本夫小说里频繁出现动物，《白驹》写猎狗因人类的忘恩负义而反叛人类，奔向原野，寻找属于自己的独立而自由的世界。《黑蚂蚁蓝眼睛》中最让人难忘的动物是叫白羲的羲犬和一条花狼，羲犬是家族唯一的后代，花狼是群狼的首领，两个强者的当面对决、相互占有、彼此算计，与小说中的柴姑与老大、与黑马的人生纠葛形成对照；而白羲的一次次为人类献身与柴姑的冒死救白羲，完美诠释了人类与犬类两个物种的共存与相依关系——人类为重建家园而努力，动物也在为生存而斗争。

三、传奇性与神秘性

赵本夫小说的传奇性显而易见。他的作品大都以丰沛平原、黄河故道边上乡土生活为背景，着重描写的是民间生活传奇，主人公一般都是小人物：戏子、卖药的、乡民、厨师、匪徒、看守、小秘书、独居老人，表现俗世奇人的悲凉命运、一诺千金的生死交情，将侠骨柔肠、重情重义等民间道德演绎成慷慨悲歌的故事。不同的空间场景并置、交叉、切换，人物关系多头缠绕。对故事的注重，对民间语言、风俗习惯、道德取向的熟稔，让赵本夫小说的传奇性也带上了鲜明的地域特征。当充满传奇的故事讲到高潮处，赵本夫小说还暗合了民间说书的节奏，紧张舒缓、快慢变化，恰到好处。

---

① 李星、赵本夫：《关于长篇小说〈逝水〉的通信》，《当代作家评论》，1998 年第 2 期。

在他早期的短篇小说中，从《绝唱》《绝药》《铁笔》到《老槐》《斩首》等，一系列俗世奇人形象让人过目难忘。爱养鸟的尚爷与唱戏的关山，本是为了一个姑娘而打斗的仇人，却因各自佩服对方的人品，而成了把兄弟，彼此把最心爱的东西送给了对方。多年以后，尚爷送给关山的百灵鸟在拼劲全力唱出"绝口"之后死了；一个多月后，早已不能登台唱戏的关山也死了；亲自安排好关山的丧事后，尚爷自杀了，身旁放着关山当年送给他的那把刀。《绝唱》将信与义的故事写得既惊心动魄又百转千回，人物动作、百灵鸟的歌声，与关山在舞台上的一招一式形成呼应，小说的叙事节奏也恰如一曲"绝唱"。世间有无"绝药"，其实并不重要，小说《绝药》要表现的是卖膏药的崔老道的传奇——身世扑朔迷离，行踪飘忽不定，神情难以捉摸，说话真假难辨，放在手中把玩的是一只三条腿的乌龟，身上穿的是破烂的百衲衣。小说最让人称奇的是，当二毛以崔老道唯一的弟子的身份卖药时，人们完全不相信他，原因竟是他没有一副崔老道的做派。小说《斩首》中的匪首马祥知道自己要被押解进京"赶秋斩"时，变得更加豪气冲天，在他看来，这种死法简直就是修成了"正果"。谁知遇上改朝换代，本来只在驿站关押一天的马祥，却被关了几个月，差点饿死。而拯救他的，竟是之前押送他进京的看守的头儿老刘。老刘不仅赶回驿站从地牢里救出奄奄一息的马祥，还亲自为他熬汤，帮他调养身体。匪首、匪徒、看守，每一个都是讲求信义之人，《斩首》的传奇性充溢着一股豪情。《老槐》中如今看起来有点孤僻的老槐，少年时代就是一条硬汉：十四岁时打了两口棺材，吓退了那些和他寡娘鬼混的男人。二十多岁时，一铡刀将一个汉奸劈成两半。那个让他念念不忘的女子，浑身上下也充满了传奇色彩：一个单身女子，独自经营着一家客栈；整天浪里浪荡，和男人嬉笑怒骂，却守身如玉。《老槐》将过去的传奇穿插在眼下琐屑的生活当中，曾经的浑身是胆，如今却无用武之地，悲凉的意味不言而喻。乡村的生存之道，乃至生活逻辑，让现在的城里人匪夷所思：浑身滚圆的曼曼虽然嫁给了瘸子张三，还是和结婚前一样，从不拒绝和别的男人睡觉，但"村里女人并不怎么恨曼曼，她们知道她就那样有点傻，自己男人只不过捡她便宜，男人总要偷鸡摸狗的"。①而男人仍然喜欢偷偷摸摸地约曼曼出去。无论是男人还是女人，都知道"世界上什么事该怎么做都有个讲究"。这里没有严苛的道德约束和指责，有的是自然人性的张扬和听起来像传说的过往。

赵本夫自己说他的小说"讲究传奇性"，这可能跟他喜欢阅读古典小说有关。受唐宋传奇、明清小说的影响，赵本夫在创作中特别注重故事性，常常将故事的地点放在诡异的荒村野店、深山密林；故事发生的时间往往是模糊的，时代背景是淡化的；故事情节、人物行动往往充满诡异色彩，令人匪夷所思；再加上写作手法上，喜欢用隐喻、象征，不同的时空又常常并置、交叉，更加重了故事的神秘色彩。

《黑蚂蚁蓝眼睛》开篇，年轻女子柴姑孤身一人"从关外的深山密林里逃出来"，跋涉数千里，来到了中原的黄河沿上，找到了她先祖的故乡。这样的开篇，本已让人觉得不可思议了。接下来，一系列出人意外的事件发生——黄河决堤，并就此改道；柴姑与石头屋的三兄弟都在黄河泛滥中奇迹般地活了下来；柴姑驯服流民，开荒种地；深爱柴姑的黑马，在世仇与爱情之间难以抉择；腊与梦柳这对父女的离散、重逢；小喜子、茶、腊、瓦、小迷娘、冬月等一个个人物先后出场，来无影去无踪；花狼与白羲的冲突、争斗、互相爱慕，与现实世界形成呼应。整部作品既让人觉得不可思议，又有一种荡气回肠的阅读快感。小说中那家名叫"开一天"的客栈，孤零零地被隔在集镇

① 赵本夫：《老槐》，《天下无贼》，人民文学出版社，2004年，第119页。

之外，店主是婆媳二人，小店开了五十年了，连小说中的人物都不禁感叹："五十年，世上发生过多少事啊！一个开店的老妇人，更不比寻常村妇，南来北往的客人，砍杀劫夺的土匪，都在这里走马灯一样过往。这位老妇人却依然一副常态，叫你感到一种难以置信的平静，实在叫人费解。"①神秘色彩也使作品带上了浪漫主义的色调，如小说写那位动了情思难以自抑的姑娘桃花投水自尽后，小说写到："自从桃花消失以后，满山的树都枯了。原本碧绿的桃叶纷纷变黄变枯，如秋风扫过一样，簌簌落地。桃花渡满目凄凉、萧条。满山的落叶随无数条小溪，一齐涌向月亮潭。"②到长篇小说"地母"系列、《天漏邑》《荒漠里有一条鱼》等作品中，赵本夫小说的传奇色彩更加突出，在他的笔下，人类生活的环境都充满了传奇性。《天漏邑》在开篇就赋予了一个地方以神秘的传奇色彩——处在深山密林里的天漏村是女娲补天之时遗漏下的一块地方，这里每逢风雨大作，雷电便轰然劈落，正好在户外的村民非死即伤。村里每年都要被雷电劈死几个人，因雷击致残的人更是不计其数。这里有很多说不清道不明的神秘事件，却不影响天漏村人上演了一幕幕杀敌御侮的慷慨悲歌（《天漏邑》）。侠肝义胆的宋源的出身也充满传奇色彩——他的母亲被雷电劈死的那一刻，他出生了，虽半边脸乌青发紫，但哭声响亮，暗示了他的命运非同凡响，日后宋源的一切传奇经历便有了依据。

吴俊认为："赵本夫的小说从古代笔记中借鉴的主要是小说的文体形态，而从传奇中汲取的则主要是小说的故事形态。"③赵本夫的小说近乎完美地演绎了传奇的特征，但"还存在着某种'传奇性过度'的

---

① 赵本夫：《黑蚂蚁蓝眼睛》，人民文学出版社，2009年，第309页。
② 赵本夫：《黑蚂蚁蓝眼睛》，人民文学出版社，2009年，第148页。
③ 吴俊：《"中国作家"赵本夫》，《当代作家评论》，2006年第2期。

毛病"，"使人对作品产生不信任感"。这一论断大体是客观的。赵本夫在创作中大概也意识到故事、人物、场景过于神秘，难以让读者信服，所以他总是将故事的时间虚化，将空间陌生化，将人物关系纠缠化，并将象征、荒诞、夸张等诸多现代小说技法糅为一体，营造既紧张又自然的氛围。他笔下的传奇故事一般都嵌在现代生活中，倒叙或回溯的手法让人产生一种历史的沧桑感——传奇已成过去，当下的生活已被平庸、怯懦填满，于是，赵本夫的小说也带上了寓言的特征，让人感觉到荒诞却又无法否定现实的可能性。有人认为赵本夫小说过于理想主义，赵本夫并不否认，他说："文学本身就是理想主义，因为社会和人生总会有一些缺失和不足，但文学能够给人带来精神慰藉，让人不迷乱不绝望，对理想和未来抱有希望。"

赵本夫笔下的有些传奇故事，时间、空间异常明晰，人物关系也简单明了，让人置身其中，产生真假难辨的感受。因同名电影热映而引起广泛关注的短篇小说《天下无贼》，可谓这类作品的代表。该作品贯穿始终的是"好人"的观念，小说人物分为泾渭分明的两个阵营——"好人"与"坏人"，坚信"天下无贼"的农民工傻根和"刀疤脸"公安是好人，王丽、王薄和其他窃贼都是坏人，只不过后来"二王"被感化了。《天下无贼》"叙述了一次坏人向好人的人性回归"，[①]主题可谓单纯明亮。"无心无肺"的傻根不相信这个世界上有贼，而王丽仅仅因为傻根这个"傻"得可爱的念头便放弃了当贼，反过来极力守护"天下无贼"的太平状态，并为此差点付出了生命的代价。小说具有多重传奇性。第一重传奇表现为傻根的单纯，自小生活在"民风淳朴，道不拾遗"的偏远山区，又在荒无人烟的大沙漠待了五年，傻根确实是从来没

---

① 刘鹏艳：《论〈天下无贼〉的电影叙事与小说叙事》，《安徽教育学院学报》，
　2006 年第 2 期。

有碰到过贼，无论同伴如何提醒他，他"就像大沙漠一样固执""固执地认为世界上没有贼"。小说用沙漠做喻，暗示像傻根这样的人也会产生"震撼人的心魄"的力量。第二重传奇是王丽这个大盗竟然被傻根感化了，她不仅自己不偷傻根的钱，还一路自愿保护，让傻根免受其他窃贼的伤害，最终用鲜血保全了傻根心中"天下无贼"的信念。王丽对傻根的保护，既是出于女性对于弱小（傻根像她的弟弟）的天然怜爱之心，也有对于单纯本身的一种保护与追求。第三重传奇是刀疤脸公安的犹豫与恻隐之心，王丽被傻根的单纯所感化，老公安又被王丽的善良而感动，于是也暗中阻止窃贼靠近傻根，"他觉得这一对男女挺可惜的，他们是大盗，可他们在做一件好事，这不仅离奇而且还有点浪漫。"[1]于是，将公安的职责暂时放置一边，"成全了他们"。本来是"一个美丽的梦（天下无贼）"，却因为贼人自动向善的转变，而成了真。这是赵本夫小说传奇的另一面，他让人性的光辉照亮了这个世界的阴影。赞美人性，实际上是赵本夫写作传奇故事的深层原因。在他的笔下，其实并没有纯粹的坏人，即便是坏人，也总是"在冲突最为激烈的某种世俗关系中"显示出"人性的光亮与暖意"。[2]

附录：

一、赵本夫主要作品

短篇小说《卖驴》（获全国优秀短篇小说奖）

《天地月亮地》《无土时代》，人民文学出版社，2008年

---

[1] 赵本夫：《天下无贼》，人民文学出版社，2004年，第247页。

[2] 余秽之：《人性的光亮与暖意——试论赵本夫短篇小说〈斩首〉》，《上海文学》，2004年第12期。

《黑眼睛蓝蚂蚁》，作家出版社，2009年

《赵本夫选集：刀客和女人》，作家出版社，2011年

《天下无贼》，作家出版社，2011年

《天漏邑》，人民文学出版社，2017年

《荒漠里有一条鱼》，百花文艺出版社，2021年

二、主要参考文献

1.费振钟、王干：《对于古老土地的沉思——赵本夫小说民族心理结构的呈现》，《当代作家评论》，1986年第4期

2.郜元宝、天漏：《人可以不漏——赵本夫新作〈天漏邑〉读后》，《当代作家评论》，2017年第6期

3.李星、赵本夫：《关于长篇小说〈逝水〉的通信》，《当代作家评论》，1998年第2期

4.刘鹏艳：《论〈天下无贼〉的电影叙事与小说叙事》，《安徽教育学院学报》，2006年第2期

5.刘艳：《诗性虚构与叙事的先锋性——从赵本夫〈天漏邑〉看中国故事的讲述方式》，《中国文学批评》，2017年第4期

6.汪政、晓华：《农耕史诗——赵本夫〈地母〉研究》，《当代作家评论》，1998年第6期

7.吴俊：《"中国作家"赵本夫》，《当代作家评论》，2006年第2期

8.吴义勤：《赵本夫论》，《钟山》，2009年第6期

9.徐兆淮：《赵本夫小说创作的蜕变轨迹》，《文学评论》，1987年第5期

10.张光芒：《大地书写与苦难叙事相结合的扛鼎之作——评赵本夫长篇小说〈荒漠里有一条鱼〉》，《扬子江文学评论》，2021年第2期

三、必读书目

《黑蚂蚁蓝眼睛》，作家出版社，2009 年

《赵本夫选集：天下无贼》，作家出版社，2011 年

《天漏邑》，人民文学出版社，2017 年

四、拓展与练习

1.简答题：赵本夫小说体现了怎样的地域特征？

2.讨论题：赵本夫说："我很多作品是歌颂生命的。"请结合具体作品，说说你对这句话的理解。

第五章

储福金:写意叙述中的生命意涵

储福金,江苏宜兴人,一级作家,曾任江苏省作家协会副主席。1952 年 8 月,储福金出生于上海,并在此度过童年和少年时代。1968 年冬,十七岁时,他被下放至户籍地江苏省宜兴县,插队劳动,"接受贫下中农再教育";后转至相邻的江苏省金坛县,继续插队劳动。1977 年,被金坛县文化馆招录;1978 年分别在《江苏文艺》《安徽文艺》发表小说作品。1980 年被调至江苏省作协,任《雨花》杂志编辑。1984 年至鲁迅文学院学习,不久考入北京大学首届作家班,后转至南京大学中文系就读。储福金长期为江苏省作协专业作家,著有《紫楼》(又名《紫楼十二钗》)《心之门》《黑白》《黑白·白之篇》《念头》《直溪》等十多部长篇小说,发表中篇小说数十篇、短篇小说百余篇,曾获庄重文学奖、江苏省政府文学艺术奖、紫金山文学奖、《萌芽》文学奖、《上海文学》奖、《北京文学》奖、《钟山》文学奖等数十种奖项,为江苏省有突出贡献的中青年专家、享受国务院特殊津贴的专家。

就其人生履历而论,1950 年代出生、且具有下放插队经历的储福金,显然属于"知青一代"作家。迄今为止,他的创作历程业已跨越四十余年光阴,笔耕不辍,硕果累累,并且至今依然保有坚韧的创作生命力,表现出持续前行的创作态势。而从中国当代文学的宏观视界观察，储福金的小说创作既是"新时期"以来中国文学流变与发展的一则有机内容和生动案例，其对时代和社会的独到观照、对人物及生命的独有体悟，以及对小说形式和艺术表达的独特探求，又使其创作实践和小说文本具有鲜明的个性特质。即此而论，储福金的小说创作实乃中国当代文学发展的一则鲜活表征，其一方面透显出中国当代文学的时代特质，另一方面更表现着作家储福金非同群流的文学气质和创作个性。

一、现实性·内在性·超越性·新异性

储福金的小说创作显然包蕴着丰厚的社会内容和时代内涵，其文学表现与现世生活和人生之间，保持着紧密的内在意义关联，其文学文本由此具备真切的现实感和深切的现实性。如《紫楼》，小说叙述以1970年代至1980年代为社会背景，围绕某县城文化馆文艺宣传队队员的故事逐次展开，她们的生活和命运既具有特定时代的社会规定性，她们的个性和归宿也显示着人与自身所处时代之间的深在黏连。再如《心之门》，联翩而来的人物故事呈现着1980年代到1990年代的社会转型内涵，改革开放的时代流向裹挟着所有人物，他们的情感和思虑既表现着人对特定时代的反响，他们的应对和行动则是特定时代之于个体的刺激及其回应——此间，江志耕的官场经历及其为官经验，刘国栋的碌碌人生及其愤激心性，尤为凸显社会世态的真切情状而具有深刻的现实意蕴。至于《黑白》《黑白·白之篇》，小说叙述更是在陶羊子等棋人故事中，收纳进晚清至20世纪上半叶中国社会波澜壮阔的动荡与裂变，人物故事便与现实社会之间建构起深切的叙述逻辑，小说创作由此表现出丰赡的现实内涵和社会意蕴。《念头》则以张晋中故事为情节主干，铺陈开现实社会中的世态人情。在储福金的小说

创作中，现实内容和社会内涵构成叙述的深厚铺垫，且凝定为小说叙述的现实感和现实性。

细究储福金小说现实社会内容的表现，其形态和手段大致有二：一是背景性交代。我们看到，《紫楼》叙述中有关社会背景的交代不作特意铺陈，却总是一笔带过——比如《紫楼·白笛》中"这一年，社会有了大变动""那么多知青都这样回了城"，即此含蓄而确凿地点明1970年代末实现政治和现实社会的剧变；《心之门·巽》的故事主角为苏艳红，叙述交代"那两年社会的潮头转得快，突然，学校宣布从苏艳红那一届分配不再上山下乡了"；《黑白》叙及陶羊子赴芮总府对弈，以一盘没下完的棋，交代出1932年淞沪战争骤然爆发的历史事件。二是情节性陈述。这是储福金小说中更为丰富、因而也是更为充分的现实社会内容表现，它贯注于人物故事陈述、人物命运展开中，即贯注于人物形象塑造中，由此，现实社会内容的表现便与人物形象塑造在小说叙述中融汇而成一体性的叙述实践；小说叙述的现实性及小说文本现实感，即此而与小说人物的社会性形成同质共构的叙事关系。

更有意味、因而更值关注的是：储福金不愿意自己的小说创作刻意仿制现实社会和现实生活——这或许得之于他本人的文学史反思，他曾颇有感触地述说："很长一段时间，中国的创作走着一条政治的路，社会的路。和政治贴得很紧，和社会贴得很紧""许许多多的作者，许许多多的作品，都从那条路上模仿起步"[1]，他既不认同简单化的文学反映论，便对此持有自觉的警惕，他不愿意自己的作品仅仅只是现实社会的粗略投影和浅表反映；基于此份创作的自觉，他将自己的叙述焦点凝聚于现实社会中的人物及其人生，而其笔触着力处则在揭见现实社会

---

[1] 储福金：《追寻与自我（之二）》，转引自张宗刚编《储福金研究资料》，人民文学出版社，2016年，第267页。

人的心灵世界——正是对人物心灵世界孜孜以求的追询和表现，成为储福金小说创作的精义所在，构成其小说叙述的深度面向。观其早期代表作《紫楼》，人物心理表现即具备了深度与特色，储福金在人物故事的叙事展开中，精准扣住人物内心世界，尤为细致地呈现出人物的内在情感颤动。如，认真、要强的鲁阿芳，既迷恋文艺宣传队的表演生活，"演剧演荒了心"，又为现实生活中逃避不得的婚姻大事纠结而烦恼，且从宣传队负责人沙中金的个人经历中，体会到"一种莫名的感伤"——喜爱、苦恼和感伤即此纠缠而一时成为她的内在情感构成。再如，"紫楼的传达和收发"叶三娘，曾有出类拔萃的演艺经历，对舞台的留恋成为她念念不忘而挥之不去的"表演情结"，她精心安排的代女出演则是此份情结的行为显现，而节目被撤销结果反衬着她对舞台表演的痴恋——如此，人生境遇的落寞和凄凉，与内心深处的执着和迷恋，构成文化馆门卫叶三娘的生命境况和情感张力。《紫楼》的叙述虽呈过于纤巧之态，其细心修剪的叙述，却表现出对人物心灵世界的精微把握，尤其对人物的情感律动，具有含蓄却纤毫毕现的叙述实效。我们将储福金小说创作对人物心灵世界的关切和表现，称之为他的叙述的内在性。

储福金对简单化的文学反映论的批判性反思，也促使其小说创作寻求现实表现的有效方式与途径，由此他关注小说创作的作家主体介入，强调小说现实表现的作家个性参与。他清楚地意识到小说创作与作家"生活经历"的内在关联，且尤其重视作家本人对于其实际生活和现实社会的"内心的感悟"——"不同的人有不同的感悟。这种感悟我认为是作家独特性最根本的"[①]；他所强调的是作家"内在的独特

---

① 储福金、汪政：《夏天的问答》，转引自张宗刚编《储福金研究资料》，人民文学出版社，2016年，第277页。

个性"及其"创造性的写作",因而他指认:"对作家来说,本体是内,生活在外。艺术要求作家表现出内在的独特而富有创造性的个性来。"[①]以《黑白》为例,小说叙述表达的聚焦点既不在晚清至20世纪上半叶的中国社会生活,也不在铺陈不同人物的人生内容和生活情景,而在棋人故事与现实社会的交集纠结中呈现出生命的在世形态;对生命的关切既贯穿于小说叙述中,生命体验即此成为小说叙述表达的核心要义——"真实的人生,与下棋的感受是对应的",生命感悟便从棋人故事中自然逸出,"棋"与"人"在叙述中建构起意义关联,所谓"棋如人生",正概括了生命在世的百般滋味和无尽感慨。储福金的叙述表达,在小说创作中表现为深在意义追询,他既不满足于小说对现实世界的仿制、对现实人生的摹写,而要追索生命在世的意义;如此的创作追求,构成其小说叙述的纵深向度和形而上命意——我们可称之为叙述的超越性。

对于小说文体及表现方法,储福金向来保持着某种自觉的追求意识,且一直从事着实践探索。这与他对传统反映论文学观的不满具有逻辑关联,也与他对传统现实主义小说的不满具有因果关系,而无论是叙述的内在性追求,还是叙述的超越性追求,均需在叙述实践中贯彻,并在文体构成、创作表现方面得以呈现。储福金的小说创作,敏于形式实验与创新。如《紫楼》,十二篇短篇构成系列小说,以组合式汇成长篇规模,人物多为文艺宣传队人员,共有的活动空间则是县文化馆所在"紫楼";每篇各有主人公,且在不同篇什中进出,颇似巴尔扎克小说"人物再现"手法,也使系列小说具备了整体感;十二篇题名各取一种色彩(紫、青、红、绿、橙、蓝、褐、白、灰、碧、黄、黑),

---

① 储福金:《独特·创造·个性——与朋友谈创作》,转引自张宗刚编《储福金研究资料》,人民文学出版社,2016年,第310页。

各与某种名物构成偏正词组（如"紫楼""青衣""碧泪"等），且在叙述中表达某种特殊的情感蕴涵。《心之门》自"序"而下取用"八卦"作各部分题名（乾、坤、震、巽、坎、艮、离、兑），卦名与围棋隐含天地人生的想象与思致；情节展开采用环扣结构，大致说来，前一部分中的某一主要人物，在下一部分中继续作为主要人物，"两两相扣"而在"环扣之间推开了下一层门"，便是次第打开一个个人物的"心之门"——"那是愿望之门、情爱之门、社会之门、善恶之门、信仰之门等七重门，表现了多重形象、多重思考、多重人性。"①《黑白》的叙述风貌看似返回传统写实，却在棋人生命展开中多有隐喻、象征、梦幻等多重复叠的非写实手段；其姊妹篇《黑白·白之篇》则有意识运用"现代的多重色彩的表现手法"②——写实与虚幻、传统与现代，在这两部棋人题材长篇创作中呈现出融汇交集的叙述景观。《念头》则具有写意性叙述的风貌和特质，在人物性格表现及人物命运陈述中，以"莲"为核心意象展开丰茂而蕴藉深幽的想象，并且表现出某种唯美而唯情的叙述境界。至于《直溪》，有论家称之为"心学小说""唯美小说""实验小说"，实际均注意到了其文体特色和表现手法的特点。概言之，储福金的小说创作既具有对文体及表现手法的自觉意识，且表现出对文体和表现特色的自觉追求，即此形成其小说叙述的新异性。这种叙述的新异性，便脱离、超越了对于现实世界的低层次摹仿，正是"艺术世界"的诞生——诚如储福金本人所言："真正的艺术创作，自然要有所想象，要具有形而上的意味，构筑一个不脱离现实生活，又具有超越性的艺术世界。"③

　　综上所述，我们将叙述的现实性、内在性、超越性和新异性，视

---

①②③ 储福金、韩松刚：《文学的深度须站在文学的船上》，《文艺报》，2023年11月15日第5版。

作储福金小说创作的基本要义。

二、《念头》：储福金的写意性叙述及其生命蕴涵

储福金长篇小说《念头》的叙述原点就隐匿在小说枝繁叶茂的叙述中。

小说以男女约会开场，似乎是个俗套的开篇。约会双方是身价不菲的老板张晋中和售楼经理冯媛，他们认识不久，是一个出国旅游团里的同座团友，碰巧她的工作地就是他早年生活的"故城"。他是"有过阅历的男人"，而她的职场历练使得她所有应对无不妥贴、温婉，他们的约会因此具有男女情色的暧昧质地，接下来的"一夜情"便水到渠成，结果自然得犹如瓜熟蒂落——第二天下午，他在她手上签好合同，要"买下整个一层的房"。此间叙述，约会双方心思含蓄几乎不动声色，两相呼应却是丝丝入扣近于天衣无缝，情色交流与商业行为浑生一处，纠缠得难分难解，看似浑然不觉却彼此心知肚明——说这个开篇多少有些俗套，只因为它是我们阅读经验之内的套数。

实不过，张晋中精心安排的约会，男女激情奋张的"一夜情"，还有那严丝合缝、毫厘不爽的签约过程——这一切，在储福金的叙述中，仅仅是一场耐心展开的细致铺垫，只为一个"意外事故"的突如其来作着从容准备：购房合同签就，张晋中"提了一个要求：他要她陪去工地看看那座还没完工的楼"。到达工地，他掀开防护网伸头张望——

就这时，一块碎砖沿着防护网从上面滑落下来，就落在了他的右脑壳上。

这块"碎砖"才是小说叙述的用心设计！在一场貌似俗套的开篇

铺垫之后，它意外"滑落"却正中张晋中脑壳，犹如"神来之砖"，其实是作家叙述中的"神来之笔"：他以一块碎砖的碰击，让自己的主人公得着一个生活停摆的时机，就此让张晋中从先前的生活常态中脱离出来，"意外脑伤"遂成张晋中人生的"关键时刻"，或者说，是他生命历程的"关节点"。

更值注意的是：储福金对主人公"意外脑伤"的关切点，实不在身体创伤本身，小说叙述对张晋中脑伤伤情一笔带过，无意留驻，却迅速聚焦于张晋中脑伤中"漂浮"而出的种种"念头"："他没有痛楚的感觉，相反感觉是松松快快的""他在高处漂浮，像风筝一样飘飘浮浮""一个个念头流动过来，如云空上的点点露水，滴落下来，滴得缓慢，滴得清晰"；而所有"念头"围绕着一个共同矢量，便是——"生死"：

原来不相干的一切连着的是：我是活着的。一旦活的意识进入，死的意识也跟着过来。一个念头清清冷冷地浮游而来：我是不是死了？

死。我存在吗？我不存在了，那么一切存在还有什么意义？

他飘浮出来，如果说生，他不在肉体中，如果说死，他还有念头。如生如死，如死如生。

藉借一块"碎砖"滑落造成的"意外脑伤"，作家让他的主人公经历生死关口并获得"生死意识"，小说开场看似俗套的都市男女情色叙事，即此让渡给生死体验的心灵表现，叙述由此获得生命观照的况味与意义。假如说，小说开篇的男女情色叙事，具有写实性叙述的特质，那么，张晋中"飘飘浮浮"的"生死意识"、其生死体验的心灵表现，则显见写意性叙述的质地。而深究写实性叙述与写意性叙述的内在关系，则可见出：前者为后者作了耐心、细致的铺垫，后者则使前者获得了超越性意味，小说叙述也因此获得生命观照的叙述向度和灵魂省察的叙事品格，这种叙述向度与叙事品格，正是储福金小说创作的自觉追求。他无意在当代小说汗牛充栋的情色叙事和商界故事之上，再叠加一份品相类似、质地类同的叙述文本；他的叙述另有一份生命追询的主体命意，此份创作追求或可借用米兰·昆德拉的说法："小说是通过想像出的人物对存在进行深思"，小说家"是存在的勘探者"①。

据此，可将一块"碎砖"引发的"意外脑伤"，视作《念头》真正的叙述原点。这一"意外事故"突入故事展开之中，就其情节意义而言，它使得主人公因"脑伤"而脱离先前的生活常态，这分明是故事情节的转折点。就其叙述意义而论，它使得主人公获得"生死意识"，小说叙述即此弥漫起生命追询的形而上意味，具备了写意性叙述的质地与品格。并且，这种写意性叙述自此成为小说叙述一路前行的敞亮底色。

将写意性叙述视为《念头》小说叙述的基本特质，并非刻意回避或否认小说写实性叙述的客观存在与伸展；需特别指陈的是：储福金的小说叙述并不满足于对主人公人生历程的单向展开，他不屑于滞留在对一个人人生内容的记述层面，他要追问这个人的人生内容包含着的生命内涵，他要从这个人的人生经历中追究出隐含其内的生命体验，他的叙述即此而具有生命哲思的形而上品味。《念头》以写实性叙述展示着主人公张晋中的人生历程，又以写意性叙述表述着其间的生命体验；并且，在小说展开过程中，写意性叙述既形成对写实性叙述的超越，又表现出对写实性叙述的统摄。

———————————

① 米兰·昆德拉：《小说的艺术》，生活·读书·新知三联书店，1992年，第80页、第43页。

自张晋中"意外脑伤"始，小说叙述在两个维度上展开：一是张晋中"脑伤"前的过往生活，二是张晋中"脑伤"后的现时生活——此间多有对其人生内容的写实性叙述，而对生命反思的写意性叙述则交融其间。对张晋中过往生活的展开，在小说中呈现为张晋中自我回忆的叙述姿态；对张晋中现时生活的展开，也因其经历"生死关头"获得"生死意识"，因而具有生命自觉的写意性成色。因此，无论是张晋中对以往生活的自我回忆，还是其现时生活的延展呈现，写实性叙述由于生命反思的超越性渗透和生命自觉的统摄性观照，便与写意性叙述交融，写实与写意的契洽，即此生成为《念头》叙述的显著特色。

设若将张晋中的以往生活与现时生活连贯审察，则小说叙述分明呈现着他五十年的生命历程：少年时代与大学岁月、毕业工作与"下海"抉择、商业拼搏以至默然而退，足以勾勒出主人公的人生基本内容；"他三十岁""张晋中到了不惑之年""他已经走进知天命的年岁了"，散见小说中诸如此类看似不经意的年龄点明，恰似草蛇灰线，提示着主人公的生命历程。不过，更值注意的是：储福金对主人公人生内容的叙述是有所选择的，因而是片段性的；或者说，张晋中的自我回忆是选择性记忆，其自述也是片段性叙述。这种片断性叙述一方面贯彻于小说叙述的整体性布局，对张晋中人生历程的叙述实非连贯性的，而是阶段性的，实际是在他现时生活的展开中追叙其过往生活的片段，青青、姚定星、方蓝蓝、封丽君、宋明清……众多人物在张晋中生活里进进出出，他与他们的交集构成他人生内容的一则则片段。另一方面，这种片段性叙述还体现于小说叙述的局部性展开，小说对张晋中人生阶段的叙述实未涵盖其间全部内容，却是有选择地呈现片段内容及片段场景，比如小说"第五章木叶萋萋"有关大学岁月的追叙，并未充分展开张晋中大学生活的全息情景，叙述重点选择在他与姚定星、方蓝蓝的三人交往，叙述焦点则聚准于张、姚两人的"赌"。

这种片段性叙述呈现出断断续续、若断若续的叙述状态，小说由此表现出一派洒脱、飘逸的叙述风姿，宛如一盘轻灵、风雅的棋局。

而这种片段性叙述不惟出于叙述策略的技术性考究，更是某种叙述意图贯彻使然。事实上，储福金无意在小说中浓墨重构张晋中的人生履历，他以张晋中"意外脑伤"获得"生死意识"作为小说叙述的真正原点，其对主人公过往生活的追叙和现时生活的展示，由此而烛照于人生反思和生命省察的光圈之中。小说既无意重构主人公的个体历史，叙述意图则聚焦于其生命体验与生命观照，生命追询遂成小说叙述的表达核心，生命哲思构成小说叙述的写意性内涵。在生命追询与生命哲思的写意性叙述烛照下，张晋中的人生片段如"鳞光"闪烁，缀成意味深长的生命存在。

因此，我们有理由将《念头》的片断性叙述，视为其写意性叙述主导而生成的叙述格局。

《念头》的写意性叙述还表现在小说叙述对"偶然性"的重用。

以"意外脑伤"为界，张晋中的过往生活与现时生活呈现出迥然不同的态势。前者表现出"进取"的人生状态，他颇有心气因而不甘现状，执着于俗世功利终成"成功人士"；后者则滋长着"退隐"的生命取向，他避入莲园，流连自得。事实上，张晋中奋身商业事功、拥享俗世功成之时，内心已生疲乏和落寞，实不过，此份心境其时还覆罩于"成功体验"的得意神色下，丝丝缕缕若有若无，他本人实未自觉，倒是职场女子冯媛暗地察言观色、端的入木三分，从他身上看到了——"倦怠"。一块"碎砖"突如其来，"意外脑伤"是偶然，却引发了张晋中的人生转折；而从"倦怠"到"退隐"，又隐含着他过往生活与现时生活间的内在必然。偶然也好，必然也罢，由"进取"生"倦怠"再入"退隐"，此间关键则是前文已涉：一种"生死意识"因"意外脑伤"而"漂浮出来"——是为张晋中的生命自觉："过去他从来没有细细思考过生与死，但问题却似乎一直在心头，一旦他飘浮出来，首先的念头，便是生死。生有着对大千世界的一切感觉，死便脱离这所有，漂浮出来，他追逐过拘泥过牵绊过的那么多东西，都远去了。"

所谓"生死意识"，即是生命主体意识到"生""死"相伴，"死"不在"生"的远方，就在"生"的近旁，它随时会来——就像那枚偶尔击中张晋中脑壳的"碎砖"，因此，所有的"生"实则均是"向死而生"[1]。所谓"生命自觉"，即是生命主体意识到"向死而生"的存在本质，躬身自问，获得自我反思的精神品格。关键在于："生死意识"常为生活之"日常性"遮蔽，需要"偶然性"因素侵入而产生去蔽效应，触发"生命自觉"。

假如说，"意外脑伤"使张晋中获得了"生死意识"，那么，小说"第二章莲园"中张晋中与"年轻人"相遇，则推进着他的"生命自觉"——储福金的叙述再次调用"偶然性策略"，他特意安排莲园疗伤的张晋中深夜外出，并让他在一家路边茶餐店偶遇一位"年轻人"——

你是不是会觉得人安静下来，那个感觉到不一样的世界？
……你安静下来，感觉一点不同的声音和图像，也许那是另一种本质？

"年轻人"昙花一现，却"仿佛是心有默契的熟友"，他"奇异"的发问触发张晋中对过往生活的自我反省——

---

[1] 此处借用海德格尔"向死而生"的概念："向死而生的意义是：当你无限接近与死亡，才能深切体会生的意义。"（见海德格尔《存在与时间》）。

他过去的人生都与实在的东西连着，他的意识也与生意，与物，与整个社会连着，社会是最具物质性的。现在有人来说到那实在后面的东西，虽然奇异，但他觉得不错，正合他的感觉。过去接触的那些人与事，虽然是惯常的，但其实是紧张的，是累人的，是繁琐的，是不舒服的。而跳空的思维和着他休养生息的需要，熨平着他某处的破损。

"偶然性"是《念头》叙事的情节常态，不唯是"意外脑伤"和夜遇"年轻人"，张晋中与方蓝蓝、封丽君、祁永初等人结识，无不具有"偶遇"性质，即便是遥远的少年时代与青青姐的交集、大学岁月与姚定星的"赌"，在小说叙述中也均具"偶然性"情节征象。那些人物"偶然"到来，出现在张晋中的生命里，所有的相遇均是"偶遇"；那些人物大多在叙事中默然而退，消失得无影无踪，渺然不知去向——他们即来即去，作家无意勾勒他们的"来龙去脉"，他留下许多叙述空白，无意填实，他不愿编就交代明确、故事完满的叙述经纬。即此，"偶然性"便成为《念头》的情节常态。

而若追究"偶然性"情节常态的成因，则隐约可辨作家有关生命存在的某种主体认知，在他看来，"偶然性"既是生命存在方式，也是生命存在本质，因而即是生命存在的常态。这种主体认知落照于小说叙述，便是"偶然性情节片段"在叙述中几乎随处可见、比比皆是。是作家对生命存在的"偶然性"认知，决定了小说叙述的"偶然性"情节常态。而惟其如此，我们能够确定:《念头》的"偶然性"情节常态中，渗透并弥漫着生命体验的写意性内涵；或者说，"偶然性"情节常态，实际构成《念头》写意性叙述的情节表征。同时，《念头》的"偶然性叙事"，反映着作者对当代小说"必然性崇尚"创作意念与普遍模式的内心抵触和叙事解构。

张晋中由医院而入莲园，也属"偶然"："医院的护士在他的衣服口袋里找到了一张名片，于是就联系了莲园的李寻常"；但张、李两人"从来没见过，也没有直接联系过"——后来他们才知晓"名片"是共同的朋友梁同德传递的，而他们两人早就存在着业务关系。小说叙述将两人相识及张晋中离院入园，解释为"缘"："他们一见面就有着了某点熟悉感，要不，李寻常如何单凭一张名片就把一个完全陌生的人接回园来？要不，张晋中如何一到莲园后身体状况便慢慢好起来，仿佛有回家了的安心？"

　　借着"一张名片"的"偶然性"，储福金让他的主人公进入都市一隅的"莲园"，出于疗伤的考虑尚在其次，要紧的是"安心"，是在获得"生死意识"之后，如何安放灵魂？身体的创伤于治疗原不是小说叙述的聚焦点，生命体验才是全神贯注的关切处。"莲园"的静谧屏蔽了外界的喧嚣，"安静下来"方能感受到"不一样的世界""另一种本质"——这便是生命的自觉意识。即此，"莲园"成为张晋中的"家"，是他灵魂的安放处、修炼场，是他的精神道场。此后，他所有的形迹皆以"莲园"为圆心；此后，小说叙述无论是追叙张晋中过往生活、抑或呈示其现时生活，"莲"成为反复呈现、贯穿其间的中心意象，是小说写意性叙述的核心具象。

　　《念头》的创作，委实是储福金的一次艺术冒险：他让写意性的意象建构，在小说这一叙事虚构文体中，占据核心位置。即此而论，《念头》确乎挑战并消解着当代小说叙事的某些成规。"莲"的意象凝聚着作家全副心思，为此他不惜笔墨：他写瓷盆中的"碗莲"，"莲蕾宛如闭着眼的婴儿""一绽一开，便如舞姿，舞得有点妖娆，舞得有点邪气"；他写"晨曦初现"时满池的花"浓黄似金，淡黄如粉，红中嵌着白，白边嵌着红"；他写雷雨之夜张晋中观赏一朵青莲绽放，"一念之中"幻见"无数的马像被巨大的力量驱赶着，从天际处奔来""红鬃如云"；他写张晋中骑马奔驰，却"发现身下的路洁净又给人以柔软的感觉。仔细看时，路居然是蓝色的，同时他看清了，他和马是在一朵莲花瓣上奔跑。"……虚化想象灵动飞扬，"莲"的意象建构分明具有写意性叙述的表征。

尤为紧要的是，"莲"不是作为客体对象加以刻画的，而是作为一个叙述主体得以叙述表现的。"人有魂，莲就有魂"，"莲"与人（张晋中）的交流、对话，成为"莲"的意象建构的关键，也是小说写意性叙述的重心所在。"他也弄不清楚这花到底与他有什么关系"，但确乎——

于这莲池间，看花开花落，几天就是一番变化。天地之间，有生死恒常，如月如星；有生死短暂，如花如草。花开一季短，人生一季长，他已入秋天。得亦如何，失亦如何。快要过去了，才显得深切。

——人解花，花解人，悟了"生死"，"便生最大慈悲"，所以说，莲花"不是在他的眼里，而是在他心田之中"。

无疑，"莲"的意象包含着丰厚、绵长的文化传统意蕴与气息，循此追溯，便可见出《念头》与周敦颐的《爱莲说》、与佛经的"莲花象征"诸类先在文本之间隐在的互文关系。即此而言，"莲"的意象选择体现着文化传统的内在规定性，其意象建构足以激发源远流长的情感认同与文化想象。《念头》中"莲"的意象建构既非特意高标君子人格，如《爱莲说》，也非着意启迪某种出世意念，如佛经中的"莲花象征"，它是俗世意象，表达着俗世的"生死意识"，是俗世生命自觉后的一种淡然心态、一种释然姿态。

这是颇具象征蕴涵的叙述片段，借由某种"偶然性"，张晋中制作的"镜花瓶"与祁永初制作的"陶坛"相挨置放：前者是写意的，"说它莲花又不实""带着了莫名的花纹，如云如染，如花如枝，一切都是写意的，似与不似之间"，后者则是写实的，是一只"造型如莲花"的"骨灰坛"；前者"显着勃勃向上的怪诞"，后者"显着默默向下的沉静"。沉默寡言的祁永初一语中的："你的镜花瓶是面对生的艺术，繁杂且光明，而我的莲坛是面对死的艺术，简单却阴沉。"张晋中本人也默然了悟："祁永初的莲陶坛，伴着了永恒的沉寂；而他的莲陶器，伸展着生命的色彩。""生"也一朵莲，"死"也一朵莲，"生死"一枝莲。"生死"相映，才有"生死意识"漂浮而出。"未知生，焉知死？"同理，"未知死、焉知生？"——知了"生死"，方有生命自觉。因此，相挨置放的"莲陶坛"和"莲陶器"，实则是《念头》"莲"的意象的有机构成，是生命自觉的写意象征。

若要追踪"莲"的意象在张晋中内心生成的过程，则可见其源不在莲园，而在他遥远的少年时代。青青姐带他郊外野泳——"她突然从一片莲花边探出头来，她的脸靠着一朵莲花。微微颤动的洁白花瓣拂着她洁白的脸"。这是他"第一次真切的看到莲花"，在他的想象中她的"脸"与"莲"幻为一体。而在大木盆中，他和青青裸身相对，"青青弯腰从桶里舀出温温的水"，从他头顶"慢慢往下淋浇，像是灌顶，又像是洗礼，然后轻轻地抚擦着他的胸与背"，他感觉——

她的模样，不喜不怒，静静的，像她拎水时桶里的水影。

他弯腰时的弧形裸体，仿佛一朵颤颤的青莲化身。而此时他感觉自己从内心生出一朵小小的含苞的莲花。

——这里没有邪念，没有亵渎，也没有冒犯，或许是当代小说迄今为止最为干净的赤身裸体，莲花一般干净，或者说，是一朵莲花的两片花瓣。"莲"的意象落种于少年张晋中心间，而在其经历"生死"之后，于"莲园"向他盛开。

颇有意味的是：小说尾部叙述张晋中最终与梁青枝结合，他感慨："人生与岁月相处久了，积淀物在心间一层一层地深厚了。而她宛如一朵莲，升出污泥，开出花来。"他对她的思念犹如"千瓣莲飞扬开来，化成了千朵莲"，又"融出一朵巨大的莲，莲花无穷无尽地开放起来，仿佛伸展到整个宇宙"。从青青到青枝，"莲"的隐喻形成某种叙述呼应，构成小说叙述隐在而意味深长的回环结构。"莲"的意象颇带几分禅意，但与宗教理念无涉，却是俗世的生命自己在问——

一枝莲，如何穿越俗世的尘土？

附录：

一、储福金主要作品

《神秘的蓝云湖》，江苏人民出版社，1985 年

《桃红床的故事》，江苏文艺出版社，2008 年

《黑白·白之篇》，江苏文艺出版社，2014 年

《心之门》，安徽文艺出版社，2018 年

《雪夜静静》，中国书籍出版社，2018 年

《念头》，人民文学出版社，2018 年

《紫楼》，安徽文艺出版社，2020 年

《直溪》，江苏凤凰文艺出版社，2023 年

二、主要参考文献

1. 储福金、韩松刚：《文学的深度须站在文学的船上》，《文艺报》，2023 年 11 月 15 日第 5 版

2. 张宗刚编：《储福金研究资料》，人民文学出版社，2016 年

三、必读书目

《心之门》，安徽文艺出版社，2018 年

《念头》，人民文学出版社，2018 年

《紫楼》，安徽文艺出版社，2020 年

四、拓展与练习题

1. 讨论题：如何理解储福金写意性叙述的写作特征？

2. 小说《念头》呈现了怎样的具有超越性的生命哲思？

第六章

黄蓓佳：浪漫感伤与澄澈明亮

黄蓓佳，1955 年出生于江苏如皋。1973 年在《朝霞》丛刊创刊号发表处女作《补考》。1974 年下乡插队。1977 年考入北京大学中文系。1982 年初毕业分配至江苏省外事办公室工作。1984 年调入江苏作协任专业作家。曾任江苏省作家协会创作室主任、副主席、书记处书记。主要作品有长篇小说《夜夜狂欢》《目光一样透明》《派克式左轮》《新乱世佳人》《没有名字的身体》《所有的》《家人们》《万家亲友团》等，中短篇作品集《在水边》《这一瞬间如此辉煌》《玫瑰房间》《忧伤的五月》《爱某个人就让他自由》等，散文随笔集《窗口风景》《生命激荡的印痕》《片断》等。儿童文学作品有长篇小说《我要做好孩子》《今天我是升旗手》《我飞了》《亲亲我的妈妈》《遥远的风铃》《艾晚的水仙球》《余宝的世界》《童眸》《野蜂飞舞》《太平洋，大西洋》等，中短篇小说集《小船，小船》《遥远的地方有一片海》《芦花飘飞的时候》及《中国童话》等。多部作品被翻译成英、法、德、俄、日、韩等文字出版。曾获全国优秀儿童文学奖、中国出版政府奖、全国"五个一工程"奖、国家优秀儿童文学图书奖、冰心儿童文学奖、宋庆龄儿童文学奖、陈伯吹国际儿童文学奖年度作品奖、汪曾祺文学奖等奖项。

黄蓓佳是名副其实的"跨界"作家，既写作成人文学，也创作儿

童文学作品，而且在这两大看起来千差万别的写作领域游刃有余，"左手画圆，右手画方"，分毫不乱。

有研究者根据作品内容和文体变化，将黄蓓佳的成人文学创作大致划分为三个阶段：20世纪70年代后期到1986年，这是黄蓓佳的写作发轫期，以青春写作为主，抒情色彩浓厚；1987年的《冬之旅》开启了她的第二时期，作品多讲述女性婚恋悲剧，风格趋向冷静写实；2001年问世的《目光一样透明》，是黄蓓佳创作进入第三阶段的标志，其中还包括《没有名字的身体》《所有的》等作品，内容为女性成长与爱恋的回忆性书写，这是黄蓓佳创作的高峰期。①如果上述分段式概括研究成立的话，那么从《家人们》②开始，黄蓓佳在她的成人小说里增加了新的形象——一群为所谓"心中的挚爱"而左突右奔的男性，标示着黄蓓佳进一步审视女性婚恋悲剧根源的创作倾向。可以说，黄蓓佳迄今为止延续五十余年的创作，其主题与风格有所变化，但更有其坚持的一面，那就是对爱情、对婚姻、对家庭的关注，特别是对处在两性关系中的知识女性的观照，随着年龄的生长，这些女性的生存、情感归属、人生选择也更为复杂。从这个角度看，黄蓓佳几十年的创作其实是专注于女性的成长的。在黄蓓佳的作品里，错位、缺失、伤害、撕裂和绞碎，直至死亡，几乎从不缺席，她似乎特别擅长在令人匪夷所思的男女关系中，将人世间最美好的情感撕碎，而每一段感情的破碎，似乎都有不得已的难处或苦涩，但更多的是出于偶然的，也是莫名其妙的人性冲动。因为爱情、婚姻、家庭的破败不堪，生活就这样变得千疮百孔，死亡也就变得合理，并且无处不在。

或许正是因为随时跨界进行创作，黄蓓佳的儿童小说超越了一般

---

① 贺仲明、杜昆：《黄蓓佳论》，《钟山》，2011年第4期。
② 黄蓓佳：《家人们》，人民文学出版社，2011年。

儿童文学的视线，她始终将儿童看作平等的对象，平视他们，写作他们。她的儿童文学作品触及的话题，也超越了一般儿童文学的范畴。黄蓓佳的儿童文学特征比较明显，主要体现在两个方面，一是她的主人公一般都是很普通的孩子，甚至是有残疾的孩子（如智障、自闭症、孤独症、唐氏综合征患者），有的孩子长在单亲家庭，可以说她写的是"特殊"儿童；二是她将儿童置于时代与历史的复杂棱镜中来透视，他们在成长过程中会经历病痛、压力、焦虑、死亡等问题，所以她的儿童文学不是流行的快乐校园文学。黄蓓佳认为，儿童文学应该为孩子掀起这个世界的一角，让孩子感知到世界的丰富性、复杂性和无限的可能性。[1] 她说："我不喜欢所谓成功，不喜欢那些张扬的风光的那一面。也许我的天性，我的生物场里，对这些失败的孩子，这些平常的人物有一种亲近感。我觉得在这些所谓的失败与破碎之中，恰恰能恢复到一种日常的状态，从中能感受到一种人性的温暖。"[2] 她相信，儿童中有领悟力超群的，他们完全能理解她的小说，也能承受生活本来就有的负担，而且她也有意写成人能读的儿童小说，认为只有大人和孩子都读得津津有味的作品，才是优秀的儿童文学作品。所以，黄蓓佳作品中的儿童的年龄一般在小学高年级及以上，处于青春期前后，这正是儿童"成长"的关键期，面临的烦恼、困惑、痛苦也最多，如升学、特别渴望被人理解等。

黄蓓佳让她的儿童小说成人化了，仿佛是在告诉阅读她作品的孩子们：你们很快就将长大了，将面对更为复杂的局面；而在她的成人小说里，黄蓓佳似乎又在表现人与人之间，特别是两性关系中充满算

---

① 陈香、黄蓓佳：《成人文学让我释放儿童文学让我纯净》，《中华读书报》，2008 年 8 月 20 日。

② 肖林：《黄蓓佳：从前的风铃如何摇响》，《出版人》，2007 年第 11 期。

计、世俗、背叛等故事中，先以饱满的情绪，写尽人性中自私、冷酷的一面，但总保留一点温情，似乎是要让这些成年人为下一代留下一些美好的记忆或对未来生活的憧憬。正如有研究者所言，黄蓓佳的儿童文学有"少见的'深邃'和'幽暗'，而成人文学更见'简单'和'清澈'，世道人心，不管多么芜杂、喧嚣和混乱，她总能让它澄清。"①"成长"（女性的、孩子的）是黄蓓佳作品的突出主题，而感伤浪漫主义成为其主要的审美倾向。

一、用回忆结构故事

黄蓓佳的成长小说一般都以回忆的方式来建构故事，较多地采用倒叙或插叙的方式，使"过去的故事"与"现在的故事"并置，在回忆里和现在时当中，故事都沿时间的河流匆匆向前，无可阻挡。在她的成人小说中，"过去的故事"里有伤痛、撕裂，却无法挽回；"现在的故事"琐屑、庸常、鸡零狗碎，毫无轻松、喜悦可言，故事的核心人物身上都背负着难以摆脱的忧伤、愧疚，命运的阴差阳错、生活的变幻无常，让她的故事充满难以言说的意外、不测、变故，只能让人在回忆中获得因记忆模糊或当时缺席而产生温情的错觉。

长篇小说《家人们》是从儿孙从四面八方赶到青阳县江岸镇安葬突然离世的母亲（祖母）的骨灰开始的，从第二章开始，儿孙们现在的故事与母亲（祖母）杨云一生的故事并置，杨云的故事以倒叙开端（她去世了，留下不愿与其亡夫罗家园合葬的遗嘱），又以顺序的方式展开（从她二十岁进青阳县农林畜牧局工作，与未来的丈夫罗家园

---

① 何平编：《黄蓓佳创作论·黄蓓佳研究资料》，人民文学出版社，2016年，第3页。

相遇开始写起）。两条故事线在主人公罗想农这里交汇，在罗想农一次又一次的回忆、回溯里，他与母亲杨云的关系、父母亲的婚姻、母亲杨云与乔六月的爱情、他与乔麦子的感情、弟弟罗卫星混乱不堪的生活以及罗卫星三个儿子的成长等，一一清晰。而他最终想明白的是一件事："母亲一辈子都没有能够从年轻时代走出来"，她的心"永远留在遥远的过去，留在青春的田野里和初恋的美好中"。这样的母亲的故事，用回忆、倒叙的方式来讲述，再合适不过了。《爱某个人就让他自由》中，马宏的故事也是将"现在的无奈"与"过去的混乱"平行展开。小说开篇，马宏最要好的哥们——叙述人"我"和木子在聊天，木子告诉"我"说"马宏又出毛病了"，"我"和木子亲眼目睹马宏对身边出现的每一个女人都付出真心，同时付出的是"自己半生的精力、全部的财产"，把自己的日子过得乱七八糟，以至与心中挚爱的女子一次次错过，这是马宏的"毛病"，也是他的宿命。小说用倒叙的方式详详细细写了马宏有"毛病"的前半生，又用顺序迅速交代了马宏失足摔死的结局，让人唏嘘不已。在上述作品中，"忆"的慢与"叙"的快形成反差，过去的"绵长"与现在的"速朽"造成了全文节奏上的前松后紧，让人感叹命运的不可测，也让黄蓓佳的作品充满了张力。

《没有名字的身体》《所有的》等作品也同样以现实与往事回忆交叉的方式进行叙事。倒叙，或者插叙，一方面有助于概述故事中人的一生或大半生行状，加大故事的容量，另一方面，也有利于情绪的表达，无论是故事中人的回忆还是叙述者回溯式的写法，都带着情感，或浓烈、或忧伤。早期黄蓓佳的小说被评论者称为"情绪小说"，后来有所转变，事实上，黄蓓佳这种带着情感、情绪的写作风格，一直在延续。黄蓓佳曾说："只有经过时间考验的东西才是站得住的……回望历史，更有岁月的绵长味道，像茶一样越醇越香。"①她谈的是写作，但也道出了"回忆"式讲述的优势。因为回忆，因为倒叙或插叙，黄蓓佳的小说始终氤氲着一股"情意流"。

黄蓓佳的儿童文学作品，也常采用双线并置的结构，通过回忆、倒叙或插叙等方式将"过去的故事"推向前台，而"现在的故事"主要是讲述、寻找、发现"过去的故事"。这样的结构和叙事方式拉近了现在的读者与"过去的故事"的距离，让读者产生阅读的亲近感，从而在讲述者的娓娓道来中，不知不觉地进入过去的故事，而因着讲述者的讲述（其实是在补充时代背景、阐释人物内心世界等），也让今天的儿童读懂了那个时代的故事，与故事中相隔了几十年的儿童产生情感共鸣。

《野蜂飞舞》的主体故事是一名八十八岁的老奶奶讲出来的，这位老奶奶就是故事的主角黄橙子，黄橙子回忆了抗战全面爆发后全家从南京迁到成都华西坝"抗战五大学"以后的故事，那时候她还是一个八岁的小姑娘，小说主要讲述的就是他们家五个孩子和烈士遗孤沈天路的成长故事。因为用的是第一人称的叙述方式，所以全书饱含深情，恰如其分地表达了"相伴短暂，离别漫长"的小说主题。被称为《野蜂飞舞》姊妹篇的《太平洋，大西洋》的双线并置结构更突出。南京荆棘鸟童声合唱团到爱尔兰都柏林参加一场儿童合唱比赛，在离开都柏林前夕，甘小田、林栋、丰子悦三位小主人公遇到了一位年逾八十的华侨老爷爷，老爷爷托他们将一个铜管小号嘴带回国内，交给他童年的朋友多来米，小说由此按两条线索展开，一条线索写在南京的三个孩子组成猎犬三人组寻找多来米的过程，以及他们自己在合唱团的成长故事；另一条线索写抗战结束后国立幼童音乐学校在丹阳的艰难

① 舒晋瑜：《黄蓓佳：四十岁后》《我对回忆铭心刻骨》，《中华读书报》，2012年8月22日。

办学历程，以及多来米和他的伙伴们在艰难困苦中坚持学习音乐的故事。远在都柏林的老爷爷寄来的一封封回忆过往的信件，将两条线索交织在一起，两条线索并置，也几乎并重，有研究者用"复调"来形容，认为这部作品是作家"谱写出的一曲穿越时空、回响于历史和现实之间、并具有'复调'意味的'悲怆交响曲'"①"两条线索就像乐曲的两个声部彼此相互独立却又交相辉映，曲折交叉"，过去的故事与现在的故事同样表现了音乐之美、友谊之美和家国之爱。②

朱晓进在评《所有的》和《家人们》时提出："两部作品没有过于复杂的叙事机构，都是将现实与往事回忆交叉着进行叙述，陈述态与评价态的故事情节交错进行，现在时与过去时的生活细节相互映衬，使故事具有流畅的节奏感和和谐匀称带来的张力。"③如是评价，不仅适用于这两部作品，实际上黄蓓佳引起大家共鸣的作品，都具有这种节奏感和张力。在回忆中，有些沉重不堪的过往可能因时间的淘洗而变得轻盈，但讲述人或回忆者，还沉浸在难以抑制的情感之中，因为他（或她）是亲历者，只有亲历者才有具备回忆性讲述的能力，也只有亲历者，才能真正体会生活带来的伤痛到底有多深。有人说，黄蓓佳的文学作品仿佛一杯水，而过往的记忆被挂在时间的墙上，她透过记忆在杯水中的投影，来完成对自己记忆的保存、清理与还原。④黄蓓佳用个人的记忆，完成了对一群人压抑的情感的释放。

---

① 丁帆：《谱写友情的复调悲怆交响诗》，《文艺报》，2021年。
② 黄紫萱、田振华：《悲壮谱写的时代史诗——读黄蓓佳〈太平洋，大西洋〉》，《中国当代文学研究》，2022年第3期。
③ 朱晓进：《细节所蕴含的文化况味——黄蓓佳小说〈所有的〉和〈家人们〉的艺术境界》，《当代作家评论》，2012年第6期。
④ 何平编：《黄蓓佳创作论·黄蓓佳研究资料》，人民文学出版社，2016年，第12页。

二、对两性关系的持续探讨

贺仲明、杜昆将黄蓓佳的写作定位于女性书写，认为"她用自己独特的思考，以富于个性的艺术形式，呈现出了知识女性的心灵史。从青春女性的忧愁和寻找，到婚内女性的迷惘和逃遁，然后到中年女性的回忆和守望"，谱写的是知识女性的"心灵世界三部曲"。[①]女性的生命，自然难逃情与爱的宿命，所以黄蓓佳将女性置于两性关系中来审视符合女性的心理特征，也能展示她本人写作的特长。黄蓓佳说："女人不像男人，她们常常到死也不知道自己到底想要什么。她们的脆弱、惶惑、茫然、无助，总是容易被这个世界忽视……她们在无力左右自己命运的情况下，往往顺理成章地选择逃遁，逃往婚姻，逃往爱情。婚姻和爱情是坚固的城堡，足以为花儿般娇嫩的生命提供庇护吗？也许这城堡又是坟墓，无声地张开口，再无声地把她们吞没了呢。"[②]黄蓓佳尤其关注知识女性追求纯粹的爱的失败，无论结婚与否，这些女性都深陷三角、乃至多角关系中无法脱身，她们总是被算计、猜忌、背叛、复仇等漩涡所裹挟，身心俱伤。

《爱某个人就让他自由》中的居真理相信马宏最终爱的是她而不是别人，所以一次次给他自由，任由他莫名其妙地和一个又一个的女人结婚、生子，最终两人也没有结成婚，居真理黯然神伤地去往法国。《玫瑰灰的毛衣》中，离婚后的卢玮闪婚闪离，一次又一次堕胎，用伤害自己身体的方式发泄对小林的不满，她对小林飞蛾扑火般的爱，充满母亲疼爱儿子般的博大与无私。所以在离婚后仍不惜以身试法、挪用公款帮助小林解除财政危机，虽然她知道，小林之所以欠债，

---

① 贺仲明、杜昆：《黄蓓佳论》，《钟山》，2011年第4期。
② 《玫瑰房间》，河北教育出版社，1995年，第348—349页。

是因为女朋友小玉要出国；最终，卢玮也因帮小林购买一件小玉想要的玫瑰灰毛衣而殒命。《所有的》中，姐姐艾早从中学时候就爱上了陈清风，将他"供奉"在自己心中所筑的"神坛"里，像爱神灵那样深深地爱着他。为了保全陈清风的性命，她嫁给了自己根本不爱的人。而当她离婚后，期待能与陈清风有一个美好的结局时，却又被残酷的事实击碎——妹妹艾晚也爱陈清风，并且与他有了私生子。知道真相的艾早万念俱灰，而陈清风的意外死亡彻底击倒了她，所以她选择了自杀。黄蓓佳笔下的这类女性往往独立、自信、高傲，对于爱的理解单纯而高蹈，正是这种过于理想的要求，使她们成为了自己"感情的掘墓人"。当郑晓蔓向大林抱怨丈夫的不负责任时，大林毫不避讳地说："我倒觉得是你自己葬送了你们的婚姻。你的高傲，你的贵族气，你的不切实际的幻想，最后加上你的虚荣。"[1]"婚姻的受害者"与"感情的掘墓人"的合二为一，让本想以婚姻为避难所的女性走入了更深的忧伤、迷惘、惶惑。"聪明漂亮如郑晓蔓这样的女人，会连一个简单的婚姻都维持不住吗？"[2]在《水边的阿蒂丽娜》《藤之舞》《婚姻流程》《爱情是脆弱的》等一系列作品中，黄蓓佳都在讲述着女性因无爱而处于痛苦与煎熬中的故事。

在黄蓓佳的两性关系中，纯粹的爱的破碎往往与家的撕裂联系在一起，没有男女之间真正的爱，即便结婚，有了家，家也变得名存实亡、直至分崩离析。亲情、爱情的背叛让夫妻、父子、姐妹，甚至母子都彼此仇恨，"与生俱来不可改变的人伦关系让位于非永久性的、具有

---

① 黄蓓佳：《眼球的雨刮器》，《爱某个人就让他自由》，江苏文艺出版社，2008年，第255页。
② 黄蓓佳：《眼球的雨刮器》，《爱某个人就让他自由》，江苏文艺出版社，2008年，第246页。

随机性和变异性的团体关系"。①一家人"像是搭伙生活的陌生人，彼此之间互不勾连，不过问对方的事，也不关心对方的情感"。(《家人们》)因为被罗家园强迫后怀孕，不得不"奉子成婚"，杨云一辈子都仇恨自己的亲身儿子，《家人们》写到："几乎是从一条游动的精虫开始，母亲对儿子的怨怼从无止息""将近五十年过去，她依然排斥他、拒绝他，视他为不该存在的人。"对丈夫罗家园，杨云更是一辈子冷若冰霜，无视他、忽略他、鄙夷他，留下遗嘱死后都不与他合葬，态度之决绝让儿孙辈一时难以接受，但两个人其实并没有离婚。《阳台》中，母亲李郁说的一段话道出了多少貌合神离夫妻的秘密："人和人之间就这么回事，互相利用互相理解互相原谅，爸爸原谅我，我也原谅爸爸。"

"世界上的事情，那些顺顺当当一步踩出一朵莲花的，都是我们事先曾经想到的；而所有那些悲伤的破碎的令人扼腕长叹的，都悄悄潜伏在暗处，鬼魅一样无声无息，专拣某个夜深人静时，呼啦一下子蹦出来，打你个猝不及防，人仰马翻。"②女性的痛苦，除了得不到的真爱，还有怀孕、生育。走进婚姻，自然就面临怀孕生子的问题，但这一看似正常的生理现象，却将女性逼到抑郁、崩溃的边缘。《家人们》中，李娟十月怀胎，生下的却是一个死胎，这一打击直接让她患上了抑郁症，她开始恐惧性生活、拒绝怀孕，以至于在意外怀孕后，竟然服用偏方堕胎，险些丧命。此后，李娟与丈夫成了睡在一张床上的陌生人，这也加剧了她的抑郁症，最终跳楼自杀。《爱情是脆弱的》像是将李娟一个人的悲剧按在了两个女性身上，要强的向瑶不能接受自己

---

① 朱晓进：《细节所蕴含的文化况味——黄蓓佳小说〈所有的〉和〈家人们〉的艺术境界》，《当代作家评论》，2012年第6期。

② 黄蓓佳：《家人们》，人民文学出版社，2011年，第232页。

生下的孩子是个脑发育不全的病孩，选择用逃避母亲责任的方式来排遣痛苦，但在丈夫简晖眼里，向瑶根本就不爱这个孩子，孩子因病夭折，简晖将之归结为向瑶"存心不想要这个孩子，拖延着不给孩子看病，才导致悲剧的发生"。于是两人离婚。因为意外怀孕（也许是有意的），同居十年的女友琼琳在试探了简晖对待自己怀孕这件事的态度后，极度失望，从自家阳台一跃而下，造成"一尸两命"的惨剧。

新世纪前后，黄蓓佳接连塑造了数个追求纯爱，却又在世俗婚姻里随波逐流的男性形象，他们对某个女性纯粹的爱，酷似黄蓓佳曾经塑造的那些为爱奋不顾身的女性，由此，黄蓓佳对两性关系的探讨进入了新的阶段——男性和女性在爱情、婚姻的城堡里都迷失了自己，男性也像女性一样，从抗争到放弃反抗，以"作践"自己的方式表现出对生活彻底投降的姿态。在黄蓓佳笔下，故事主人公的姓名不同，他们的职业、行为方式、生活轨迹却大同小异，围困他们的女性更是如出一辙，等到写长篇小说《家人们》的时候，黄蓓佳甚至连那些女性的姓名、长相、穿着都不愿意修改了，生活大抵如此，来来往往的这一个与那一个又有何区别？人终究是孤独的，无论他们是否有过追求，由此，黄蓓佳小说的主题也从探讨女性心理问题进入了探究现代人生存状态的层面。

《玫瑰灰的毛衣》是一篇很特别的作品，"丰衣足食，无牵无挂，无忧无虑"，"城市里最新潮最前卫"的银行职员小林，在对骑摩托、泡桑拿、养马、装修房子、开茶馆等一系列花钱的事情失去兴趣后，对一个二十出头的年轻女孩小玉产生了如火如荼的爱情，甘愿陪着她读书、为她筹钱、假结婚、送她出国、到国外继续陪读、打工挣钱给她花，但两个人始终没有身体上的接触，小玉"坦然地享受着小林对她的一切照顾：生活和工作两方面的，可是她闭口不提婚姻二字，也不跟小林上床"。小林觉得很好，这样的爱情很崇高。实际上，在爱上小玉之后，小林的生活境遇与他和前妻卢玮离婚前有着天壤之别，他也曾在老同学面前泪流满面，但他终究陶醉在像工蜂一样的生活中，无形中，小林最终成了他的前妻。"从前他曾经控诉卢玮成天忙忙碌碌像一只工蜂，以至于他只能使劲儿地帮她花钱。现在轮到他自己做工蜂酿蜜了，他得把酿出的'蜜'源源不断输往新西兰，那里有他的'蜂后'，她要吃，要住，还要读书拿学位，正是花钱无止境的时候啊。"①《爱某个人就让他自由》完完整整地写了一个叫马宏的男人短暂的一生，这个走到哪儿都会有女孩喜欢的青年画家先后被三个女人"算计"而结婚、生子，但心里始终爱着居真理。在每一次婚姻之前，他都立下了明确的离婚目标，也就是说，他结婚就为了能赶快离婚，离婚只为能娶他爱的女孩。最终，"对每一个女人都付出过真心"的马宏"把自己半生的精力、全部的财产都奉献给了她们"，在又一次离婚后终于明白：他和心中的爱人"永远不能再回到从前"了，就此"友好而忧伤地分别"。长篇小说《家人们》几乎是重写了一遍马宏的故事，男主角换成了罗卫星，全篇的故事情节，甚至人物的长相、服饰、姓名，包括诸多表达与《爱某个人就让他自由》都一模一样。罗卫星也是个画家，在感情世界里完全是不羁的、放浪的，他先后与三个女人结婚、生子，"他的身子在现实的世界里随波逐流，好脾气地把迎向他的女人们一一接纳过去，抚慰和安置她们，不让任何一个人失望而去。"但他心里一直有真正爱的女人，他的灵魂"站在高高的云端"，凝视着她的身影，"想她，爱她，渴望着有一天能够跟她终成眷属。"②如果说马宏在被精明女人用心织就的一张蛛网围困前就告诉自己：我能挣脱，

---

① 黄蓓佳：《爱某个人就让他自由》，《黄蓓佳最新中篇小说集》，江苏文艺出版社，2008年，第166页。
② 黄蓓佳：《家人们》，人民文学出版社，2011年，第280页。

那么罗卫星就是彻底放弃挣扎的、几乎可以说是束手就擒的被围困者。罗卫星比小林、马宏在无法与心爱的人结合这件事上面，更加表现得"不经意"，身边的女人换了一个又一个，但"实际上是因为心里在意，心里有了在意的，别的都无所谓了"。如果人注定是孤独的，那么与生活的无奈、无常彻底和解，放弃所有可能抗争的机会随波逐流也就成了自然选择，这大概是黄蓓佳对于新世纪前后现代人情绪的一种捕捉。

三、对死亡与风景的集中书写

（一）对于死亡的集中书写

很多研究者发现，自《冬之旅》起，死亡开始在黄蓓佳的小说中频繁出现，并成为其中一个重要的主题。她写了各种各样的死亡，除了自然死亡，有自杀、他杀，还有意外。死亡在黄蓓佳作品中的功能大体分为三类：一类是交代人物的一种状态或结局，这样的死亡对故事本身没有影响；另一类死亡几乎就是故事的核心意蕴，没有死亡就没有故事；第三类可以说是毫无意义的死亡。对死亡的密集书写，反映了黄蓓佳一定的人生观和世界观。

黄蓓佳说自己在 20 世纪 90 年代初，所有的中篇、短篇都是死亡的结局。①短篇小说《逃遁》（1989 年）是这一系列作品的代表，全篇可以说是以死亡来组织故事的，一个家庭的五口人都死了，婆婆因中暑身亡，丈夫迁怒于郝晨，郝晨便搬去了单位；而她从单位带回家的煤气设备，同时夺去了公公、丈夫和儿子的性命（煤气中毒）；郝晨背负着难以摆脱的负罪感而自杀。郝晨本来就厌倦了自己的琐屑人生，

---

① 舒晋瑜：《黄蓓佳：四十岁后，我对回忆铭心刻骨》，《中华读书报》，2012 年 8 月 22 日。

她的自杀像是顺理成章，也毫无意义和价值。《眼球的雨刮器》（2004年）中，姚小蔓因驾车撞了人而被吓死，目睹这一切的郑晓蔓在阅读姚小蔓留下的日记中，幻想姚小蔓的世界是"黑暗的，混乱的，半赤裸的，充满激情、幸福、愤怒和逆转"，并在寻找姚小蔓失散的恋人乔乔的过程中恍惚将自己想象成了那个"小蔓"，对酷似乔乔的男子产生了暧昧的情愫，正是姚小蔓的死亡让陷于离婚困境中的郑晓蔓有了"重生"的可能，一个人的"死亡"激荡了另一人的生命，"死"与"生"发生了巧妙的转换。《家人们》（2011年）集中写了荒诞年月里各种非正常死亡，有的惊心动魄，有的平淡无奇，每一次"死亡"都具有推动故事情节的功能性作用。虚报粮食产量的公社书记突然跳河自杀，使罗家园得以提前结束征粮工作，在春节前回到家中，因为他提前归来，且带了一堆好吃的，七岁的罗想农抑制不住受到父亲宠爱的喜悦，而"背叛"了自己的母亲，"他用一只粉红色的鞋子，划开了他和母亲之间的裂痕。"[1]乔六月被当作"五一六分子"抓走的当晚，妻子陈清漪在被某个领导以谈话为名侮辱后投江自杀，乔麦子一夜之间成了孤儿，杨云收留了她，从此乔麦子成了罗家的孩子，才有了后来杨云与罗家园更深的决裂。小说中这些非正常死亡，既暗示了那个时代的混乱、荒诞、疯狂，也推动了故事发展，他人的死亡彻底撕裂了杨云与家人的关系。家庭的破碎，原来这么普遍；一家人的离散，也是这么的轻而易举。一系列的偶然，是否就是必然？阴差阳错、事与愿违，难道本就是生活的常态？黄蓓佳的死亡书写也具有了哲学思辨的色彩。

黄蓓佳说："我的童年和少年，是在……密集得令人喘不过气的政治运动或社会事件中度过的，小小年纪我就见识过了一次又一次的非正常死亡……我的世界，我身边的世界，从来都是惊恐、绝望

---

① 黄蓓佳：《家人们》，人民文学出版社，2011年，121页。

和郁闷，所以长大之后的我，接受不了任何形式的喜剧，不能欣赏，也钝于感受。"①有着这样的人生观、世界观的黄蓓佳，在儿童文学作品中也不回避死亡、幽暗等主题。

"儿童文学不仅要讲生活的甜，也要讲生活的苦，让小读者在阅读中感受成长的不易。"黄蓓佳把死亡书写作为连接孩子和世界的一道桥梁，让儿童更好地了解真实的生活以及历史、现实、社会。她作品中的死亡书写大体具备两大功能：一是以死亡揭示儿童在生活中面临的困境，希望大家都来关心儿童的成长；一是通过写死亡，歌颂一种崇高的理想、信念和责任，宣扬爱的意义。如《遥远的地方有一片海》中写死在医院的爷爷，《余宝的世界》里有脑溢血去世的爷爷，《你是我的宝贝》中先后写到癌症去世的爷爷、因山体滑坡丧生的爸爸和心脏病去世的奶奶，这类死亡书写主要是为了强调作品中的这些孩子都经历过亲人的死亡，像贝贝这样的，本身还是残障儿童，就更值得同情和怜爱。后者如《野蜂飞舞》中，黄橙子的哥哥姐姐"如花的生命，全都终止在二十岁上。一个参加远征军牺牲在缅甸密支那，一个当了八路军牺牲在华北晋绥战场"。沈天路加入了飞虎队，在激烈的战斗中驾驶飞机与敌机同归于尽。小说中还提到几位跟黄橙子哥哥姐姐一样有理想信念、朝气勃发的年青人，在抗日战争中毅然投身革命，为赶走侵略者付出了年轻的生命。这样的死亡书写非但不会让儿童产生恐惧，反而让他们懂得了理想、使命的崇高意义。

虽然死亡是人生常态，但毕竟是生命变化的极端形式，黄蓓佳在儿童文学中对死亡的描述与成人文学不同，少了血淋淋的细节和场面描写，而尽量用概述性叙述，保持一种轻描淡写的叙述语调。黄蓓佳深知儿童文学既不能让孩子们快乐无边，又不能让他们对生活对世界

---

① 黄蓓佳：《一个人的重和一群人的重》，《扬子江评论》，2012 年第 3 期。

失望，过早地失去信心，陷入恐怖。为了解决这项难题，她总结出一条儿童作家写作"法则"：在阳光和阴影之间来回地平衡，求取一个最合适的"度"。《今天我是升旗手》中乐观、善良，充满正义感的男孩肖晓，却长在单亲家庭，基本和爷爷奶奶一起生活，他的妈妈"几年前生了一种莫名其妙的病，五脏六腑不间断地出血，看了好多家医院都没法治愈，后来就告别人世"。爸爸是一名驱逐舰舰长，在肖晓妈妈去世后"偶尔探亲回家一趟，总是沉默寡言，最多用大手在肖晓的头顶上摸摸，表示慈爱"。黄蓓佳没有正面描写肖晓妈妈与病魔抗争的痛苦过程，而是用"妈妈生病的那一年里，爸爸无数次地在家庭和部队之间奔波操劳"来代替，用描述视角的转换，减少了妈妈病逝在孩子（包括小说中的儿童和读者中的儿童）心理上留下的阴影。

（二）对于风景的集中描写

丁帆较早注意到了黄蓓佳小说中的风景描写，认为从《家人们》开始，黄蓓佳"将视线逐渐从形上的人物心理的描写转移到形下的风景描写上，开阔的自然描写视域，使作品更具有浪漫主义的特质"，并指出，这些风景描写"固然在长篇小说中起着一个调节情节节奏有张有弛的作用，但更重要的是，这种'停伫'于风景描写的风格，更是体现一个作家的美学趣味和文学修养的问题，这样的'舒缓'表现的是一个作家的自信与成熟"。[①]

黄蓓佳小说中的风景描写主要有两大功能：一是展示人物成长、行动的环境，以风景暗示人物的心理活动，外在的风景与人物的心理构成正向关系；一是体现作家的审美趣味，提升作品的美学品味。正如丁帆所言，《家人们》中的风景描写比比皆是，体现了黄蓓佳对于风景描写手法、笔下人物心理、故事走向的把控力。小说是以一大段风

---

① 丁帆：《在泥古与创新之间的风景描写》，《当代文坛》，2012年第2期。

景描写开篇的："已经许久不下雨了，公路在初春灰色的苍穹下显得肮脏和颓败，有几分破落的味道，又有一种无可奈何的挣扎。劣质柏油只薄薄地铺了路中间的部分，两边的路肩很明显地裸露着灰土和砂石，被干燥的小风贴着地面卷起一个又一个小小的漩涡，追着车轮奋力向前。那些有幸被柏油遮盖的路面，因为载重卡车和农用机械的一次次碾压，也已经龟裂，凹陷，或者不规则地鼓凸，为继续来往的车辆制造出无数麻烦。"①读完《家人们》，读者会彻底明白这个开头的意义。它既是写实，更是人物心理、人物与人物、人物与地方关系的一种暗示，"肮脏和颓败""破败""龟裂""凹陷""鼓凸"等词汇，描写的是乡村的公路，形容的是来青阳镇为母亲办理后事的罗想农和他的家人的关系，尤其是他和母亲的关系，就是这么千疮百孔，但又勉力维持着。杨云和乔六月的爱情是从一个"紫红色的傍晚"开始的，"那一刻，夕阳正在沉沉西落，紫色和粉蓝色的暮霭在半个天空流转，金灿灿的斜晖穿过条状的云层漫射到大地，沿田边笔直延伸的那一排杨树成了小孩子创作的蜡笔画，五颜六色绚丽得不成章法。田野上倏忽掠过一只燕子，倏忽又掠过几只蝙蝠，连长着双层翅膀的大眼睛蜻蜓也赶过来凑热闹，一群一群低低地盘旋，好像摇曳在半空里的微型滑翔机。"②从这段文字不难看出，黄蓓佳对颜色、情致具有较高的感受力和表现力，对风景的描写手法多样，并且每一处风景里都带着感情，这种感情既是笔下人物的，也是作者的，浪漫主义的文风是很明显的。在表现两性关系脆弱、错位的作品中，风景描写常常集中于暴雨突如其来的夏天，预示了男女感情的热烈，却也难以捉摸。《梦逍遥》中，因为盛夏里那场突然而至的暴雨，任百加的"生命之船"改变了"航

---

① 黄蓓佳：《家人们》，人民文学出版社，2011年，第1页。
② 黄蓓佳：《家人们》，人民文学出版社，2011年，第59页。

行方向",那"一圈黑一圈白地绞缠不清"的乌云、破损的云层、"像一条巨大的舌头一样贴着路面舔刮过来"的狂风、"排山倒海压过来"的大雨,①将每个人裹挟得身不由己,任百加、李梅这样的小人物自然劫数难逃。《眼球的雨刮器》中,郑晓蔓努力想要挽回濒临破碎的婚姻,却因一场"像狂躁型精神病人的瞬间发作"的暴雨而失败;不久,她又在一场袭来得"毫无因由"的夏季阵雨中找到了新的情感寄托;最终在一个雨天顿悟,自己的生命"有过一段短暂的混乱,但是很快会清爽下来,澄澈如镜"。②这么密集的对于雨天的描写,不仅为人物行动、心理走向营造了恰如其分的氛围,而且充分显示了黄蓓佳对于景物的深度感受能力和细节丰盈、纤毫毕现的文字书写能力。

在儿童文学作品中,黄蓓佳也用景物描写来构筑故事。《野蜂飞舞》中,黄橙子家的院子里有棵石榴树,1945年的5月,这棵树上的石榴花"开得格外健旺,一朵一朵的红花火苗儿一样日夜绽放,仿佛整株树都在燃烧,都在呐喊,都在敞开生命喷吐光明"。③就在这个火红的五月,沈天路光荣牺牲,他的战友钱沪生也英勇殉国,"燃烧""呐喊""敞开生命""喷涂光明"等词汇,饱含情感,高扬了爱国主义,肯定了理想信念的意义。《太平洋,大西洋》中,抗战胜利后,国立幼童音乐学校岑之光校长带着五六十个孩子历经千辛万苦,终于在镇江丹阳一所废弃的老宅院里安顿了下来,八十年后,在已成老爷爷的叙述者口中,"那些漂亮的雕花门窗,黛青色的方砖地面,院落里的水井和花坛,枇杷树,香橼树,开紫花的梧桐树,开金黄小花的桂花树,

---

① 黄蓓佳:《爱某个人就让他自由》,《黄蓓佳最新中篇小说集》,江苏文艺出版社,2008年,第176页。
② 黄蓓佳:《爱某个人就让他自由》,《黄蓓佳最新中篇小说集》,江苏文艺出版社,2008年,第211、238、258页。
③ 黄蓓佳:《野蜂飞舞》,江苏凤凰少年儿童出版社,2018年,第242页。

三个小孩都抱不过来的龙纹荷花缸，夏天的知了和纺织娘，冬天垂挂在屋檐的冰凌……一幅一幅，画儿一样，清晰到发光。"①这样的景物描写完全是儿童的视角，充满着童趣与盎然的生命力，将老宅子可能带给孩子的心理阴影一扫而光。

丁帆曾感慨，黄蓓佳作为一个优秀的成人题材的小说作家，其浪漫主义的艺术风格和深度的人性描写应该进入中国当代文学史之序列中，但它们却被评论界和文学史界所忽略和轻慢了，究其原因，更大的缘由是她的儿童文学创作的巨大影响力，遮蔽了她成人题材作品的深度辉煌。②言辞之间，颇有为黄蓓佳"抱不平"的意思。黄蓓佳本人心态非常平和，她说："我的写作从被迫状态进入到自由状态，经历了一个漫长的过程，概括起来说，几乎跟我个人生命的成长形成同步：先是被人拽着我的手走，再是被裹挟着走，然后是不服气跟人比赛着走，最后才是心平气和、自由自在地步入辉煌，看到了文学殿堂里种种绮丽的景象，在心里轻叹一声：多亏没有半途而废！"③何平对黄蓓佳的创作有比较全面的论述，他更看重的是，黄蓓佳"让我们认识到，文学也可以不去逞强斗狠，它可以安静地、微弱地、一个字一个字地、若砖若瓦若石若木地建筑起自己心灵的宫殿。黄蓓佳不是为某个观念在写作，而是受内心之驱使。我以我手写我心，这无疑是一个作家最高的道德"。④

① 黄蓓佳：《太平洋，大西洋》，江苏凤凰少年儿童出版社，2021 年，第 37—38 页。
② 丁帆：《黄蓓佳跨界小说中的感伤浪漫抒写风格》，《文艺报》，2023 年 1 月 16 日。
③ 黄蓓：《走过的路》，《扬子江评论》，2010 年第 6 期。
④ 何平编：《黄蓓佳创作论》，《黄蓓佳研究资料》，人民文学出版社，2016 年，第 19 页。

附录：

一、黄蓓佳主要作品

《夜夜狂欢》，上海文艺出版社，1989 年

《玫瑰房间》，河北教育出版社，1995 年

《我要做好孩子》，江苏凤凰少年儿童出版社，1996 年

《今天我是升旗手》，江苏少年儿童出版社，2006 年

《没有名字的身体》，人民文学出版社，2003 年

中篇小说《爱某个人就让他自由》，江苏文艺出版社，2008 年

《亲亲我的妈妈》，中国少年儿童出版社，2010 年

《所有的》，江苏文艺出版社，2008 年

《家人们》，人民文学出版社，2011 年

《余宝的世界》，江苏少年儿童出版社，2012 年

《童眸》，江苏少年儿童出版社，2016 年

《野蜂飞舞》，江苏凤凰少年儿童出版社，2018 年

《万家亲友团》，中国书籍出版社，2018 年

二、主要参考文献

1. 陈香、黄蓓佳：《成人文学让我释放儿童文学让我纯净》，《中华读书报》，2008 年 8 月 20 日

2. 丁帆：《在泥古与创新之间的风景描写》，《当代文坛》，2012 年第 2 期

3. 丁帆：《谱写友情的复调悲怆交响诗》，《文艺报》，2021 年

4. 何平：《唯一的尺度是精神更自由——黄蓓佳小说阅读之一》，《扬子江评论》，2010 年第 6 期

5. 贺仲明、杜昆：《黄蓓佳论》，《钟山》，2011 年第 4 期

6. 黄蓓佳：《一个人的重和一群人的重》，《扬子江评论》，2012 年第 3 期

7. 姜淼：《黄蓓佳文学年谱》，《东吴学术》，2020 年第 1 期

8. 李小山：《寻回自我——谈黄蓓佳的小说创作》，《钟山》，1986 年第 6 期

9. 汪政、晓华：《黄蓓佳散论》，《当代作家评论》，2011 年第 2 期

10. 吴周文、林道立：《从精神寻梦到直面苦难——由〈家人们〉看黄蓓佳的自我转型》，《扬子江评论》，2012 年第 6 期

11. 舒晋瑜、黄蓓佳：《四十岁后，我对回忆铭心刻骨》，《中华读书报》，2012 年 8 月 22 日

12. 朱晓进：《细节所蕴含的文化况味——黄蓓佳小说〈所有的〉和〈家人们〉的艺术境界》，《当代作家评论》，2012 年第 6 期

三、必读书目

《我要做好孩子》《所有的》《家人们》《野蜂飞舞》

四、拓展与练习

1. 讨论题：黄蓓佳说："成人文学让我释放，儿童文学让我纯净。"你对这句话怎么理解？

2. 请结合作品阐明黄蓓佳小说"现在时"与"过去时"交叉叙述的特点。

第七章

范小青：苏味的"淡"与哲理的"轻"

　　范小青，1955 年出生于上海松江，三岁时随父母迁到苏州。1982 年毕业于江苏师范学院（现苏州大学）中文系，留校任教。1985 年初调入江苏省作家协会从事专业创作。1985 年加入中国作家协会，1992 年起担任江苏省作家协会副主席、江苏省作家协会主席，中国作协全委会委员，全国政协委员。1980 年起发表文学作品，以小说创作为主，另有散文、电视剧本等，至今共创作、发表、出版作品一千余万字。长篇小说代表作有《城市表情》《女同志》《赤脚医生万泉和》等，中短篇小说代表作有《瑞云》《我们的战斗生活像诗篇》《城乡简史》等，电视剧代表作有《费家有女》《干部》等。先后获全国第十届"五个一"工程奖、第四届鲁迅文学奖、第三届中国小说学会短篇小说大奖、第十七届百花文学奖短篇小说奖、第五届汪曾祺文学奖、第三届钟山文学奖中短篇小说奖、第四届施耐庵文学奖、首届高晓声文学奖短篇小说奖等奖项。2019 年获首届东吴文学奖·大奖。另有《人民文学》《中国作家》《北京文学》《小说选刊》《小说月报》《中篇小说选刊》《中华文学选刊》等杂志所颁发的奖。有多篇（部）小说被翻译成英、法、日、韩等文字在国外出版、发表。

　　一提起范小青的创作，人们自然地会将它和苏州联系在一起，她的作品被人称为"苏味小说""地域文化小说"，以写"小巷风情""世俗民情"见长，她本人也被冠以"苏派小说掌门人"的名号。事实上，就一个连续创作了四十余年，且创作体量超千万的作家而言，她的风格不可能是一成不变的，更何况，范小青文学创作的四十年，恰与中国实行改革开放的进程大致吻合。中国的改革开放走过了波澜壮阔的历程，"从实行家庭联产承包、乡镇企业异军突起、取消农业税牧业税和特产税到农村承包地'三权'分置、打赢脱贫攻坚战、实施乡村振兴战略""改革开放成为当代中国最显著的特征、最壮丽的气象。"①"生活扑面而来，创作随之变化"（范小青语），范小青的创作也在发生改变。

由洪治纲的《范小青论》开始，学界普遍将范小青的创作历程分为三个阶段：第一阶段是 20 世纪 80 年代到 90 年代中期，主要以知青生活和苏州的市井文化风情作为表现对象，通过散淡、温婉而又怀旧的笔触，展示苏州一带地域文化中的俗世生活，其代表性的小说有《在那片土地上》《顾氏传人》《瑞云》《裤裆巷风流记》等。第二阶段是 20 世纪 90 年代后期到 21 世纪初期，主要以转型期的社会结构变化为背景，着力表现权力体系中的一些变革精英的心路历程，以及现实伦理的价值变更，代表性的作品有《百日阳光》《城市表情》《钱科钱局》《科长》等。第三阶段就是最近的五六年，她在叙事空间上明显地进行了坚实的拓展，既大量地叙述了那些游走于都市底层的民工生活，又演绎了那些穿行于隐秘的权力体系中的人物命运，还深入到乡村社会的文化伦理中，再现了普通平民与强权历史之间的复杂关系，代表性的作品有《城乡简史》《像鸟一样飞来飞去》《我就是我想象中的那个人》《女同志》《这鸟，像人一样说话》《赤脚医生万泉和》等。"②

---

① 习近平：《在庆祝改革开放 40 周年大会上的讲话》。
② 洪治纲、范小青论：《钟山》，2008 年第 6 期。

如果说上述概括准确的话，范小青的创作的确在不断变化。时间又过去了十多年，范小青仍笔耕不辍，随着《桂香街》《城市民谣》《灭籍记》《战争合唱团》《家在古城》等作品的陆续推出，她仍然在不断探索新的写作可能。

一、对"苏味"的坚守

称范小青的小说为"苏味小说"，显然是从地域文化的视角来界定她的创作。"苏味"，即苏州味，首先体现在范小青小说对苏州地景的描绘上。范小青三岁就到了苏州，住在苏州，长在苏州，写在苏州，她自己说："我是一个苏州人，我与苏州是融为一体的。"她熟悉苏州的大街小巷，也把苏州的名物写入了作品。范小青在她的文学图景上，虚构了一个地名——"南州"，这里有精巧雅致的园林庭院、曲幽狭长的街巷里弄、伴着吴侬软语的石板路和小桥流水，"裤裆巷、采莲浜、锦帆桥、真娘亭、钓鱼湾、杨湾小镇……成为她的书名或在书中出现的时候，读者一看就知道写的是苏州。"[1]这样的地名，非苏州莫属。更毋庸说《桃花坞》《南园桥》《定慧寺》《小巷人家》《门堂间》《走过石桥》这样直接以苏州的地名、景物命名的作品了，读者仿佛跟着范小青在苏州古城里悠闲地走着、看着。在范小青笔下，人物活动的这些地方的样貌也大同小异——不是高楼大厦的喧嚣都市，而是僻静的小村或是逼仄的小巷，"石卵子铺地，青砖头打墙，笔笔直直一条弄堂，一眼望到底，不像裤裆，倒像直筒裤的一条裤脚管，裤裆巷宽宽敞敞，虽说面子上笔直，一点不打弯，夹里芯子却是九曲十八绕。一扇扇门面，大大小小，拱形方形圆形，外面看看不稀奇，踏进去却是别

---

① 范万均：《我家有女范小青》，《给朋友们》，南京出版社，1995年。

有洞天,世界全做在门洞里厢。"①"细细长长的小街上,小街没有什么人,很安静,街面是石子砌的"。②笔下人物的生存环境也相差无几——都是一大家子的人,挤在破败小巷的一间小房子里,如《裤裆巷风流记》里的张师母一家、《采莲浜苦情录》里的李瑞萍一家等,房子成为困扰一家人的烦心事;《桂香街》中的丁大强"租住在那个破旧不堪的菱塘角小区,一个三十多平米的两室户,合住着三家人家……完全没有一点隐私。"③范小青小说构筑的乡镇,也散发着浓浓的古城味儿。她笔下的杨湾"是一座古老幽静的南方小镇",地处水乡泽国,"在一大片肥田沃土、清池绿水的环绕之中,犹如一株睡莲,安详地平卧在清流碧波之中。"镇上的"街巷亦建造修筑得十分考究,河巷相依,纵横有序,脉络分明……街砖遍布,御道点缀,坚石如弹,篦箕为观"④。好一派江南古城的味道。黄毓璜曾指出,范小青"在她的艺术世界中执行一项'收缩政策'。笔能收缩进大千世界中的一个小小'苏州',收缩进小小'苏州'的小街小巷,收缩进小小街巷中的小宅小院。"⑤

　　生活在这样的街市,大概也很难有轰轰烈烈的人生故事了,于是,小街居民的家长里短、小村(镇)百姓的喜怒哀乐,就成为范小青小说主要表现的对象。无论是小巷市民,还是进城农民、小商小贩,以及农村赤脚医生、社区基层干部等,举手投足都透着苏州人的性情——温和、软糯、不急不躁,却又不乏韧性与坚定——日子过得平平淡淡,而且不无烦恼、甚至痛楚,但生活总是有滋有味、绵长

---

① 范小青:《裤裆巷风流记》,作家出版社,1987年。
② 范小青:《桃花坞》,《范小青短篇小说精选集:1998年—2005年》,人民文学出版社,第221页。
③ 范小青:《桂香街》,人民文学出版社,2017年,第255页。
④ 范小青:《单线联系》,江苏文艺出版社,1997年,第315—316页。
⑤ 黄毓璜:《现状和前景:范小青的人生小说建构》,《当代作家评论》,1990年第2期。

悠远，当年的"校花"已经成为在院子里晒太阳的老太太，但依然讲究吃上好的碧螺春；两个闲来无事的乡下妇女进城走街串巷卖橘子，却被书场里的说书声吸引，忘了卖不掉的橘子也忘了归途；赤脚医生万泉和的样子总是惴惴的，充满对生活的敬畏，看待世界的眼光充满温情；即使从天南海北来的农民工，仿佛也被苏州温软的气质同化了，他们的生活节奏也被悠长的小巷拖慢。《城乡简史》中的王才进城后靠收旧货维持生计，住在城市闷热的地下车库，却过得异常满足，因为他发现城里真的好啊，菜场里有好多菜叶可以拣回来吃，还可以拣到鱼、拣到电扇。"王才不是一种强悍的农民工，也不是畏缩的农民工，他比较平和，但是又有委屈，同时又容易满足，这种苏州人的文化体现。"①当年王才和儿子王小才是因为无法理解一瓶四百七十五元的香薰精油引发的冲动才进了城，当儿子王小才在城市大街的橱窗里看到了香薰精油，并发出"降价了"的感叹时，王才竟然对儿子说："王小才，我告诉你，你乡下人，不懂不要乱说啊。"面对城市超乎想象的昂贵消费，王才们表现出来的不是仇恨，也没有羡慕，而是坦然接受。范小青说："我体会农民工，也可以说是苏州人在体会农民工。这与北方人体会农民工大概不一样。北方人可能体会那种彪悍的，动不动就要打的，我体验的农民工有点像个知识分子，内心的东西多一点。"②也就是说，即便范小青的创作发生了转变，由写知青生活、写苏州的世情转向底层，转向城市新的外来者时，作品内在的气质依然不改，依然透着浓浓的"苏味"，哪怕写的不是苏州的事、苏州人，范小青在字里行间仍流露着苏州心态，笔下"人物、人物的文化、人物的内心的东西还是苏州化的"。③晚近作品《灭籍记》（2018年12月出版），乍一

---

① ② ③ 范小青、于新超、姜帆：《现代传统下的当代作家写作》，《西部·华语文学》，2008 年第 2 期。

看似乎依旧是在写苏州，写老宅，"仍是关注小人物的辛酸悲苦，不脱地域书写、世情小说的老路。"①

范小青小说的"苏味"当然还体现在随处可见的苏州方言中，无论是叙述语言还是人物语言，因为苏州方言的运用，小说的情境、语调、节奏，无不透着苏州文化的韵味，正如范万钧所言，读范小青的小说，"如听苏州的评弹，娓娓道来，不慌不忙。"范小青说：方言渗透在我的灵魂中，②所言不虚。早期的作品，例如第一部长篇小说《裤裆巷风流记》，因为使用了太多的方言，还不得不加了很多注解，如小说中有这么一段："现在请个木匠泥水匠不容易，看见你是老法人家，不敲一记竹杠猪头三（骂人语，指不明事理，不识好歹的人），一日三顿吃鱼吃肉，稍许怠慢，就弄你头颈恶死做（做事恶劣，太绝），讨工钱开出口来，吞得进大老虎。"在范小青的小说中，苏州方言、苏州人的口头语，可谓信手拈来，涉笔成趣。她写书场的热闹场景是"……说到妙处，获一个满堂彩，大家喊一个'连'字很光彩；说得糟糕，台下叫'倒面汤''绞手巾'……"（《清唱》）她写江南人的富有，是"纺绸褂子一披，鹅毛扇子一摆，上午皮包水（吃茶），下午水包皮（洗澡），餐餐七荤八素十样经……"③范小青不认可口语就是大白话的观点，她坚持在写作中使用方言（无论是叙述还是人物语言），其实是她有意为之的，她要保持语言上的一种节奏，她说，"这可能既是我的妥协，也是我的努力。"④因为范小青深知：想用方言写作或一点方言写作的作家都会说，土得掉渣没有什么不好，但同时又多多少少受

---

① 张琳琳、房伟：《纵横于历史与虚实之间——论范小青小说〈灭籍记〉》，《东吴学术》，2020 年第 1 期。

②④ 范小青、汪政：《灯火阑珊处——与〈赤脚医生万泉和〉有关和无关的对话》，《西部·华语文学》，2007 年第 5 期。

③ 范小青：《裤裆巷风流记》，作家出版社，1987 年。

到这种看法的影响，到底还是不想土得掉渣，即使真的土得掉渣儿，也希望人家说一声，有特色。①在范小青的文学世界里，我们随处可以"听"见吴侬软语，仅对人物的称呼，便可让我们领略苏州方言的软糯与精当，如瑞云好婆、吃素好婆（《瑞云》）、汤好婆（《鹰扬巷》），"好婆"是苏州话特有的对老年妇女的称谓；如文宝娘娘（《栀子花开六瓣头》）、大孃孃（《个体部落纪事》），"娘娘""孃孃"都是对已婚妇女的称呼，这类人性情通常比较和善、慈爱、温顺，让人产生亲近感；"张师母"和"张家姆妈"（《裤裆巷风流记》）都是称呼祖母辈老年妇女的，但词义稍有区别，称"师母"，表明这家有一定的文化背景，"姆妈"一般指称家庭妇女；"苏阿爹"（《真娘亭》）是对姓苏的老年男性的客套称呼，用于相熟的人之间，而"老老头"（《鹰扬巷》）是对不认识的老者的称呼或者表示不太客气的语气时用；"女小人""乖囡"是"小姑娘""乖宝宝"的意思。苏州的市井生活、世俗民情，在这些方言词中得到了淋漓的展示。范小青的小说也有一种内在的节奏，这是一种属于范小青本人、也与苏州这个地方相合的节奏，特别是那些写苏州、苏州人的作品，作品中人说着软糯柔婉的"苏州话"，叙述语言也带着苏州话的腔调。一个会说苏州方言的人，读范小青的这类作品，大概不知不觉中是会用苏州话来读的，因为范小青的小说语言自然地带着苏州话的韵味、腔调与节奏。

二、对哲理的探寻

樊星说：范小青笔下的生活常常平淡如水，语言也总是十分淡泊。

---

① 范小青、汪政：《灯火阑珊处——与〈赤脚医生万泉和〉有关和无关的对话》，《西部·华语文学》，2007 年第 5 期。

但她就能在平淡如水的故事中发现一些耐人寻味的世道玄机和人生哲理，并不动声色地点到即止。①范小青自己说，好看的小说要有"人生的智慧"。②

这种"人生的智慧"首先表现在人们看待同一事物的不同角度上。比如《城乡简史》，核心意象是一本被无意中丢弃的账本。蒋自清喜欢买书，也有记账的习惯，无意中将去年的账本夹在旧书里捐给了甘肃西部的一所小学。"这本账本对贫困地区的孩子来说，是没有用处的，它又不是书，又没有任何的教育作用，也没有什么知识可以让人家学的，更没有乐趣可言"，"但是对于自清来说，事情就不一样了，少了这本账本，自清的生活并不受影响，但他的心里却一阵一阵地空荡起来，就觉得心脏那里少了一块什么，像得了心脏病的感觉，整天心慌慌意乱乱。"一本旧年的账本，实为蒋自清的精神寄托，失去了它也就失去了精神依傍，当然会感觉不舒服。拿到账本的是一个叫王小才的小学生，他父亲王才"认得几个字"，发现那不是书，便去找学校校长要求换一本书，最后"闹到乡的教育办"，才得到一本真正的书。对于农民王才来说，这本账本自然是"没有用"的，但就是这本"没有用"的账本，激发了王才对于城市的向往——账本里记载了一瓶475元的香薰精油，这是王才和他老婆"种一年地也种不出来"的价格，引发了王才对于城市的好奇——"他决定要做城里人了"，于是带着老婆孩子进城打工了，住在城市的地下车库，以收旧货为生，整天忙得满头大汗，却异常的满足，感叹还是城里好啊。这样，这部小说的哲理意

---

① 樊星：《别致的哲理小说——读范小青的短篇小说〈城乡简史〉》，《名作欣赏》，2008 年第 8 期。

② 李雪、范小青：《写作的可能与困惑——范小青访谈录》，《小说评论》，2010 年第 5 期。

味就很突出了:"从'无用'变'有用'(也可以读作'无用'即'有用')的道家智慧到'偶然改变命运'的玄妙哲理,还有与这两条哲理交织在一起的对于'一个人的历史'的发现与思考。"①

范小青哲理小说的表现对象常常是社会的特殊人群——残障人员,社会对他们的评价和他们自己所能发挥的作用,以及他们自己看待自己在生活中的位置和他人的眼光,常常是错位的。比如短篇小说《牵手》,小说写曾明因为得了一种奇怪的眼病突然失明了,心情很郁闷,又因为在福利厂上班时与同事发生了一点小摩擦,心情更糟糕了,于是按人指点,找到街道办事处的调解主任刘主任倾诉。在刘主任办公室,刘主任问了曾明两个问题:一是失明以后是否做梦;二是在盲人中,"是先天的盲人更痛苦呢,还是后天的失明更痛苦?"②这一次,曾明从刘主任这里其实并没有得到他想要的安慰,但离开刘主任的办公室,这两个问题却一直困扰着他,过了几天,他主动去找刘主任,没想到刘主任约他去一个地方走走。曾明的手被刘主任牵着,一路走到了充满鸟叫声的地方,刘主任告诉曾明,这里正在举行比赛,比的是鸟的叫声。作者这样写道:"他们牵着手走了几步,曾明听到身边有人在说话,他们说,瞧,两个瞎子手牵着手在走路呢。"小说戛然而止,读者也一下明白过来,为何刘主任要问曾明那两个问题,原来都是在暗示曾明和读者:刘主任生来就是盲人,既没有看过这个世界,而且连梦都做不起来,其实比曾明"更惨"、更有理由抱怨"不公平"。但刘主任偏偏不是这样的,他笑着做着他人的思想工作,将自己"热乎乎的手"伸向那些需要帮助的人。由此,小说的哲理意味便很明显了:

---

① 樊星:《别致的哲理小说——读范小青的短篇小说〈城乡简史〉》,《名作欣赏》,2008 年第 8 期。

② 范小青:《鹰扬巷》,山东人民出版社,2015 年,第 71 页。

人的痛苦都是相对的，当你觉得自己很悲惨时，你该想到，这个世界上还有很多比你更艰难的人生；与其抱怨，不如接受现实，发挥自己所长，做有利于他人的事情。同时，小说也再次重申了《城乡简史》相近的主题："无用"之"有用"——盲人，包括其他残障人员，看似成了"废人"，其实也可发挥所长，为社会做贡献，于社会也是有用的。

《单线联系》的哲理意味更是突出。小说写一个叫根生的少年，愚钝麻木，而且胆小，被日本兵一吓就尿了裤子，被狗一吓就忘了联络暗号，却成为杨湾从事情报工作最长久的人，与他单线联系的上线或下线先后因各种原因暴露，根生却有惊无险，既守住了秘密，又将各种不可能的事变为了可能。小说由此模糊了可能与不可能、愚钝麻木与大智若愚的界限。根生似乎是无意中随口说的一句话："做滚地龙，不和老婆一起睡"，却提醒了陈秀女——他的同顺杂货店联络点被敌人盯上了；根生很少想起从前的事，看到一个日本兵肚子疼得直打滚，突然想起自己小时候肚子疼，大人给他喝加了盐的井水便安然无恙，于是也端来一碗井水，帮以行医作掩护的华先生解除了一场危机；因为被两只狗吓着了，根生忘了接头暗号，没有完成任务，却恰好避免了"一场性命交关的危险"，因为这个联络点事先已经暴露了，敌人"正等着鱼儿上钩呢"。根生这条"看见鱼饵也不知道去咬"的"笨鱼"，"基本上不符合从事地下斗争的条件"，却在1937—1941年，又从1941—1944年，一次次完成了杨队长交给的任务，但也因为他愚钝麻木，把本该充满"火药味和血腥味""危如朝露"的单线联系工作做得"平平淡淡，不惊不误"，由此，对于革命工作的性质，人们有了两种截然不同的结论，革命工作可能充满危险、随时会被杀头，但也可能有惊无险、平淡无奇。

范小青小说的哲理性，还常常表现为喜剧性，她的故事里充满了巧合与偶然，她好用一系列的巧合来说明俗世的无奈、命运的无常，生活中并不存在单纯的胜利与失败。《栀子花开六瓣头》中，三山岛上有两个文宝娘娘，偏偏金志豪找到的是另一个文宝娘娘，不仅惹出一堆令人啼笑皆非的事情，而且错失了发奖金加工资的机会。《光圈》里，骗走吴影兰店里二十万的，竟然是住在同一方天井里的邻居——魏天成，而魏天成当年还喜欢过吴影兰，曾经很热心地帮着吴影兰把孩子送到医院去看病。《钱科钱局》全篇更是充满了轻喜剧的"桥段"：因为流行简略和简化某些称呼，钱科长本该被人称"钱科"，但因与"前科"谐音，大家觉得不雅，就改称"钱局"，就这个称呼导致这位干部"一会儿要提了，一会儿不提了，比干脆不提更让人失面子"，却最终也因领导认为这个称呼"是群众用一种特殊的方式在提醒我们的组织部门和当领导的"该提拔他而真的当上了钱局。范小青承认自己的小说带有某些喜剧色彩，并且"希望的是，这些作品，能够透过表面的喜剧，表达出现代社会的许多无奈和荒诞"。[1]范小青小说的喜剧性既来源于作家对于"好玩的生活细节"的观察与描摹，大概也可以见出范小青本人对于生活、现实的认知，是具有智慧的——生活既已充满无奈，不如轻松一笑，迎接可能也一样无奈的明天。范小青所谓苏州人的"佛性与'韧'"大概也包含这层含义。

早就有研究者注意到了范小青小说中人物身上体现出来的佛性，如有评论家说："范小青的创作在两块园地里同时展开：一是通过佛教信徒或与之关系密切的人生故事呈现对佛理的感悟，这方面的作品有《瑞云》《还俗》《菜花黄时》《单线联系》等；二是在普通百姓的故事中道破世事的神秘、顿悟命运的奇妙，这方面的作品则有《杨湾故事》《文火煨肥羊》《牵手》《动荡的日子》和长篇小说《天砚》等。"范小青本人

---

[1] 李雪、范小青：《写作的可能与困惑——范小青访谈录》，《小说评论》，2010 年第 5 期。

也将苏州人的性格定性为佛性，认为"苏州人的佛性很普遍，也很普通"，并说："有人认为苏州人佛性甚笃……我以为，佛性与'韧'，似乎是有联系的。""苏州人是很韧的。"①《栀子花开六瓣头》中，小丁请了病假歇在家里，领导担心她有什么事情，特地叫人去看看她，哪知道小丁正和一帮人在家打麻将，并且笑着说："心里闷，开了病假，不白相白相，做啥呢。"说话的口气"一点也没有检讨的意思"，弄得来看她的人反而有些尴尬。文化馆副馆长金志豪，本来第一个获得线索，到三山岛上去找会唱吴歌的文宝娘娘，搜集整理民歌，结果弄错了人，被馆里的同事抢去了被领导表扬、发奖金加工资的机会。但金志豪"好像有点懊悔，不过他的后悔也不深，因为他对吴歌本来就没有什么大的兴趣"。②《文火煨羊肉》中"急火鱼，慢火肉"以及"文火，火不能大，一大就不烂"等告诫，更是道出了深藏于百姓心中的道理：事缓则圆，急不得。

在长篇小说《赤脚医生万泉和》中，范小青小说的哲理特征得到了全面的展现。主人公万泉和是一个特别"笨和简单"的人，因为三岁时得过脑膜炎，他的脑部受过损伤，智力低于一般人。但就是这样一位"病人"，却成了村里的赤脚医生，承担起救死扶伤的重任。万泉和逃避，深知他脑部有问题的父亲万人寿也在阻挠，但终究敌不过朴素而强大的乡村伦理——父亲是医生，按照子承父业的逻辑，万泉和就该是个医生，更何况他还帮万三小子取出了耳朵里的毛豆，化解了万三小子的疼痛。尽管万泉和是阴差阳错解除了病人的疼痛，却与医术高明之间完全不搭界，但在乡村伦理中，这就够了——生死有命富贵在天，人死也正常，眼前有人问诊给药就可以了。万泉和就这样在

---

① 范小青：《裤裆巷风流记》后记，作家出版社，1987年。
② 范小青：《单线联系》，江苏文艺出版社，1997年，第131页。

自我逃避、煎熬、退让中，被乡村人的直白、信任、无知推着跌跌撞撞往前走，行医的过程充满了荒诞、喜剧性，但背后不无辛酸、苦涩，好在他本人是个特别笨的人，对这一切要么一无所知，要么迅速遗忘。在创作《赤脚医生万泉和》的时候，范小青有意地"想写几个和别人不一样的人物，写几个平时不多见的人物，有一点独特的个性"。①除了万泉和、万人寿等，小说中其他人物也都带有喜剧色彩，如大家都认为裘二海当了干部以后"几乎没有做过什么对头的事情"，但当他在大会上宣布要让万泉和去学医时，却得到了大家的拥护。包括写万里梅的病痛，万里梅痛得那么沉重，小说却基本是用喜剧的手法在描写，"这也给万里梅沉重的病痛中添了一层奇异的色彩。"②和马莉一起帮着万泉和继续扮演好乡村医生的万三小子，身上也带有"另类色彩"和"魔幻色彩"。范小青一如既往地在其作品中强调"偶然因素和个人动因在人生旅程中的决定性意义，强化了读者人生变幻无常的艺术感受"。③她的小说的哲理意味也在这一方面得到了强化。

三、对"散淡"风格的执着

范小青自己说：有人将她的小说喻为"蛋（淡）炒饭"，是说她早年的作品总给人留下"淡""轻"的印象——没有完整的故事情节，也没有鲜明的人物性格。对人物和故事情节的"不太讲究"，一方面是源于作家自我的写作追求，范小青将卡佛的极简主义小说和卡尔维诺的

---

① ② 范小青、汪政：《灯火阑珊处——与〈赤脚医生万泉和〉有关和无关的对话》，《西部·华语文学》，2007 年第 5 期。

③ 黄毓璜：《现状和前景：范小青的人生小说建构》，《当代作家评论》，1990 年第 2 期。

"轻逸"视作创作的最高境界，自言"我写的时候有意这样写的，是我不要让读的人提起精神，想让读的人悠着点，含蓄着点，内敛着点，这是我的艺术走向"①，"在一开始创作小说的时候，我就没有按照经典小说的创作路子走"，"我是比较散淡的，散状的小说"。②另一方面恐怕也是她的文字、她的叙述语调使然。

　　作为一名以小说写作为主的作家，范小青自然知晓故事对于小说的意义。她说："传统意义上的好故事，是有头有尾，圆满的，完善的，一个人的命运，两个人或三个人的爱情，历史的沧桑，生活的沉淀，等，这都是好故事的基本点。"③但她偏偏有着自己创作上的执拗，或者说是一种清醒的反思：还有没有别的可能呢？从范小青的创作谈来看，她似乎将作品的留白作为小说"好看"的标准。④她以她欣赏的电影（如香港电影《枪火》、越南电影《忘情季节》、伊朗电影《一次别离》）为例，说明好的小说应该具有现代意识，而真正的现代意识就是"在说一些故事的同时，又隐去了一些故事"，由此"给人更多的想象空间"。⑤范小青推崇汪曾祺的小说《涂白》，也在于汪曾祺小说体现了"留白"的艺术追求。她早年的作品，尤其不注重故事的刻意完整性，而讲求一种氛围、一种情致，她爱把自己的小说称之为"情致小说"。如《鹰扬巷》，写一位老人来找寻当年隔壁女校的校花，其实当年他俩并没有交集，连面都没见过，但如今他特意中途下火车来看她——已经成为在院子里晒太阳的老太太了。两个人就这么坐着、喝着一杯碧螺春，老人其实这几十年来一直在关注着"校花"的生活，但言语间并没有表露出遗憾或是悔恨等情绪，就是这么坐着、聊着，便又离开了。很

①③⑤ 范小青：《另一种困惑与可能》，《当代作家评论》，2005 年第 4 期。

②④ 范小青、于新超、姜帆：《现代传统下的当代作家写作》，《西部·华语文学》，2008 年第 2 期。

小的一个篇幅，情节也很简单，几乎全部都是人物对话，但范小青认为这部作品"营造了一个氛围，让历史的沧桑以及其他许多东西浸透在背后"。①代表作《瑞云》也是如此，没有完整的故事情节，比较散淡。在本该激动处戛然而止，在本可以恣意处变得内敛，这是范小青认可的开放式的小说笔法。所谓开放式，就是留下空白、留下给读者想象的空间，好像说了什么，又没有明说，一切的"味"都留在"淡"的身后，让有心的读者去体味。

范小青总是以宽容和平和的心态看待她笔下的人物，叙述节奏放慢了，文字变得柔和、舒缓，"应该激动的地方不让人激动"。如果把她作品中的故事抽离，剩下的就是一桩桩小事、琐事，甚至就是人物间有一搭没一搭的对话，如《鹰扬巷》《桃花坞》《描金凤》等作品，既没有大起大落的故事情节，也没有悲喜交加的情绪情感，有的只是淡而轻的对话，而俗世的人生，不就是这样的一种状态么？时间就在说话间流逝，而日子就这样一天天过下来了。在说到长篇小说《赤脚医生万泉和》时，范小青说："有时候明明可以，也应该写得凶一点，刀口锋利一点，但是温情这东西总是缠绕在我心头和笔下，让我丢弃不掉。万泉和笨，但他善良，有慈悲心肠，正好吻合我的审美要求，写起来特别舒服。"②对人物命运的悲悯，对生活规律的顺应，使范小青将写淡泊、平和、宁静作为写作的追求，她的"淡"与"轻"其实是她个人看待生活、看待人生的一种态度。即便是写危机四伏、随时都有可能被杀头的秘密工作，范小青也不追求"扣人心弦的情节""惊心动魄的剧变""引人入胜的内容"，让主人公根生的愚钝麻木抑或大

---

① 范小青、于新超、姜帆：《现代传统下的当代作家写作》，《西部·华语文学》，2008年第2期。
② 范小青：《在变化中坚守，或者，在坚守中变化》，《扬子江评论》，2009年第1期。

智若愚和一系列巧合、偶然冲淡了刀光剑影的紧张和恐怖。

范小青作品的"淡""轻"，除了不注重情节的精巧、故事的完整外，还体现为一种淡淡的氛围，无论是离别，还是遗憾、失落，隔着时间和空间，氤氲、弥散为一种淡淡的忧伤、淡淡的惆怅。《桃花坞》写的是一次相聚、一次归来——木杏在当知青时，与乡下农民结婚生子，一直没有回城，今天她特地回来看看苏州城。与她从小一起长大的罗一到车站接她，陪她坐公交车到了桃花坞。一路上，两个人有一搭没一搭地聊着家常，从他们的对话中，读者可以感受到，罗一和木杏当年应该是青梅竹马，但谁也没有说破。因为各种机缘巧合，木杏留在了农村，罗一对此一直心怀遗憾，几十年后木杏归来，罗一很想说些什么，但也没有找到机会，甚至想请木杏吃顿饭的愿望也没有实现。木杏来去匆匆，最终两个人到了检票口，不得不说"再见"，这时的木杏被人流拥着往前走，"边走边回头向罗一挥手，再见，罗一，她大声说。"这是小说中木杏流露情感最深的一次，在她和罗一短暂的相聚中，他们聊起小时候、说到知青生活、谈及木杏的一次恋爱和婚后生活，每一个话题都有可能引发情感的波澜，但无论是木杏还是罗一，都很克制、内敛。知青没能回城、有情人天各一方、故乡物是人非，这些题材本该铸就伤感乃至悲剧的主题，但小说硬是以一次匆匆的相聚和貌似怀旧的游园，化解、冲淡了这种忧伤，将所有情感的撞击、伤怀、遗憾都留在小说人物的内心深处。《豆粉园》里，那个从很远的地方来的游人，跟看门人、刘姓领导一再解释，就是想进园子看一看，但对方还是坚持已经过了卖票的时间，不能让他进去。尽管到后来，连看门人都"很想听游人说些什么"，想弄清楚"很远的地方，是哪里呢? 有多么远呢? "但游人还是什么都没有说。《顾氏传人》结尾，二小姐临终，"面孔看上去很安逸，看不出有什么掉不落的事情，但是大家想，二小姐肯定有事情掉不落，她的眼睛不肯闭，是大小姐帮她合上的。"①范小青似乎特别擅长写这种忧伤的怀旧故事，小说人物一直在对话，但总是欲说还休、欲言又止，而对极简主义的推崇，让她的文字异常精炼，只营造氛围，不讲求故事的完整性，所以范小青的很多故事根本没有结局、没有答案，小说中的人和读者一样充满疑惑，的确有一种不满足。

范小青一直将"好看"作为小说的目标，她似乎非常在意"好看"二字。而她也知道，像她这样散淡的文字，在一个喧哗的年代里，恐怕很难得到大多数人的共鸣。但任何一个作家，作品发表了，总希望得到更多读者的认同。范小青也有这样的认知，但依然有自己的"坚守"，即使是求变、求新，也是在"坚守中变化"。随着时间的流逝，生活环境的变化，范小青的创作观念也在发生改变。等到写作《城乡简史》这样的小说的时候，范小青也"用心地画了一个圆"，②这篇小说的构思可谓精巧——以一本账本为线索，让两个本不可能相遇的人——乡下人王才和城里人蒋自清发生了交集，王才被蒋自清无意中丢弃的账本里记载的一瓶价值475元的香薰精油所激发，产生了进城的冲动，恰好就住进了蒋自清所在的小区，甚至就是在蒋自清隔壁邻居家的车库里。蒋自清看王才一家以收旧货为生，破衣烂衫、居住在堆满旧货的车库里、忙得满头大汗，很是同情。但王才以及他的老婆反而乐乐呵呵的，因为他们发现"城里真是好啊"。后来王才和蒋自清时常见面，也聊天，甚至还说起那本丢失的让蒋自清"整天心慌慌意乱乱"的账本。但小说还是留下了一个缺口，即"留白"，蒋自清最终还是和王才、和自己的账本擦肩而过。

早在上世纪 90 年代初，黄毓璜就说《裤裆巷风流记》《个体部

---

① 范小青：《单线联系》，江苏文艺出版社，1997 年，第 96—97 页。
② 范小青、汪政：《把短篇搁在心坎上》，《长城》，2008 年第 1 期。

落纪事》《顾氏传人》等"几部作品中的兄妹、姐妹之间关系的构成状态和比照意义","常常是小异大同或貌离神合",这是写作者范小青的一种"自我黏附的弊端",希望范小青能"调动一点不断自我拆解的勇气和魄力"。①又三十年过去了,范小青创作不止,产量不减,不断在找寻写作的新的可能,"变"与"不变"成为评论她创作的核心问题。不可否认的是,范小青小说中的确有一以贯之的东西,那就是观照生活的眼光,一如既往充满温柔与善意。范小青始终将叙事维持在一种"中间状态"——不温不火、平和冲淡,她总是将沉重琐屑的世态人情、衰败不堪的现实人生消融于淡、轻的叙事,将社会历史的重大变迁推远,将人物个体的故事放在前台,让个体在无法操控的无奈、错置等冲突中表现生命的矛盾与挣扎,有苦楚、有伤害,却终究要生活下去。作家似乎早已洞察俗世生活的密码,也坚守自己的叙事伦理——对人生既无可奈何,那就温婉谅解,以温情的写作在新与旧的缝隙间寻找文学的可能。

附录:

一、范小青主要作品

《顾氏传人》,《钟山》,1989 年第 4 期

《裤裆巷风流记》,春风文艺出版社,2006 年

《城乡简史》,《山花》,2006 年第 1 期

《赤脚医生万泉和》,人民文学出版社,2007 年

《城市表情》,人民文学出版社,2016 年

《碎片》,江苏凤凰文艺出版社,2017 年

《灭籍记》,北京十月文艺出版社,2018 年

---

① 黄毓璜:《现状和前景:范小青的人生小说建构》,《当代作家评论》,1990 年第 2 期。

二、主要参考文献

1. 樊星：《别致的哲理小说——读范小青的短篇小说〈城乡简史〉》，《名作欣赏》，2008 年第 8 期

2. 范小青、汪政：《灯火阑珊处——与〈赤脚医生万泉和〉有关和无关的对话》，《西部·华语文学》，2007 年第 5 期

3. 范小青、于新超、姜帆：《现代传统下的当代作家写作》，《西部·华语文学》，2008 年第 2 期

4. 韩松刚：《身份、记忆与流动的生活——以〈女同志〉〈赤脚医生万泉和〉〈灭籍记〉为中心》，《当代文坛》，2022 年第 5 期

5. 洪治纲：《范小青论》，《钟山》，2008 年第 6 期

6. 洪治纲：《承纳与救赎——评长篇小说〈赤脚医生万泉和〉》，《当代作家评论》，2008 年第 1 期

7. 黄毓璜：《现状和前景：范小青的人生小说建构》，《当代作家评论》，1990 年第 2 期

8. 何平：《范小青的"我城"和"我乡"》，《当代作家评论》，2008 年第 1 期

9. 李雪、范小青：《写作的可能与困惑——范小青访谈录》，《小说评论》，2010 年第 5 期

三、必读书目

《顾氏传人》《城乡简史》《赤脚医生万泉和》《灭籍记》

四、拓展与练习

1. 讨论题：范小青说："对我来说，要坚持自己风格的东西，还得回到苏州。"对于这个问题，你怎么看？

2. 简答题：范小青的"苏味小说"有哪些特征？

第八章

周梅森：历史·政治·人性

　　周梅森，1956年出生于江苏扬州，自幼成长于徐州。1970年即在徐州韩桥煤矿半工半读。曾任中国作家协会第七届全国委员会主席团委员，江苏省作家协会副主席。1978年发表处女作《家庭新话》，自此开始文学创作。1980年调入《青春》杂志任小说编辑。1983年发表中篇小说《沉沦的土地》在文坛引起反响，1984年调入江苏省作家协会成为专业作家。此后连续发表《庄严的毁灭》《崛起的群山》《喧嚣的旷野》《黑色的太阳》《军歌》《冷血》《孤旅》等多部中篇小说，以及长篇小说《黑坟》，作品中强烈的历史意识和悲剧意味，引起评论界关注，一度成为评论的焦点。1991年，周梅森下海经商。1995年在徐州市政府挂职担任市政府副秘书长，第二年出版了以这段挂职体验生活为素材创作的长篇小说《人间正道》，后又发表《中国制造》《天下财富》《绝对权力》《至高利益》《国家公诉》《我主沉浮》《我本英雄》《天下大势》等长篇小说，并涉足影视剧创作并兼任制片人，将上述作品改编成电视连续剧等艺术形式，多次获得全国性的电视大奖。2017年，长篇小说《人民的名义》出版，当年3月，由其担任编剧的同名电视剧播出，并凭借该片获得2016—2017年度工匠精神颁奖盛典最具工匠精神编剧奖。2021年，长篇小说《人民的财产》出版。2022年，长篇小说《大博弈》出版，同年11月，担任编剧的同名电视剧播出。

综观周梅森四十多年的小说创作，大体可分为三个阶段。第一阶段，包括短篇小说《明天一定再来》（1980年）、中篇小说《小镇》（1983年）和《荒郊的凭吊》（1984年）等，这个时期，作家主要"注视着矿工的命运，表现他们在现实中的愤懑和追求，也表现他们心灵中已成习惯的负累"。[①]1984年前后，周梅森连续发表了五个中篇小说，即《沉沦的土地》（1983年）、《庄严的毁灭》（1984年）、《崛起的群山》（1984年）、《喧嚣的旷野》（1985年）和《黑色的太阳》（1985年），构成总标题为"历史·土地·人"的系列小说。上述作品"一头向历史扎进去了"，且是"充斥着蛮力与鲜血、失败和挫折的，近乎野史的煤矿史"。[②]对历史的关注，对煤矿业的聚焦，让周梅森找到了小说创作的专属领域——一个小镇几个煤矿。这一时期，周梅森的小说故事背景都基本限定在位于苏鲁豫皖四省交界处的青泉县境内，主要描写刘家洼煤矿、田家铺煤矿、西严煤矿开采业的兴衰，并辐射青泉县四乡八野的民情世态；故事的时间上自洋务运动，下迄十年"文革"。[③]1995年，周梅森发表长篇小说《人间正道》，标志着他的小说创作进入第三个阶段，主要写作官场政治小说。被誉为"中年变法"的他，此后又发表多部描写官场政治生态的长篇小说，并亲自改编成影视剧。随着长篇小说《人民的名义》的成功出版和同名电视剧的热播，拥有作家与编剧双重身份的周梅森，在新时代又迎来现实政治题材小说创作的另一个高峰，内容涉及政治、经济体制改革的方方面面，如反腐、证券业、股份制、资本运作等。

---

①② 曾镇南：《周梅森论》，《当代作家评论》，1986年第3期。

③ 戎东贵：《周梅森中篇小说的历史意识》，《当代作家评论》，1987年第4期。

一、带着作家思想烙印的历史题材小说

自《沉沦的土地》开始，周梅森便有非常明确的历史意识。周梅森小说中可归入历史小说的篇目主要集中在 80 年代中后期发表的两个系列中篇里，一个系列即总题为"历史·土地·人"（花城出版社出版时更名为《沉沦的土地》）的五部中篇，另一个是以《军歌》为代表的反映抗日战争中国民党官兵故事的系列中篇。

"历史·土地·人"系列小说表现了从 1889 年到 1948 年这六十年间的历史，首先在时间的纵轴上，体现了全景式的史诗特征。五部作品按照表现的时间先后应为：《喧嚣的旷野》（《收获》，1985 年第 3 期），《沉沦的土地》（《花城》，1983 年第 6 期），《崛起的群山》（《花城》，1984 年第 6 期），《庄严的毁灭》（《青春丛刊》，1984 年第 3 期），《黑色的太阳》（《花城》，1985 年第 5 期），分别以洋务运动、五四运动、五卅运动、抗日战争、解放战争几个重要历史节点为背景，反映中国近现代这个特定历史时期"沉沦"与"崛起"的生活画面，"尤其着重反映了民族资本主义的产生、发展、消亡以及无产阶级崛起的发展史，使之具有一部庞大而形象的现代教材的丰富内蕴。"[1] 在上述作品中，这些重大的历史事件构成了人物活动的背景和社会环境，每部作品都是截取生活的横断面，表现四省交界处几个煤矿的兴衰过程，描写了矿主与窑工、乡绅与资本家、官窑与民窑、外资企业与民族企业、窑工与窑工、乡绅与乡绅之间错综复杂的矛盾，"可以说，我国近代生活中错综复杂的、难分难解的、扭结在一起的阶级关系、社会关系、民族关系、人际关系，在兴华煤矿股份有限公司的兴灭中，

---

[1] 大野、北帆：《在毁灭的悲剧中展现的庄严史诗——评周梅森的系列小说〈历史·土地·人〉》，《当代作家评论》，1986 年第 1 期。

全都被栩栩如生地表现和揭示出来了。"①正是在这纵横交错的结点上，周梅森让特定历史阶段的人物悉数登场，在他的笔下，社会各色人等组成了几个系列，分别为：煤矿资方代表人物秦振宇、王子非、章达人、赵民权、王长俊、陈向宇；矿工刘广田、刘广银、刘广福、章秀清、胡福祥、田大闹、二牲口；乡绅刘叔杰（三先生）、胡德龙、田东阳、黄大元，商会会长周叔衡等；地方守军王占元、张贵新、郑大炮，地方乡民武装红枪会首领刘顺河；清朝官窑局总办纪湘南、民窑窑主楚保义，地方知县彭心斋；还有土匪祁天心、吴天龙，地痞刘少爷、孙三歪，等等。②

不难看出，周梅森写的是几个煤矿的艰难发展史，却"可以看成是一部浓缩了的现实主义的中国近现代史和当代史"（周梅森）。在"历史·土地·人"系列小说发表之后，周梅森又创作了反映抗日战争的系列中篇小说，从 1986 年的《军歌》（《钟山》，1986 年第 6 期）开始，相继有《冷血》（《花城》，1987 年第 4 期）、《孤旅》（《花城》，1987 年第 6 期）、《国殇》（《花城》，1988 年第 2 期）、《大捷》（《收获》，1989 年第 5 期）、《日祭》（《钟山》，1990 年第 3 期）等，这些中篇皆以抗日战争为背景，且以国民党官兵为主角。在第一个系列小说的创作中，周梅森注重的是时间的纵向深度，而第二个系列，作者侧重于表现横向的广度。徐兆淮认为，"史诗小说的精义不外有三：一、广度、深度、力度的融合；二、众多的人物中必有几个性格复杂的人物形象；三、巨大而深沉的历史内涵与历史意识。"③按上述标准，周梅森的这几个中篇以及长篇《黑坟》等作品，均符合史诗小说的某些特

---

① 陈辽：《时代的长轴画卷新的反封建文学——评周梅森的系列中篇》，《花城》，1984 年第 6 期。

②③ 徐兆淮：《论周梅森小说的深层意识》，《小说评论》，1987 年第 4 期。

征，都具有"历史画卷"特色。并且，随着创作的深入，周梅森将"史"的时间轴拉长到了十年动乱时期。

一批作家在 20 世纪 80 年代中期至 90 年代初的创作都不约而同地转向了历史题材，周梅森的历史小说创作也正是受这一潮流影响的结果。在创作《沉沦的土地》前，周梅森偶然看到 20 年代的《申报》上有一则关于煤矿工潮的报道，报道称：资本家采矿，造成土地塌陷，激起四乡豪绅愤怒，始有乡民攻矿，当地窑民工潮云云。据《申报》说，工潮是暗中由豪绅操纵，意在挤垮煤矿公司，公司处境维艰。①于是，周梅森又查阅了大批历史档案资料，才写出了《沉沦的土地》。在周梅森的小说中，历史事件都是真实存在的，是有史料记载的，但其中的人物是虚构的，资本家、豪绅、乡民、窑工，无一不是周梅森根据史实配置的。从这个角度上说，周梅森历史小说创作带有主题先行的特征。"我希望我的作品能带上我对那块土地历史的一些理解"②，"我们是在从事文学创作，不是在编历史教科书，我们要忠于的是历史精神，不是一人一事的真实，历史上的那些人和事，只不过是我们创造的素材、依据，是我们的模特儿，在历史的背景下，在基本事实的基础上，我们要让他们活起来，艺术想象是必不可缺的。"③在周梅森笔下，所有的曲折故事都"成为其历史观的佐证和意识形态的一个部分"，"他不仅使笔下的历史符合其历史观，居然还根据某种模式演绎出一部历史来，这部历史因其充满血腥味和弱肉强食的搏杀而显得生动逼真。"④当读者把周梅森的系列作品放在一起来阅读，就不难看出其历

---

① ③ 周梅森：《历史档案与小说创作》，《上海档案》，1989 年第 5 期。

② 周梅森：《我们有我们的路》，《文学自由说》，1986 年第 3 期。

④ 蒋原伦：《小说·历史·意识形态——周梅森、格非小说中的历史》，《上海文学》，1991 年第 4 期。

史意识形态化叙述已经形成了某种模式："生存个体或生存集团——摆脱危机——陷入（新的）危机——挣扎——走入绝境——再挣扎，由此，'好人'变成'坏人'或'坏人'变成'好人'，或是毁灭。"①

周梅森曾说："我对我所属的这个民族，对我脚下的这块土地，对我们祖先的历史，产生了浓厚的兴趣，于是，我开始搜集乱七八糟的历史、野史、地方志，看了一些我所喜欢的历史哲学书籍……"②对文献资料的倚重，使周梅森历史小说具备了两大特征：第一、直接引用文献资料中的记载。如《历史·土地·人》系列中篇中，作者在每部作品的每一章节间，都用变体字录下一段段让读者相信是从发黄了的报纸或其他文献资料上摘录的当时的"新闻"，这些来自于报纸、地方志、史书上的信息，大大增强了小说的历史感和现场感。《沉沦的土地》中，实业家秦振宇无意间在《申报》上看到了这样一条消息："本报曲阜快电：孔子七十七代孙孔德成出生，徐总统亲电恭贺。"这样一条看起来无关紧要的消息，却反衬了秦振宇当时心烦意乱的心情。而且，"如果结合小说整体来看的话，就觉得这条消息强化了那股极为浓厚的社会气氛，它与三先生刘叔杰的心理形态灵犀相通，暗暗契合，是这块沉沦土地的必然产物。"③第二、长期查阅历史文献，经常直接引用新闻资料，让周梅森的小说语言也带上了新闻语言的特征。他的历史小说常常是这样开头的："民国八年秋，兴华煤矿股份有限公司大规模开采黄河故道流域的刘家洼煤田，造成采矿性地震，地表陷落。"（《沉沦的土地》）"中华民国九年五月二十一日午夜十一时

① 郑磊：《有目的的选择和有选择的目的——关于周梅森的小说》，《生活日报》，2010 年 5 月 15 日。
② 周梅森：《无主题变味谈》，《文学自由谈》，1987 年第 5 期。
③ 大野、北帆：《在毁灭的悲剧中展现的庄严史诗——评周梅森的系列小说〈历史·土地·人〉》，《当代作家评论》，1986 年第 1 期。

三十五分，依傍着古黄河的宁阳县田家铺煤矿轰轰然发生了一场瓦斯爆炸，死亡千余人，举国为之震惊。"(《黑坟》)这样的新闻语言式的开篇，简明扼要地交代了故事发生的背景，营造了紧张的氛围，增加了小说的历史感。

评论者用"大失败""沦亡""毁灭和死亡""从喧嚣到毁灭""绝望"等词汇来概括周梅森历史小说，其实都是指出了其小说浓厚的悲剧意味。在周梅森历史小说中，不管是雄心勃勃想要干一番大事业的实业家，还是土匪、恶霸、兵痞，抑或是逆来顺受的窑工，无论是欺凌者还是被压迫的、反抗者或是被利用的，最后都归于毁灭。《沉沦的土地》中，工潮与械斗的结果是兴华煤矿股份有限公司倒闭，总经理秦振宇破产了，四千窑工失业了，矿长王子非死于非命，带头造反的刘广田、曾经横行乡里的刘四爷被枪毙了，土匪祁老六被枪杀，好像是胜利者的三先生刘叔杰在失去了一半家资后也丢掉了自己的老命。这一系列中篇小说，几乎都以肉体的毁灭或矿井的报废结尾，悲剧氛围浓厚："打开窗洞上的绸布遮帘，一方残破的天地进入了他的视野，他看见了立在路旁的一棵棵叶子凋零的刺槐，嵌着一片片盐碱的土地，那土地上长满的干枯的荒草。远远的天际上，一朵形如残烟的云丝儿在缓缓地飘移……"(《喧嚣的狂野》)"是年大旱，……庄稼无收，饿殍遍野。失业窑工景况更惨，刘家洼十室九空，竟有老妇烹食幼子。"(《沉沦的土地》)"窗外，那时隐时现的火光中，那耗尽了他心血的三号大井井楼巍然屹立，像一个沉默不语的巨人，浑身上下透着沉重的悲哀。"(《黑色的太阳》)

通读周梅森的历史小说，其气氛是压抑的、凝重的，这种压迫感源于故事的悲剧性，也源于作家特定的色彩偏好，周梅森特别喜欢用黑色，以及与黑色相关的一系列譬喻。周梅森早年写的小说，基本可归入煤矿小说一类。周梅森本人从十四岁到二十四岁的十年之中，先是半工半读下了矿井，后来分配在矿上工作，干过采煤、掘进、运搬、"修备"、井下机械安装、机电维护等工作，"由矿井而认识了社会，认识了历史"，①特别是十四岁那年的第一次下矿，给了他深深的震撼，三百米井下世界化作了他"关乎历史和人类的许多断想"，也化作了他"思维世界和感觉世界的一部分"，周梅森说："最终，在我选定作家这个职业时，化作了《历史·土地·人》，化作了《黑坟》《军歌》，化作了我的艺术世界的一部分。"②地表之下那个黑暗而神秘的未知世界，给了周梅森创作的题材与想象的起点，黑色成为他小说的背景色、主基调。在周梅森笔下，黑色、黑暗、昏暗既指矿井、监狱等场所本身的黯淡无光，也喻指秘密的、隐蔽的事件或人物幽暗的心灵世界，并引申为恶的、坏的、反动的等寓意。除了用"黑色的太阳""黑坟""冷血"等标示黑暗的词汇作为小说的标题，故事开始的时间也基本设定在晦暗不明的时刻，或凌晨或深夜，如"二十七日凌晨，九千窑工骚动，潮水般涌向中国公司所在地西严矿"。(《庄严的毁灭》)"中国近代工业历史的时针指到了民国九年五月二十一日午夜十一时三十五分……那场巨大的矿难发生了。"(《黑坟》)《重轭》将一次早晨的逃亡与三种不同的人生相关联。

二、灌注作家充沛情感的政治题材写作

在周梅森看来，"一个当代作家最终是无法回避自己的那个时代的"。③1996年，以自己挂职政府经历见闻为蓝本创作的长篇小说《人

---

① 周梅森：《关于我》，《徐州师范学院学报》，1987年第4期。
② 周梅森：《那是个辉煌的梦想》，《文学评论》，1987年第5期。
③ 周梅森：《人间正道·自序》，长江文艺出版社，1997年，第1—2页。

间正道》在《当代》发表，同年11月人民文学出版社出版单行本，自此，周梅森小说创作转向了现实政治题材。随着《人间正道》《天下财富》《中国制造》《至高利益》《绝对权力》《国家公诉》《我主沉浮》《我本英雄》《梦想与疯狂》等一系列作品的出版，很多人认为周梅森"从一个历史故事、传奇的讲述者，摇身一变成了'时代声音'最为积极的传播者和呼喊者"，获得了"中国政治小说第一人"之称。可以说，中国改革开放进程中遇到的一系列发展问题都被囊括进了周梅森的小说，《人间正道》反映了经济欠发达地区通过改革摆脱贫困的艰难进程；《天下财富》关注股份制企业改革和证券业发展等经济体制改革问题；《中国制造》以一个市级领导班子的交接为视角，触及了政治体制改革的话题；《至高利益》将垃圾政绩工程、腐败等官场乱象拉到了前台；《绝对权力》正对缺失监督的绝对权力必然导致绝对的腐败问题；《梦想与疯狂》表现资本对行政的强力干预。周梅森自己说：没有改革开放，就没有一个叫周梅森的作家和编剧。

周梅森这一批长篇小说基本聚焦中国基层政权组织，写国家公职人员的工作与生活，表现他们在带领广大干部群众解决改革发展难题中表现出来的政治责任感和历史使命感，但也不回避在这一过程中暴露出来的诸多腐败问题。基本上，小说以省委书记、市委书记为主角，围绕着他们形成一个基层政治组织场域，上有领导层，下连普通百姓，还有一批同级官员，以及企业老板、商人、投资者、记者等社会各阶层、各类人群，由此形成一张庞大的、纠缠的关系网络。在周梅森笔下，各级官员基本分为两大类：一类是尽忠职守、排除万难、锐意改革，也实际取得非凡业绩的人民公仆形象，如不惜押上身家性命、义无反顾推进改革事业的吴明雄（《人间正道》），公正无私、决不姑息腐败分子的刘重天（《绝对权力》），以人民根本利益为重、敢于纠正所谓政绩工程错误的李东方（《至高利益》），善于处理复杂政治斗争的高长河(《中国制造》),坚决捍卫法律公平正义的叶子菁(《国家公诉》),等等。另一类即是国家干部中的败类形象,他们滥用职权、贪污腐败,损害了人民的利益,阻碍了改革的进程,如官本位思想严重、将工作放在一边忙着跑官的肖道清(《人间正道》),政治野心膨胀、疯狂买官的赵芬芳(《绝对权力》),惯于欺上瞒下、弄虚作假的章桂春(《我本英雄》),其中不乏为谋政绩不择手段、不计后果的主要领导。因周梅森这批作品中有较多笔墨用于刻写官场权力倾轧、腐败黑暗,评论界也称之为官场小说、政治小说或反腐小说。

在周梅森笔下,官场充满了光明与黑暗、正义与邪恶、阳谋与阴谋、正直与卑鄙、清白与污秽等方面的较量,虽时常要付出沉重的代价,但凡事终究都顺应了历史洪流,正义最终得到伸张,人民的利益得到维护,官场的风气得以匡正,那些滥用权力搞权钱交易、贪污腐败者都受到了法律的制裁或应有的惩罚,全篇充溢着一股浩然正气。周梅森坦言:"我的作品表现的是我对社会、对国家的发展前途的思索,我把我看到的问题、我的思考如实地写了出来,并且衷心希望这些问题能得到解决。我认为,这就是我作为一个有良知、有责任心的作家的责任和使命。"①读周梅森的所谓反腐小说,看到一些官场乱象,读者并不会感到失落或失望,因为暴露黑暗或揭示黑幕不是周梅森的最终目的,他的本意是严肃地探讨中国改革开放时期关于人民利益的根本问题,认真思考怎样才能完成改革开放的历史使命,小说中闪耀着他个人的政治识见、激越的政治热情和强烈的政治使命感。从《人间正道》开始,周梅森便奠定了其作品充满正气、正义凛然的鲜明风格。他的作品总是回荡着英雄主义的气概和不懈奋斗的精神,

---

① 刘颋:《作家必须是有使命感和责任心的人——访作家周梅森》,《文艺报》,2001年10月30日。

主要人物都凭自己的党性、人格，赢得了大家的尊重，也取得了事业的成功。

周梅森特别擅长描写大场面、大事件，他笔下的市委书记、市长们，常常同时实施着好几件有利于当地经济社会发展的大项目，呈现出一种纵横捭阖、运筹帷幄的大气象。这与周梅森个人的挂职经历有关，他熟悉中国社会转型期的主要矛盾。《人间正道》中，面对前任留下的烂摊子，临危受命的吴明雄抓住了长期困扰当地发展的缺水、少电、没路等核心问题，亲自布局指挥，完成了南水北调、环城公路等具有战略意义的大工程。这样的情节设计，既体现了吴明雄过人的胆略、气魄和识见，也考验了周梅森本人对于文字的调度能力。小说写到，河工、路工两条战线，困难重重；两个项目同时展开，责任重大，其间穿插厂矿改革、外资谈判、民营企业和乡镇企业的发展和问题，工地上又不时爆出食物中毒、工人罢工等意外事件，领导层内部的分歧、冲突不断，场面多、头绪纷繁，穿插描写，难度很大。然而，在周梅森的笔下，"既写得热闹、紧张，一浪接一浪，一环扣一环，让人应接不暇，又线索清晰，繁而不乱。一方面，他能紧紧抓住总的纲纪，掌握主动，写出了大场面的气象；另一方面，又能集中主要笔墨于人物性格的刻画，写好许多让人难忘的细节。"[①]

可以说，周梅森写改革、写商战、写政坛风云，形成了自己的一副独特笔墨，既善于把控大场面，又能把握细节，无论是人物语言、场景设置还是政策、信息，皆真实可信。周梅森的一系列以现实生活为题材的小说，情节大开大合，故事结构"多线索齐头并进"，但作家较少用概述性语言陈述故事，主要的情节基本倚靠对话来推动。周梅

---

① 何西来：《悲壮的改革进行曲——评〈人间正道〉》，《光明日报》，1997年3月4日。

森喜欢用描述性的语言描写人物对话的场景，所有的人物对话都有表情、动作以及人物心理活动的提示，戏剧性的特征比较突出，这与他同时兼具编剧的身份不无关系。《大博弈》第五章写面临破产的北方机械厂新任厂长孙和平，为解决工厂的燃眉之急，向自己的学长、现任汉重集团董事长杨柳借钱时的一段对话是这样的：

过了好一会儿，杨柳才在他面前站下了，叹息问：没五千万，当真没法活了？孙和平眼泪几乎流下来，北机干部群众一年多没发工资了，得让他们先吃上口饭啊！杨柳态度恳切而认真，但是，北机和汉重集团无隶属关系，担保手续办不下来。如果北机是汉重集团下属二级企业，那就是另一回事了。孙和平眼睛一亮，这倒是个思路，那你做做工作，把北机收进汉重集团吧！杨柳摇头说：没这么简单啊……

像这样的对话，在周梅森涉及官场、商战一类的小说中可谓比比皆是。

周梅森小说对会议、会场的描写，尤其为人称道。周梅森说："开会是一个非常有意思的政治现象，大部分人有亲身经历和切身感悟。我每部小说主要涉及正式的会议，例如省委常委会、干部任免大会、解决社会问题的专题会议等，这里面可挖掘的东西非常多。很多故事、人物戏剧化冲突都在会场反映出来。"周梅森将日常工作会议写得有声有色，既符合人物的身份和特点，又注意了语言的内在节奏、张弛有度。如：

只要我们坚信今天所做的一切真正代表着一千万平川人民的意志，我们的路就这么走下去。不管有多大的压力，多大的困难；也不管谁在我们面前背后说些什么，有什么风言风语，我们都得一步一个脚印扎扎实实走下去。我们的宣传就是要使平川的每一个干部群众知道，我们今天所从事的，是造福后人的千秋大业，是理直气壮的事业。（《人间正道》）

人民交给我们的权力，我们既不能零售，也不能批发。烈山干部队伍从今天起必须有新面貌，成为带领人民上台阶、跨世纪，廉洁过硬的队伍！（《中国制造》）

同志们，战争年代血与火的考验不存在了，但我们中国共产党人的优良传统不能忘，更不能丢啊！我们这个党在战火中没有倒下，也决不能倒在腐败的深渊泥潭中！请牢牢记住，人民雪亮的眼睛永远在盯着我们，永远，永远……（《绝对权力》）

这样的人物语言，完全改变了人们对于政府部门会议的刻板印象，感情强烈，又并不停留在浅层次的宣泄上，而是升华到一定的理性认知，起到了感染人、引导人的作用。而如此充沛激越的讲话，显然也融进了周梅森本人的情感和态度，有评论者称之为修辞性介入的声音。周梅森曾说："一个有影响力的作家必须对当代生活发言，……在一个急剧变化的时代，作家不能失音，文学不能缺席。"所以他的每一部关注中国当代政治生活的作品，都"伸张执政为民的新型政治理念，提出个人对国家政治建设的独特思考，凝聚与升华民族精神，构筑时代文化的宏伟大厦，直接服务于现实"。[1]他常常通过大段的叙述语言、人物对话、人物心理活动，"适时地在情节进程中穿插探讨现状成因，一针见血地指出问题根源所在，并辅以鞭辟入里的分析。"[2]这其实正

---

[1] 吴道毅：《周梅森政治小说创作论》，《武汉大学学报（人文科学版）》，2012年第 5 期。

[2] 林钦煜：《周梅森政治小说的叙事伦理审视》，《福建农林大学学报（哲学社会科学版）》，2008 年第 6 期。

是在表达他个人的观点。

客观来讲，因作家急于表达对笔下人物、事件的看法，周梅森小说存在议论过多的弊病。如下这样的表述在他的小说中随处可见。

办公桌上只留一盏台灯，师生二人对面而坐，气氛就变得亲近而又多少有些暧昧了。刚才一场汇报会，冠冕堂皇，水过无痕，大家似乎都在公事公办，暗地里却有复杂的内容，意味深长且久远。官场上总是这样，表面上是在谈论某一件事，但在这件事背后却总是牵连着其他人和事，甚至还有山头背景、历史纠葛等。现在要梳理一下了。(《人民的名义》)

另外，在他笔下，当代社会纷繁复杂的矛盾的解决，很大程度上还有赖于强有力的领导者，无论是吴明雄还是李达康，都是蒋子龙笔下的乔光朴那样的硬汉，他们用"铁腕"力挽狂澜，多少带有"人治"社会的痕迹。

三、写历史或写现实生活，都还是为了写人

周梅森小说总是把人物放在绝境中并以此来展开故事，他笔下的人物总是处在极端的生存或工作环境中。在早期的历史题材小说中，他笔下的人物都面临重大的生死考验，他们活动在塌陷的矿井里、人迹罕至的野人山、暗无天日的监狱、死亡气息弥散的战俘营，在绝望的挣扎、死亡的恐惧中，展现了命运的偶然性和人性的复杂。在后期的政治题材小说中，主人公一般都是临危受命，面对的要么是前任留下的烂摊子，要么是上级领导的错误决策导致的乱象，还要处理班子内部、干部与商人、投机者、老百姓等一系列复杂关系，更要处置外部因对政策的不理解而产生的意外纠纷、冲突乃至刑事案件。就是主

要干部本人，也被置于权力与利益的双刃剑上，经受被人误解、背水一战、反复较量等政治考验，最终用正义、良知、党性战胜了一切。

由此，在周梅森的历史题材小说中，善与恶、人性与兽性常常纠缠在一个人在身上，而当代的一些官员则体现了为民服务与滥用权力、忠诚与背叛的二重性，由此，很多人物身上存在着二元对立以外的多重意蕴，让读者在一定程度上产生认识上的困惑与价值判断上的两难。

"历史·土地·人"系列小说中的三先生刘叔杰颇能体现这一特征，一方面，三先生确实是为了维护"古朴世风"而与秦振宇（工业化的代表）展开斗争，他身上有着令人崇敬的自觉的使命感和不惜付出自己身家性命的坚定性，所以一众窑工愿意跟着他反对开矿；另一方面，三先生的坚定源于他脑子里根深蒂固的封建意识，对攫取土地的强烈欲望驱使着他不惜一切代价阻碍资本主义在乡村的推进，三先生由此也成为乡村中阻碍历史发展的一股重要力量。但总体而言，在周梅森较早的历史小说创作中，人物形象是相对比较扁平化、类型化的，这与周梅森主题先行的创作动因相一致。

一般认为，从长篇小说《黑坟》开始，周梅森的小说发生了蜕变。这种蜕变，主要是表现在作者笔下的"圆形人物"增多了。"他们有时是'社会人'，有时是'自然人'，旧有的人伦道德标准，传统的民族文化心理砝码，在他们身上失去了统一的尺度和平衡的依据。人，完全成为生存状态中自我灵魂搏斗的牺牲产物；人，完全成为自我生命意识的悲剧制造者。"①《黑坟》交代，在民国元年成立的大华煤矿股份有限公司给田家铺带来了空前繁荣，"短短几年中，这个北傍黄河故

---

① 丁帆：《生存竞争下的生命悲剧意识——读周梅森的四部战争小说》，《文学报》，1988 年 9 月 1 日。

道，南对京杭大运河的小小村落变成了一个仅次于宁阳县城的重要集镇。分界街自然而然地成了田家铺最热闹的一条街，街北是以田氏家族为主体的田家区，街南是以胡氏家族为主体的胡家区，街东分界碑旁边是大华煤矿公司所在地，街西的乱坟岗一直到黄河故道大堤下，全成了外来窑工的地盘。"但是，"一场规模空前的、我国采矿史上尚无先例的瓦斯爆炸"改变了这一切，当这场空前的灾难发生，小说将地上与矿下两个空间并置，地面上，围绕着救人与封闭矿井的剧烈冲突，各方势力各怀心思、轮番出场，很快演变成宗族之间、各派军政势力之间的博弈；而在矿井里，在黑暗潮湿、缺少食物的矿道里，小兔子、二牲口、胡德斋、胡福祥（三骡子）、崔复春等爆炸中的幸存者以及那些同样陷入困境的求援者，在完全与地面失去联系的状况下，支撑着他们继续挣扎的就是一种求生的欲望。二牲口将自己携带的马肉分给小兔子等人，并最终将仅剩的最后一口肉留给他人，都闪耀着人性的光辉。

读完《国殇》，读者可能发现小说中每一个人物都失去了使之能够统一的度量标准，一时无法明确判定孰是孰非，"因为每一个人物都是为着个体的生存而奋斗着，或者说为着以个体为核心的某一群体集团利益而行动的。"[1]本可以堂堂正正做一个民族英雄的杨梦征，为了二十二军的群体利益，签署了投降的命令，然后自毙而亡，成为千古罪人。师长白云森杀了准备投降的副军长毕元奇，看似扭转了二十二军的命运，实际上是为了独揽二十二军大权，于是这个人又做了手枪营长周浩的枪下鬼。在这一组以抗日战争为题材的小说中，周梅森笔下的人物都难逃一个又一个混杂着正义与邪恶的怪圈。《冷血》中的尚

---

[1] 丁帆：《生存竞争下的生命悲剧意识——读周梅森的四部战争小说》，《文学报》，1988年9月1日。

武强也是如此，在不断摆脱又不断重新陷入来自自然和同类的挑战过程中，既体现着刚毅顽强的生命力，同时暴露着道德的沦丧，以至于他每一次的行为选择，都显示出一种难以把握的不确定感。

《绝对权力》中，在镜州任市委书记九年的齐全盛，建立了"以他为轴心的权力磁场"，"迫使进入磁场的每一粒铁屑都按照他的意志运行"。齐全盛认为，"这样做不仅仅是对自己的政治生命负责，更是对镜州改革开放的成果负责"，所以他绝对不能容忍自己"一把手"的权威受到挑战。在他"绝对权力"的治下，镜州市经济飞速发展，全市生产总值名列全省第五位，但同时"倒下一批干部"，出现了贪污腐败大案以至黑社会性质的组织插手镜州指挥中心的重大问题。但齐全盛最终认识到了自己的错误，并坚决地与曾经的"对手"刘重天和解，发出了这样的感慨："在我们目前这种特有的国情条件下，真要做个无愧于人民、无愧于国家、无愧于党性的好干部实在是太难了！重天这个同志这么公道正派，清清白白，竟也挨了许多明枪暗箭！如果真让这样的好同志倒下了⋯⋯天理不容啊！"当初任市长的刘重天面对镜州市出现的混乱局面，提出符合当时镜州情况的好主张，却不能与市委书记齐全盛耐心合作，且公然唱对台戏，强调个人权力，以致在百姓中产生了极坏的影响，也损害了人民的利益。面对"还乡团又杀回来了"的误会和舆论压力，重新回到镜州的刘重天以高度的党性，坚持依法办案，解除了对齐全盛夫人的"双规"，还千方百计保护和营救被黑势力控制的齐全盛女儿，并对齐全盛的为人作了全面的实事求是的评价。此后，放下一切芥蒂，和齐全盛重新开始"同志加兄弟"的合作。

在周梅森被称为官场小说的系列作品中，像齐全盛和刘重天这样的干部不在少数，他们都曾有过对权力的误解和误用，但最终都用高度的党性战胜了错误思想。长篇小说《中国制造》没有曲折离奇的情节，它以明阳市两代领导人交接为切入点，展现了党员领导干部的党性原则和责任意识。前任书记姜超林和新上任书记高长河都有着高尚的人格、宽广的胸怀，也都是为改革献身的好干部，但观念上的冲突、文化上的差距，使两人在许多问题上产生了分歧。姜超林因为高长河不是自己推荐的接班人，多少有些失落和抵触的情绪，也因听信传言而有些意气用事；而高长河对姜超林也有误解。周梅森在塑造这两个正面人物形象时，显然并未回避他们性格中的弱点。到长篇小说《人民的名义》《人民的财产》里面，"不仅主要人物的刻画与塑造已经趋向多元化，由'一元化'的一名主要人物置于文本结构中心位置，变成了多位、数位主要人物的'多元化'书写。"[①]即便是反面人物，作家也写出了他们堕落腐化的过程和背后的复杂原因。高育良是《人民的名义》中露面的权力最大、地位最高的"反面人物"，他腐化的过程是很缓慢的，甚至是他本人内心所不愿意承认的，那就是他从自己的心理逻辑出发，利用各种歪理对自己的违法乱纪行为作出符合自己思维逻辑的"合理"解释，长期以往，便养成了一种"职业习惯"。欧阳菁也不是一个简单化与脸谱化的人物，她有着女性正常的情感与心理诉求，渴望得到丈夫的爱与关心，她的收受贿赂，仅仅是因为内心空虚导致的随大流，周梅森写出了她"渴望爱、失爱与贪财爱财小算计等种种凡人与食人间烟火的女子通常会具有的一些秉性"，"也表征着周梅森小说创作里对反面人物、类反面人物的叙述机制的丰赡维度。"[②]

在刻画官场中人时，周梅森有一套自己的经验，他说："最重要的一点是把每一位官员，当成常人来看待。不论他是省委书记、省长，

---

①② 刘艳：《改革题材现实主义长篇小说的人物叙述机制——由周梅森〈人民的名义〉〈人民的财产〉引发的思考》，《东岳论丛》，2022 年第 8 期。

还是市委书记、市长，抑或是一个普通的村干部，是人就有自己的喜怒哀乐，有自己的情感流露，有人与人之间的亲疏远近。写作时，我们既不要仰视也不要俯视，要把他们当作有血有肉的人，这样人物就落地了。我们塑造的官员形象，不能虚无缥缈，而要有血有肉有灵魂。在真实的情感流露中，体现对抗与博弈。"

附录:

一、周梅森主要作品

《沉沦的土地》，花城出版社，1986 年

《人间正道》，人民文学出版社，1998 年

《中国制造》，作家出版社，1999 年

《军歌》，长江文艺出版社，2001 年

《绝对权力》，吉林出版集团有限公司，2002 年

《人民的名义》，北京十月文艺出版社，2017 年

《人民的财产》，作家出版社，2021 年

二、主要参考文献

1. 大野、北帆:《在毁灭的悲剧中展现的庄严史诗——评周梅森的系列小说〈历史·土地·人〉》，《当代作家评论》，1986 年第 1 期

2. 丁帆:《生存竞争下的生命悲剧意识——读周梅森的四部战争小说》，《文学报》，1988 年 9 月 1 日

3. 黄毓璜:《大写的历史大写的人——简论周梅森的小说创作》，《文学评论》，1987 年第 5 期

4. 李庆西:《〈沉沦的土地〉的悲剧观——兼谈小说的本体象征》，《读书》，1985 年第 5 期

5. 刘艳:《改革题材现实主义长篇小说的人物叙述机制——由周梅森〈人民的名义〉〈人民的财产〉引发的思考》，《东岳论丛》，2022 年

第 8 期

6.汪政等：《〈梦想与疯狂〉评论一组》，《文艺报》，2009 年 6 月 11 日

7.吴道毅：《周梅森政治小说创作论》，《武汉大学学报（人文科学版）》，2012 年第 5 期

8.徐兆淮：《论周梅森小说的深层意识》，《小说评论》，1987 年第 4 期

9.曾镇南：《周梅森论》，《当代作家评论》，1986 年第 3 期

三、必读书目

《沉沦的土地》《人民的名义》

四、拓展与练习

讨论题：有人认为，周梅森以现实政治为题材的长篇小说，"通过一个国家不可回避的一系列矛盾冲突，将历史与现实、历史与个人以及社会诸多力量的较量等问题又一次进行了演绎"，从这个角度来看，周梅森小说创作有一以贯之的特性。对于这个问题，你怎么看？

第九章

叶兆言：历史、城市与人

　　叶兆言，1957 年生于江苏南京。1974 年高中毕业后入工厂做工。1978 年考入南京大学中文系，1986 年获南京大学中文系中国现代当文学硕士学位。曾任金陵职业大学教师，江苏文艺出版社编辑，江苏作家协会专业创作员，中国作家协会全国委员会委员。现任江苏省作家协会副主席，江苏省文史研究馆馆员。1980 年开始发表作品，主要作品有长篇小说《一九三七年的爱情》《花煞》《花影》《没有玻璃的花房》《后羿》《我们的心多么顽固》《刻骨铭心》等，中短篇小说集《夜泊秦淮》《枣树的故事》《艳歌》《悬挂的绿苹果》《爱情规则》《绿色陷阱》《今夜星光灿烂》等，散文集《流浪之夜》《南京人》《旧影秦淮·老南京》《杂花生树》《乡关何处》等。曾获全国优秀中篇小说奖、江苏文学艺术奖、紫金山文学奖、丁玲文学奖、庄重文文学奖、汪曾祺文学奖、十月文学奖等奖项。

一、叶兆言的创作历程

　　叶兆言，1957 年生于江苏南京，其祖父是现代著名作家、教育家叶圣陶，父亲则是叶圣陶的次子叶至诚。叶父从小便接受家庭环境的熏陶，在写作上展现出过人的天赋，受到过朱自清的夸赞。但是因为时代的限制和困囿，叶至诚的文学抱负始终未曾实现，他一直深陷于一种"写而不写"的状态中，一生辗转于文艺教员、文艺干部、戏曲编剧、文学编辑等诸多工作，也逐渐从一个"热血沸腾的青年"走向了"好好先生"。①叶兆言从小便见证了父亲从"探求的狂士"变成"点头弯腰的老好人"的人生轨迹和精神苦楚，这种见证当然也深刻地影响了他自己的文学观，他早早就领悟到，"文学痛在人心，没有痛，就很可能没有美。"②叶兆言的母亲姚澄是著名的锡剧演员，对戏曲的耳濡目染也为叶兆言未来的写作提供了重要的资源。文学世家的影响和传承使得叶兆言很早便具备了一种对文人身份的自我认同，而江苏深厚的地域文化传统也滋养着叶兆言，使其后来的文学作品散发着一种平易冲淡、温和典雅的江南文化气质。

1976 年，叶兆言眼疾发作，住进医院，这次生病的经历不仅被叶兆言称为"一生中最糟糕的年头"，③也彻底改变了他的人生方向。因为眼病，叶兆言放弃了报考医学院的愿望，而只能改学文科，尽管家人尤其是父亲叶至诚极力反对，但叶兆言还是宿命般的选择了中文系。当他将南京大学中文系的录取通知书交给父亲时，父亲只感叹着说了句："没办法，又要弄文了。"④进入大学后，叶兆言沉浸在学院的苦读中，并正式开始了文学创作。1978 年，叶兆言创作了人生的第一部小说《凶手》，讲述一个年轻人杀了纨绔弟子的故事，但因为故事过于暴露了现实的黑暗面，所以未能发表。

同年，叶兆言与顾小虎、李潮、徐乃建等志同道合的友人创办了一个名叫"人间"的地下文学社团，并刊印过一期与社团同名的刊物。

---

① 丁帆：《先生素描（十二）——记叶至诚先生》，《雨花》，2018 年第 12 期。
② 叶兆言：《叶兆言文学回忆录》，广东人民出版社，2019 年，第 345 页。
③ 叶兆言：《红沙发》，山东人民出版社，2018 年，第 6 页。
④ 叶兆言：《叶兆言文学回忆录》，广东人民出版社，2019 年，第 344 页。

首期《人间》中发表了叶兆言的短篇小说《傅浩之死》，这篇小说可以视为叶兆言文学生涯的开端。1981 年，叶兆言又以邓林公的笔名将其正式发表在安徽的《采石》杂志上。1981 年，在连续发表《无题》《舅舅的村上的陈士美》《手套》等作品后，叶兆言一度失去写作方向，陷入沉寂。他的稿件屡屡被退，面对无数的退稿笺，其常常无奈感叹写作的艰难。1983 年，叶兆言在南京大学中文系继续深造，攻读中国现代文学的硕士学位，他开始对中国近现代历史产生强烈兴趣，也在学术训练中不断磨炼提升对"历史"的思考能力。可以说，"历史"作为叶兆言日后小说最为重要的叙事话语，与这一阶段的学习经历密不可分。1985 年，叶兆言发表了《砍柴人和金豆子的故事》《悬挂的绿苹果》等作品。中篇《悬挂的绿苹果》因为描写了人之非理性的冲动与力量，受到一些评论家的注意。有人指出，这篇小说"写出了过去传统现实主义表现手法很难很难达到的认识深度"，体现了一种"不动声色的探索"。[①]1986 年，叶兆言硕士毕业后进入出版社工作，在与汪曾祺、林斤澜、高晓声、李陀等作家因工作而产生的频繁联系与交往中，继续开阔了文学视野。这一年，叶兆言创作的第一部长篇小说《死水》出版，不过这部长篇作品并未受到太多的关注。

1987 年至 1989 年，叶兆言终于迎来了文学创作生涯的第一个高峰，三年间有《状元境》《五月的黄昏》《枣树的故事》《追月楼》《儿歌》《艳歌》《红房子酒店》等数十篇小说作品发表。这其中，发表于 1988 年《收获》第二期的《枣树的故事》使得叶兆言迅速地被文坛认可，并与马原、余华、格非、苏童等人一道，被归结到先锋青年作家群体之中。在《枣树的故事》中，叶兆言采用多视角的叙事方式，尔

---

① 陈思和等：《不动声色的探索——关于〈悬挂的绿苹果〉的对话》，《钟山》1986 年第 2 期。

勇、岫云、晋芳、"我"等人都各自叙述部分的故事，谜一样的叙述视角表现了一种现代性的时间意识，也更深化了对故事中人物悲剧命运、人性道德的揭示和思考，小说由此呈现出一种具有实验性质的先锋文学特征。尽管凭借《枣树的故事》收获了声名和赞誉，但叶兆言似乎对所谓先锋文学有更加冷静的认识，他在《最后的小说》中曾认为"现代派"的终结必将来临，"新的配方也许永远产生不了""小说的实验室很可能就是小说最后的坟墓。"[1]在叶兆言这一时期的作品中，除了《五月的黄昏》《枣树的故事》《桃花源记》等作品带有明显的先锋文学特点外，其他部分的作品在叙述方式上实际上都较为节制和写实。更为重要的是，《状元境》《追月楼》等作品还开启了著名的"夜泊秦淮"系列，正是在这一系列小说中，叶兆言展现了带有浓郁江南文人气质和江南历史底蕴的叙事情调，民国时期的南京城和城中人在他笔下往往流露出一种欲说还休的悲凉感和沧桑感，读者很容易由此激起对过往时代无限的历史想象。

20 世纪 90 年代之后，叶兆言的创作力始终保持在旺盛状态。中短篇小说方面，《十字铺》《半边营》延续着"夜泊秦淮"系列，同先前的《追月楼》《状元境》一同构成了叶兆言"最耀眼的作品"。有论者盛赞这些小说"典丽而不华丽，有些凄凉而未必苍凉，戏仿民国春色，重现鸳蝴风月。"[2]按照叶兆言的说法，"夜泊秦淮"系列小说原本计划应有五篇，但构思中的《桃叶渡》因种种原因未能完成，殊为遗憾。在"夜泊秦淮"系列小说之后，叶兆言还曾开辟另一系列的"挽歌"小说，《战火浮生》《殇逝的英雄》《寻情记》《奔丧》四部中短篇小说都以"挽

---

① 叶兆言：《最后的小说》，《中篇小说选刊》，1988 年第 4 期。
② 季进编：《另一种声音：海外汉学访谈录》，复旦大学出版社，2011 年，第 91 页。

歌"为名，这些作品皆与"死亡"有关，叶兆言通过对死亡与历史、人性的关系的思考，呈现了带有"现代"视角的英雄悲剧、爱情悲剧和社会悲剧。1993年，叶兆言的《今夜星光灿烂》发表之后，评论界开始注意到其数量众多的犯罪或侦探类型的小说，如《绿色陷阱》《古老话题》《最后》《绿河》《走进夜晚》等。这些作品与传统的犯罪侦探小说相比，往往会对犯罪动机做非理性的消解，这样小说就超出了诸多同类型小说的文化道德限制，而表现出一种新的现代探索精神，颠覆了过往犯罪侦探小说"理性至上的痼疾和充任道德宗师的虚幻"。①

在叶兆言90年代的小说创作中，有一点十分引人注意，即他的很多小说是以城市（南京）为叙事载体，写普通人的生活和命运在历史中的流转，流露出一种浪漫与世俗交织的叙事特征。除了著名的"夜泊秦淮"系列之外，1994年发表的长篇小说《花影》可以算作体现这一叙事特征最具代表性的作品，小说讲述一位生于封建大家庭的旧式女性好小姐摆脱男权社会枷锁尽情释放欲望最终走向毁灭的故事。《花影》其实是借由一个充满诗意的江南文化空间来展示一个哀婉的历史氛围中，人之于命运的无奈和挣扎。小说对甄家上下深陷权力和欲望泥沼的揭露令人瞠目。叶兆言的叙述游走在一个鬼魅和疯狂的世界中，但语言却典雅精致，整体上的叙事格调充满了颓废迷幻的诗意。更为关键的是，面对诸多的人物场景，叶兆言总是以一种冷静客观的笔调进行描绘，对种种生死恩怨、爱恨情仇的人间悲剧也总是持一种宽容悲悯的立场，这使得这部小说流露出一种深刻隽永的现实实感和历史质感。在《花影》之后，叶兆言还创作了《一九三七年的爱情》《别人的爱情》等长篇小说，不过，这些作品难免不受到90年代长篇小

---

① 汪政、晓华：《新时期小说艺术漫论》，中国言实出版社，2017年，第389页。

说热潮的负面影响，在取材和写作上都有较强的功利意图，并未获得预期的效果。

2000年以后，叶兆言在小说创作上依然笔耕不辍，较有影响力的作品有《马文的战争》《没有玻璃的花房》《我们的心多么顽固》《苏珊的微笑》《后羿》《刻骨铭心》《很久以来》《仪凤之门》等。值得注意的是，自2000年在《收获》杂志开辟"杂花生树"随笔专栏，叶兆言开始将更多的精力用于散文创作，他的散文有浓厚的学者文人气质，无论是漫谈古城南京，闲话文人墨客，还是追忆亲朋好友，回顾写作往事，都显得儒雅渊博，坦诚平和，主要的代表作有散文集《杂花生树》《烟雨秦淮》《江南印象》《陈旧人物》《水乡》等。

二、"先锋"时期的新历史主义写作

1985年之后，受新历史主义史观的冲击和影响，中国当代作家们逐渐意识到历史文本性质的重要性，新历史主义认为历史尽管有无可撼动的本体性，但其本身无法再现，必须借助文本进行还原。在海登·怀特那里，任何"历史"，都不过是一种在历史存在与历史文本之间的"修辞想象"，历史总是在文本中被遮蔽、修饰乃至篡改，[1]正是基于这种对于历史／文本关系的新认知，中国当代文学的历史叙事也发生了重大的转向，传统的史传传统遭到作家的摒弃，由主流意识形态所锻造的历史话语及其在历史书写时所惯用的写实立场也不再受到重视，历史叙事逐渐演变形成一种后现代的游戏或解构的话语行为。1987年前后，先锋文学应运而生，有人甚至指出，某种意义上，先锋

---

① 海登·怀特：《作为文学虚构的历史文本》，《新历史主义与文学批评》，北京大学出版社，1993年，第163页。

文学几乎可以视为一场"新历史主义"运动，因为余华、苏童、莫言、格非、叶兆言等先锋作家的很多代表作品在很大程度上都是新历史主义小说。这批作家吸收了新历史主义的哲学文化思想，放弃了启蒙主义的叙事美学，继而将历史叙事转变成一种可以与"当代人不断交流与对话的鲜活映像，成为当代人'心中的历史'"，当代文学也借由先锋文学经历了一个"最富有变异与转折色彩的'新历史主义时期'。"①

　　虽然出道伊始，叶兆言在一些早期的作品中表露过对于"历史"的重新思考，但严格说来，直到1988年被公认为先锋文学代表作的《枣树的故事》发表之后，其对于历史叙事的重构才真正引起文坛的注意。《枣树的故事》讲述的是岫云的一生以及她与几个男人之间的恩怨情仇，小说通过尔勇、岫云、晋芳、"我"等人的多角度叙述，借助浓郁的历史风俗而将故事一一展开。在《枣树的故事》中，叶兆言展现了高超的叙事技巧，比如小说叙述尔勇的复仇时，常常略过对具体行为的意义的指涉，而将叙事内容突然转向到另一个人物的身上，这种叙述的中断就使得整个故事丧失了传统小说的连贯性。换句话说，叙述的中断也导致了人物关系的中断，小说中五个不同的叙述者都站在各自的视野和立场讲述，他们代表的自我叙事的话语就将岫云的故事割裂、分解，这样小说的"所谓叙述的统一性和秩序就遭到摧毁，那种通常为人们十分看重的中心'意义'，也因不加控制而隐遁，但是我们并不为此感到遗憾，阅读并不因此一无所有，相反，倒是在每一处叙述阻断的地方，每一种关系之中每一个叙述者的话语里，都蒙获得对岫云故事的解毒，进而获得对生活、人生、世界的解读。"②更为重要

---

① 张清华：《境外谈文》，花山文艺出版社，2004年，第60页。
② 费振钟：《1985—1990：作为技术性小说作家的叶兆言》，《当代作家评论》，1991年第3期。

的是，也正是在这种中断的叙述中，以往出现在小说中连续的、完整的、全知的历史观念也不复存在，取而代之的则是一种更为分离、多义，且专注于文本的新历史主义历史意识。小说通过不同叙述主体所代表、讲述的不同历史，展现了一种叙述历史的样貌，即"历史本身就是被叙述出来的，在一定意义上，我们所知道的，不是历史本相而是叙述中的历史"，"在《枣树的故事》中，叶兆言显示了叙述对历史的制约性，把历史看成叙述符号的所指，从而抽空了历史的内涵。当历史只是符号的指涉对象时，它也就消解了历史的价值尺度。以往历史所体现出的价值建立在历史的客观、公正、实在的基础上，当这一切都被符号化后，历史价值也就被虚妄为空洞的符码，对历史价值的坚守也会充满喜剧色彩。"[1]

如果说《枣树的故事》呈现出的新历史主义的书写方式是通过"叙述"解构"历史"，那么在同一时期创作的"夜泊秦淮"系列的前两篇作品《状元境》和《追月楼》里，叶兆言则显然以一种更为深切的方式对"历史"进行了"重估"和探索。在中国当代文学的历史话语中，历史叙事在很长的时间内是意识形态主导下的革命史讲述。如革命历史小说，其实不是"作者本人对历史的'自言自语'，它是'我们'的写作"，"其目的是要将一种新的意识形态通过叙事使之'自然化'"，"革命历史小说实际承担了'正史'的功能，同时它又承担着教化作用。"[2]某种意义上，先锋文学意欲打破的就是这种传统的，带有意识形态神话色彩的历史话语，而新历史小说也正向读者提供了另一种历史话语，它昭示了其自身"与主流意识形态之间并无亲密的认同关系，它服膺

<hr>

[1] 黄轶：《叶兆言研究资料》，人民文学出版社，2016年，第159页。

[2] 张丽军：《中国现代文学研究方法论十六讲》，山东文艺出版社，2009年，第224页。

于另一种文化逻辑，并实现了叙述权力机制的置换，从而完成了对前者的解构。"①叶兆言自己也曾说过，"在我看来历史与现实是相通的，我写过去的人事，正是为了打通，而不是去做旧，不是去炫耀自己对过去的东西知道多少多少，更不是向往过去的生活，为怀旧而怀旧。"②这里所说的将历史和现实"打通"，已经表明作家清楚地意识到必须将"历史"放置在当下来重新认识。

在《状元境》和《追月楼》里，叶兆言首先进行的叙事变革就是不再从集体记忆出发，而是用一种主体化的叙述去呈现思考历史。两部小说都是以民国南京为背景，展现了秦淮河边的纷乱驳杂的俗世生活。《状元境》写小人物张二胡见证了南京城的政治社会变迁，以及在市井里所经历的种种令人啼笑皆非的家务琐事。小说中，张二胡的老婆沈三姐与婆婆间的矛盾是情节发展的主要动力，叶兆言极为生动地刻画了两个泼辣的女人在逼仄的状元境里困顿的生存境况，尤其是沈三姐，她泼辣好玩，有强烈的欲望和生命力，以游戏人生来抵抗生命的虚无，最终暴病而亡，成为一个悲哀的符号。《追月楼》则是叙写了抗日战争期间，南京陷落之后，一个前清翰林，同盟会会员丁老先生一家的生活故事。小说着重描绘了丁老先生在南京失守的岁月中依旧坚守着儒家知识分子的气节和操守。城破之日，他坚决不离开，不做难民，并发誓"不与暴日共戴天"。后来，老先生甚至烧掉了会客厅，蛰居追月楼上，每日吟诗、读书、写作，直至生命的终点也没有下过楼去。《状元境》和《追月楼》写的都是平凡小人物的生平事迹，过去那个绝对的、庞大的，正统的"历史"已经不复存在，小说里所渗透

---

① 张丽军：《中国现代文学研究方法论十六讲》，山东文艺出版社，2009 年，第 224 页。
② 林舟：《写作：生命的摆渡——叶兆言访谈录》，《花城》，1997 年第 2 期。

的久远记忆多是作家本人对历史文化，日常生活与人性的自我认知，而出于"阶级"意识的集体话语转而由极富细节性的个人日常状态描写所取代。如《状元境》所写到的南京小市民的生活，充满了琐细凡俗的生命无常和喜怒哀乐。虽然金陵城头的大王旗帜不断变换，但主人公张二胡、沈三姐都各有各的人生轨迹。张二胡的老实忍让，沈三姐喧阗任性，都通过一个个具体的、时而诙谐讽刺时而徐缓含蓄的情节被勾勒出来。小说中无数生活的贫富沉浮、流言蜚语，街巷的人声鼎沸，墙根的涂鸦符号，结尾充满诗意的悲剧氛围，都不再指向曾经那个裹挟一切的宏大历史，它们恰如幽微的秘语指向的是一种非理性的，显露自己声音和价值观的主观历史。而原先小说最为"在意"的"现实"，也完全是在一种个人化的"历史"中才得以展现。在由叙述主体建构的叙事空间和时间中，在一片"只被自己感知的舞台天地"中，"人的种种欲望，人的复杂感情，人的善良和残暴，人的崇高和渺小，人的智慧和愚钝，人的不可预知的命运，都可以尽情地上演，充分地宣泄。"[1]我们看到，正是出于这样一种新历史主义的写作向度，叶兆言笔下的"现实"以个人的形式进入历史的虚构中，作家通过主观的介入，重新体验理解了历史中的人之境况，从而与历史中的活生生的"人"及其精神产生强烈的共鸣。

除了打破以往过于封闭、刻板的历史叙事模式，叶兆言在《状元境》和《追月楼》中所表现出的新历史主义写作特征还有质疑和颠覆传统的历史价值观念。与《枣树的故事》以叙述方式来终止和消解"历史"不同的是，"夜泊秦淮"系列小说以更为深刻的质问和背离，对人之于传统历史的生存立场和价值观进行了反思。《状元境》里写沈三

---

[1] 荣文仿等：《20世纪中国小说理论研究》，湖南文艺出版社，2022年，第277页。

姐在军营中发生的种种喧闹轶事，不仅凸显了沈三姐的不甘沉寂的独特形象，也在本质上透过一种荒诞的情境表达对"历史"的反讽，沈三姐狂放的性格和肆无忌惮的行为恰恰颠覆了以往历史叙事中对人的个性和正当欲求的泯灭，沈三姐的美色与情欲就是无声的反抗。小说在她这里，不仅不会再重视和重申虚伪森严的政治道德，反而以更鲜活的、更富有血肉的想象，去释放人物的人性，并肯定人在历史中的复杂性和个体尊严。《追月楼》表面上是写丁先生在国难之时以顾炎武等人为楷模，坚持"节"与"义"等道德操守，但小说在对丁先生道德观形成、实践过程的叙述中，却又微妙地指向对由文字传承的历史价值的怀疑。丁先生的道德操守来源于对历史文字的学习和笃信，然而在极端困苦的情况中，这种对历史价值的坚守、秉持还是否有效值得深思。"《追月楼》粉碎了我们心中长期存在的心理定式"，"历史价值在现实中是能对现实产生影响的吗？换而言之,历史是有效的吗？"[1]在小说里，丁先生的坚持恰与现实往往存在巨大的矛盾和断裂，其历史价值观念与现实之间的鸿沟寓示着历史本身所存在的虚妄。传统历史的符码和记录不一定能够指示现实的生活。小说的结尾，丁先生于追月楼上孤寂地离世，这种颇具历史仪式感的悲剧似乎也象征了一种历史的终结：历史背后的意义价值不再重要，重要的只是一个人、一个事件本身在历史中偶然性的闪烁。

三、"南京"叙事

对于生于斯长于斯的南京，叶兆言曾说："中国古老的城市，并不就只有南京这一座，但是真正像南京城那样历经沧桑，发生过那样强

---

① 黄轶：《叶兆言研究资料》，人民文学出版社，2016 年，第 161 页。

烈的变化，那样值得后人怀旧的却不多。想明白也好，想不明白也好，南京人没办法回避怀旧的情结。对于一个文化人来说，南京这个城市，是一扇我们回首历史的窗户。"①六朝古都深厚的历史文化底蕴和独特的城市气质对叶兆言的浸染和影响不言而喻。在中国当代文学史中，叶兆言是为数不多，始终将南京作为背景或主题贯穿在写作中的作家。可以说，叶兆言的"关于南京城市景观、历史变迁以及南京人生存状态、文化性格的文本，已成为广大读者理解南京文化的入口"，②而他本人也自然称得上是南京这座城市的最佳文学代言人和城市肖像最为理想的塑造者。

叶兆言对南京的书写总体上分为两大类别，一类为纪实性的散文，大多写南京的历史沿革、风俗人情和趣闻轶事，体现其丰富的历史学养和传统文人式的典雅平和的文化性情。另一类则是小说叙事，从80年代中期以后，叶兆言有相当一部分重要作品都以南京为背景，围绕着桨声灯影的秦淮河、繁华靡丽的夫子庙展开对乱世中的城市与人之生活、命运的历史想象。在诸多的小说中，创作于80年代末，90年代初的"夜泊秦淮"系列当然是叶兆言"南京"叙事中最具代表性的经典作品。在《状元境》《十字铺》《追月楼》和《半边营》这四部小说中，叶兆言较早地进行了小说古典化和民间化的写作尝试，以一种风雅感伤的笔调演绎了地方军阀、革命者、民间艺人、青楼妓女、封建遗老等各色人物于二三十年代金陵城中的悲欢离合，生死情仇。

这些烟雨秦淮中的故事有非常浓厚的古代传奇小说的特色，叶兆言看似是要将这些小说打造成一种颇具古典怀旧气息的风月艳史、文人轶事和家族旧闻。不过，也正如有人指出的那样，叶兆言其实"无

---

① 叶兆言：《乡关何处》，大象出版社，2017年，第18页。
② 张光芒：《南京百年文学史》，江苏凤凰文艺出版社，2022年，第287页。

意掉入落魄文人邂逅风月佳人这类俗套的通俗市井故事窠臼，他只不过想借助于模仿，展开一种对历史和个体命运的思考。城市还是那个城市，地点还是那个地点，秦淮河边风景依旧，但历史和个人却都捉摸不定，随时发生着变化，一切都充满了不确定。"①换句话说，"夜泊秦淮"系列小说的叙事重心，并不在于对城市外部空间、文化变迁和历史渊源进行整体性的追溯与呈现，而是企图通过"古老的话题"激起"人的欲望显现"，"将人性深处的东西勾引出来。"②作家始终关注的是在秦淮河畔沧桑诡谲的城市街巷深处，家族和人那种被历史挤压后的心理状态是以何种面貌出现的。

比如《状元境》写拉二胡的张二胡和沈三姐在军阀的撮合下走到了一起，表面上这是一个底层艺人与妓女相遇的艳俗故事，但实际上小说真正的叙事重点，却放在了对人性的窥探和剖析之上。二胡对三姐的无可奈何，三姐的挣扎与孤独，还有二胡的出走以及最后归来后的虚妄，都无不演绎了乱世间的人性的荒唐、无奈和悲凉。再如《十字铺》写的是夹在新旧文化之间的人物士新、季云和姬小姐三人之间的恋情故事。"十字铺"看似是一个重要的地理位置，但小说的重点也在于描写三人的人性欲望、情感纷争，以及动荡不安的历史背景下人之命运的沉疴和转换。同样，《追月楼》中写丁先生的对士大夫精神的维护坚守，《半边营》中写华太太与一双儿女在衰老的深宅大院中无望耗费青春和生命，也都意在表现或固执坚韧或闭塞倾轧的人性纠葛。可以说，南京的地域风情和文化陈迹正是以一种幽暗深邃的人性想象的方式渗透在"夜泊秦淮"系列小说中，"叶兆言对十里秦淮，乃

---

① 曾一果：《想象城市：中国当代文学与媒介中的城市》，黑龙江人民出版社，2011年，第252页。
② 叶兆言、余斌：《午后的岁月》，译林出版社，2019年，第228页。

至对整个南京城历史的浓厚兴趣，或许也不过是借助这个城市的地理空间，探测复杂多变的人的内在世界，秦淮河边的繁华昌盛，六朝古都的世间万象，实际是各种权力和心理欲望的再现。"①

进入 90 年代之后，叶兆言的南京书写在其整体创作中占据的位置和分量愈发重要，继续描绘"人的命运与历史多重面向"，已是"叶兆言小说的基本精神指向"。②而在叙事风格上，浪漫和感伤交织混合的基调也被进一步发挥到极致。1994 年发表的《花影》可算是最具代表性的作品，《花影》原是叶兆言应电影导演陈凯歌之约而创作的长篇小说，小说的主题依旧是写一个江南家族的没落。虽然叶兆言在小说中虚构了一个所谓二十年的江南小城，但此"城"显然与叶兆言心心念念的"南京"有着微妙的重合。《花影》开篇就用一种沉浸在悠远记忆的口吻来展开叙述，写一个传统富有腐朽的生活方式的甄式家族的悲剧故事。甄式家族父子两人终日沉迷于女色和鸦片，最终非死即残。家族的继承使命落到了甄家唯一的女儿也就是好小姐的肩上。好小姐从小生活在畸形淫荡的家庭中，旧式的礼教和男权的压制使她养成了乖张叛逆的性格，于是在当家之后，她爆发了强烈的情欲，她不仅勾引前来帮她处理家务的堂兄老实人怀甫，还同家道中落、算计她财产的纨绔子弟查良钟以及其亲兄的小舅子小云轮番乱性，最后为了证明自己对小云的感情，吞下小云的毒药而变成了行尸走肉般的植物人。

《花影》写了一个旧式女性的自我毁灭的故事，小说表面上看是重在突出一位企图挣脱封建家族牢笼，伸张自我欲望，具有女权色彩的

---

① 曾一果：《想象城市：中国当代文学与媒介中的城市》，黑龙江人民出版社，2011 年，第 252 页。

② 张光芒：《南京百年文学史》，江苏凤凰文艺出版社，2022 年，第 288 页。

女性形象，但实际上，"作为生于旧的家庭没有接受过现代教育的好小姐，还算不上现代女性，她的欲望的释放以至泛滥并没有反抗旧秩序的文化自觉，她的反抗更多是自发而本能的，她借助于自我原欲的释放而试图消解加在女性身上的种种枷锁。"①也就是说，叶兆言通过小说所欲表现的，更多的还是一种对混乱邪魅的花花世界中的人性的解剖。好小姐看似在三个男人的恋爱游戏之间流连忘返，但急转直下的是，当她发现自己的真正所爱唯有小云时，潜藏在小云身上更为诡异复杂的家族仇恨又立即使其深陷荒诞的囹圄。这样，其实好小姐本能性的反抗就在一种充满了执拗又无奈的悲剧性结局中流露出强烈的人性张力，她在情感狂欢后的幻灭也传达出了一种超越乱伦虐恋传奇的真实人味儿。值得一说的是，与"夜泊秦淮"系列小说不同的是，《花影》的主人公已不是先前传统意义上的才子佳人，城市背景的功能也越发被弱化。那种为都市男女提供生命嬉戏的城市空间与城市风情彻底转化为了掩藏着隐秘扭曲情史的深宅大院。小说中甄宅的那座迷楼颇具象征意味，在一座密不透风的城楼内，甄家当权的男女掌控着一切，玩弄着一切，也最终被赤裸的人性欲望所吞噬，成为一种根深蒂固的旧堡垒的可悲注解。在这个意义上来说，或许《花影》中所映射的那个"南京"，其本身也喻示了一个颓废压抑，亟待解除禁锢，亟待进入"现代性"的文化空间。

在《花影》之后，长篇小说《一九三七年的爱情》讲述的也是混乱无序的历史背景下南京城中男女的爱情故事。1937 年，南京深陷战乱之中，然而历史的晦暗、国家的危亡却丝毫没有阻止爱情疯子丁问渔对任雨媛的疯狂追求，尽管丁的种种荒唐举动遭到周围一切人的极

---

① 沈杏培：《没落风雅与乱世传奇：叶兆言的南京书写——兼论长篇新作〈很久以来〉》，《当代作家评论》，2014 年第 3 期。

力反对，但他还是凭借一种不管不顾、傻气执着的劲头最终和任雨媛走到了一起。这部小说最大的特点是，它将一个爱情痴人追求爱情的过程放置在抗战特有的历史场景下来展现，故事中发生在南京城的各种学潮、运动、演习呈现出一种纷杂特殊的城市景观。就在时局如此动荡之时，城内精英依旧沉浸在男女情爱的争风吃醋里，在叶兆言看来，三十年代的南京就是一个在危局中纵情声色的"浪漫"形象，正是在这种形象中，城市文化深处的颓靡纯粹自由的气质也才能被突显出来。小说的结尾，丁问渔守城而亡，南京被攻陷，醉生梦死的爱恋最终变成了可叹悲壮的哀歌，令人唏嘘不已。

新世纪之后，叶兆言集中书写"南京"的较为知名的小说还有《没有玻璃的花房》《刻骨铭心》《很久以来》《仪凤之门》等。其中《刻骨铭心》《很久以来》与《一九三七年的爱情》又被人称为"秦淮三部曲"，这几部小说写的也都是民国时期的南京城中人的生活和命运。《很久以来》的时间跨度更大，通过写竺欣慰与冷春兰两个女人的姐妹情谊与命运纠葛，描绘了一幅贯穿民国和当代的历史长卷。这些小说在写作上都表现出叶兆言更为壮阔的要为历史和城市立传的雄心，城市的历史风云、沧桑巨变始终牵缠在城中人的生命际遇和精神坍塌之中。在叙事上，叶兆言极其善于将南京的地域风貌和文化底蕴恣意抒写，并善于把个体的精神史、生活史对应到古都金陵相关的、具体的地理意象之中，以一种"逆向的文化思维"，"建构了一个繁华、颓废、世俗与怀旧相交织的想象的文学空间"，[1]从而不仅见证了一座城与城中人的创伤与坚韧，也见证了整个中华民族在历史河流中的风霜和苦难。

---

① 张光芒：《南京百年文学史》，江苏凤凰文艺出版社，2022年，第288页。

四、学者散文和文人趣味

　　尽管叶兆言曾经强调自己是一个小说家，写散文只是玩票，但纵观其四十多年的文学创作，散文在其中所占有的分量不言而喻。尤其在新世纪之后的十余年间，叶兆言表现出了对散文写作的巨大热情，不仅在《收获》《南方都市报》《新民晚报》等多家报刊专门开设随笔专栏，还先后出版了《流浪之夜》《南京人》《旧影秦淮》《闲话三种》《杂花生树》《烟雨秦淮》《又绿江南》《道德文章》《午后的岁月》《陈旧人物》《水乡》等数十部散文集。可以说，叶兆言在散文写作中投入的精力丝毫不亚于小说，其惊人的创作数量与特异的散文品格在当代作家中独树一帜，因此也赢得了"散文专卖店"的美誉。

　　自20世纪90年代开始，散文似乎告别了长久以来边缘化的境况，成为一种可以与小说分庭抗礼的文学文体。散文热的出现，一方面与创作群体的庞大和许多其他文体的写作者都趋向散文创作有关，另一方面也与大众传媒的急剧扩张以及其对散文的偏爱有着不可分割的联系。不过耐人寻味的是，散文的"全面繁荣"并不意味着散文质量的长足提升。有论者指出，当代散文热闹中隐含着"盲点"，显示出"一种畸形的膨胀，一种病态的虚肿"。[①]随着物质主义的渗入和影响，很多散文不仅没有文学本来应具有的直面人性、沉思历史的思想深度，反而沦为一种撒娇和帮闲风潮的点缀，滥情煽情、市侩嘴脸、庸俗精神充斥文本，散文热由此看来不过是一种苍白的喧哗。

　　虽然在90年代介入散文领域的作家颇多，尤其是数量可观的小说家转而创作散文，还形成了一种"小说家散文"的现象，但叶兆言在这一群体中始终对散文热的趋势保持着必要的距离。散文对于他而

---

① 姚振函：《平静之美》，河北教育出版社，2001年，第280页。

言不是一种对风潮的追逐，倒更像是一种自然而然的写作本能，犹如他自己所说，"写随笔与写小说最大的不同，在于写小说你不知道你会怎么写，故事会怎么发展，而写随笔你大体上已是了然于胸""我的材料和掌故功夫都是无心积累的，或者是因为阅读量的关系，或者因为受过的专业训练。"①或许也正是出于这种特有的"积累"和"训练"，叶兆言的散文一直有着避开浮躁和焦虑的从容和智慧。叶兆言散文厚实的学问功底的来源，追溯起来有其家学的熏陶与积淀，也有其后天勤奋求知的功劳。而当其将这些自我的生命体验与学者式的知识储备融入到散文的书写中，其散文作品展示出的最为主要的特征，就是满溢着博识和才学的书卷之气。比如在《杂花生树》《陈旧人物》《陈年旧事》等著名的集子里，叶兆言选取了数十位民国时期著名的文化人物进行深描，对于这些人物纠缠复杂的经历、关系、掌故、逸闻往往是驾轻就熟，信手拈来。如果没有如学者般博览群书，大量阅读广杂丰富的文史材料，作家是肯定无法体现出如此广博的见识和细致的洞察力的。

在游刃有余地掌握和运用繁多的文史材料的基础上，叶兆言的散文也没有陷入知识的泥沼中，成为一种僵化和说教的腐文。他的"学者气"还经常表露出一种独立深刻的反思，他常"将文史叙事置于宏观史识的背景之下，既有尊重历史的客观主义的表达，又有解构正统史观、突破民间意识形态的史识眼光与新历史主义的立场；其理性思辨的关键是其逆反思维的求异，他的个性在于对既往史识颠覆性的解构，从而获得他理性认知的重新发现。"②比如在《旧影秦淮》《烟雨

---

① 叶兆言、余斌：《午后的岁月》，译林出版社，2019 年，第 169 页。
② 吴周文、张王飞：《"学者型"的呈现与"言志"的传承——论叶兆言的散文》，《江苏社会科学》2019 年第 2 期。

秦淮》《南京人》《道德文章》等散文集中，叶兆言那些涉及历史和地理记忆的文字，并不纠结于历史事件本身，而反以一直客观到冷峻的笔调去破除对过往历史话语的盲信，由琐细、无常的历史表象深入真正的历史肌理，从而触及民族历史深处的迷茫和充盈着悲凉的演变轨迹，让人体悟到一种深邃独特，极富有魅力的思辨力量。

叶兆言散文的另一个相当重要的特征，就是以"人"为焦点，散发着浓郁的文人趣味。有人指出，叶兆言是"以生花之笔，复原了诸多生动人物：已逝的和健在的，陈旧的和时鲜的"，"'人物'，的确成为叶兆言散文的中心，是叶氏文本真正的主体。"①像在代表作《杂花生树》中，叶兆言最擅长的就是通过对民国知识分子精神世界和社会生活的书写，来彰显一种"人"的情态和趣味。比如《周氏兄弟》里写鲁迅和周作人早年的兄弟情深，周作人在《新青年》上发表的作品大都由鲁迅过目修改，有时甚至到了深夜，鲁迅还在为弟弟誊抄稿件，"体贴他这位其实已经不太小的弟弟，很乐意当无名英雄，说'你要去上课，晚上我给你抄了吧'。"②再如《闹着玩的文人》中写林纾："林纾看不上章太炎，章太炎看不上林纾，双方懒得交手，没有什么戏可看。对于刚闹起来的新文化运动，林纾并不放在眼里，他写了一篇小说《荆生》，凭空塑造了一个'伟丈夫'，突然破壁而出，把提倡新文化运动的几员骁将，狠狠地收拾了一通。这本是文人的小把戏，是精神胜利法，然而章氏之徒中提倡白话文的几位，故意做出很着急的样子，说师兄黄侃反对白话文，不过是嘴上说说而已，林纾却是要玩真格的，想借助枪杆子，镇压白话文运动。"③这些描写，寥

---

① 张宗刚：《小说家的散文——叶兆言散文读札》，《扬子江评论》，2010 年第 4 期。
② 叶兆言：《杂花生树》，上海书店出版社，2010 年，第 13 页。
③ 叶兆言：《杂花生树》，上海书店出版社，2010 年，第 99 页。

寥数笔就能传神地将人物的内心世界剖露无余，将对历史、人性和生活细节的睿智观察和盘托出，再加上在表达上，叶兆言的行文往往自在松弛，语言虽然使用的是浅易口语，但俗白中不时掺揉着调侃戏谑的笔调，也在不经意间就把由作者心底里流出的亲切、幽默和趣味真挚地呈现了出来。

其实说到底，叶兆言散文骨子里的学者之风和文人雅趣继承的是"五四""言志"散文的伟大传统。"如果说周作人、林语堂、叶圣陶、俞平伯、冰心、朱自清、梁实秋等人的散文，是文学史上'言志'的第一代流脉；如果说新时期汪曾祺、孙犁、黄裳、季羡林、张中行等人的散文，大体是第二代'言志'的传承，那么，叶兆言、丁帆、赵丽宏、刘亮程等人的散文，则可以看作是第三代'言志'的直垂承继。"[①]从文学史这个角度来说，在当代文坛尤其是 90 年代之后的文坛充斥着撒娇散文、口水散文、媚俗散文之时，叶兆言的散文正以其恬淡儒雅的"士大夫"风范和坦诚、渊博、诙谐，具有思想穿透力的品格，为中国当代文学乃至中国当代文化灌注一种失落已久的营养，展示了一种多维深沉的审美关照。在此意义上，叶兆言的散文所给予的启发，仍需要更多深入的挖掘和思考。

附录：

一、叶兆言主要作品

《悬挂的绿苹果》，《钟山》1985 年第 5 期

《状元境》，《钟山》1987 年第 2 期

《枣树的故事》，《收获》1988 年第 2 期

---

① 吴周文、张王飞：《"学者型"的呈现与"言志"的传承——论叶兆言的散文》，《江苏社会科学》，2019 年第 2 期。

《追月楼》,《钟山》, 1988 年第 5 期

《半边营》,《收获》, 1990 年第 3 期

《十字铺》,《小说家》, 1990 年第 5 期

《挽歌》,《上海文学》, 1991 年第 5 期

《花影》,《海峡》, 1993 年第 6 期

《花煞》, 今日中国出版社, 1994 年

《一九三七年的爱情》,《收获》, 1996 年第 4 期

《马文的战争》,《红岩》, 2001 年第 2 期

《杂花生树》, 人民文学出版社, 2002 年

《后羿》,《小说月报》, 2007 年第 1、2 期

《仪凤之门》, 人民文学出版社, 2022 年

二、主要参考文献

1. 丁帆:《先生素描(十二)——记叶至诚先生》,《雨花》, 2018 年第 12 期

2. 费振钟:《1985—1990:作为技术性小说作家的叶兆言》,《当代作家评论》, 1991 年第 3 期

3. 黄轶:《叶兆言研究资料》, 人民文学出版社, 2016 年

4. 季进:《另一种声音:海外汉学访谈录》, 复旦大学出版社, 2011 年

5. 汪政、晓华:《新时期小说艺术漫论》, 中国言实出版社, 2017 年

6. 叶兆言:《叶兆言文学回忆录》, 广东人民出版社, 2019 年

7. 叶兆言:《最后的小说》,《中篇小说选刊》, 1988 年第 4 期

8. 张光芒:《南京百年文学史》, 江苏凤凰文艺出版社, 2022 年

9. 张清华:《境外谈文》, 花山文艺出版社, 2004 年

10. 曾一果:《想象城市:中国当代文学与媒介中的城市》, 黑龙江人民出版社, 2011 年

三、必读书目

《夜泊秦淮》，浙江文艺出版社，1991 年

《花影》，南京出版社，1994 年

《一九三七年的爱情》，江苏文艺出版社，1996 年

四、拓展与练习题

1. 讨论题：如何看待叶兆言小说对"历史"的情有独钟？

2. 叶兆言的"夜泊秦淮"系列小说是如何处理小人物与城市之间的关系的？

第十章

韩东：智性书写的文学世界

　　韩东，1961 年 5 月生于南京。著名诗人、作家、导演，八岁随父母下放苏北农村，1982 年毕业于山东大学哲学系。历任陕西财经学院教师，南京审计学院教师，1992 年辞职成为自由写作者，受聘于广东省青年文学院，后转聘于深圳尼克艺术公司，为合同制作家。现供职于南京《青春》杂志社。1985 年，韩东与于坚等组织"他们文学社"，创办并主编民间文学刊物《他们》，被认为是"第三代诗歌"的最主要的代表。1998 年，韩东与朱文发起"断裂：一份问卷"的调查，1999 年主编"断裂丛书"第一辑，并参与《芙蓉》的编辑工作。2001 年后，参与创办"橡皮文学网""他们文学网"，主编"年代诗丛"等。韩东的主要作品有诗集《白色的石头》《爸爸在天上看我》《韩东的诗》《他们》《奇迹》等，中短篇小说集《树杈间的月亮》《我们的身体》《我的柏拉图》《美元硬过人民币》等，长篇小说《扎根》《我和你》《小城好汉之英特迈往》《知青变形记》《中国情人》《欢乐而隐秘》等，散文随笔集《韩东散文》《爱情力学》《夜行人》《幸福之道》《一条叫旺财的狗》等，以及电影《在码头》。

一、韩东的诗：成名作

　　在目前已出版的中国当代文学史上，韩东的名字有时会出现两次。

一次是在 80 年代中期的第三次诗歌运动，另外一次是 90 年代的新生代或晚生代小说写作。关于那印象鲜明的第一次，在各种文学史的描述中几乎已成定论。韩东在很长一段时间内被迫与大雁塔绑在一起。而事实上，除了《有关大雁塔》《你见过大海》之类，韩东还写别的诗，但其话题性显然不及前者。

在被《今天》激发起文学热情与理想的同时，在一个文学新手急于表达自己的文学个性与态度的同时，难免会感到强大的"影响的焦虑"。怎样寻找突破口？怎样在诗歌写作上占有自己的一席之地？韩东肯定为这个问题苦恼过。1985 年，韩东在他自己创办的《他们》上发表了诗歌《有关大雁塔》。这首诗之所以受到特别的关注，是因为在这之前，著名诗人杨炼曾写过一首同题材的《大雁塔》。杨炼的那首诗颇长，我们只要稍微看一下中间一段，大概就能了解这种创作风格：

> 我被固定在这里
>
> 已经千年
>
> 在中国
>
> 古老的都城
>
> 我像一个人那样站立着
>
> 粗壮的肩膀，昂起的头颅
>
> 面对无边无际的金黄色土地
>
> 我被固定在这里
>
> 山峰似的一动不动
>
> 墓碑似的一动不动
>
> 记录下民族的痛苦和生命

"千年""古老""土地""墓碑""民族""生命"，我们看到，这首诗里用的都是一些在时空上浩大、抽象又很有象征意义的词。大雁塔这一古建筑被赋予了充分的文化历史内涵与寓意，在诗人笔下大雁塔既是中华民族苦难历史的见证者、承受者又是未来出路的思考者。我们再来看韩东的《有关大雁塔》：

> 有关大雁塔
>
> 我们又能知道些什么
>
> 有很多人从远方赶来
>
> 为了爬上去
>
> 做一次英雄
>
> 也有的还来做第二次
>
> 或者更多
>
> 那些不得意的人们
>
> 那些发福的人们
>
> 统统爬上去
>
> 做一做英雄
>
> 然后下来
>
> 走进这条大街
>
> 转眼不见了
>
> 也有有种的往下跳
>
> 在台阶上开一朵红花
>
> 那就真的成了英雄
>
> 当代英雄
>
> 有关大雁塔
>
> 我们又能知道什么
>
> 我们爬上去

看看四周的风景

然后再下来

在韩东的这首诗里，文化、历史的厚重意义被消解，大雁塔以一座普通建筑的面目呈现在诗人笔下。大雁塔不再是富有深度的象征，而是平庸游客的游览对象。两首关于大雁塔的诗对比起来一读，不难看出韩东对强加在当代人精神上的历史、文化传统的嘲弄与厌倦。这首诗已经体现出韩东日后的文学主张——希望在毫无观念的先入之见的情况下去感知世界。除了《有关大雁塔》，《你见过大海》无疑也属于此一类的还原诗。

你见过大海

你想象过

大海

你想象过大海

然后见到它

就是这样

你见过了大海

并想象过它

可你不是

一个水手

就是这样

你想象过大海

你见过大海

也许你还喜欢大海

顶多是这样

你见过大海

你也想象过大海

你不情愿

让海水给淹死

就是这样

人人都这样

在这首诗中，大海这一具有丰富能指的意象被还原为物质世界的一部分。人面对大海的时候想起的再不是激情、浪漫与遐想，而是"你不情愿 / 让海水给淹死 / 就是这样"。事实上，类似这样的"还原诗"，韩东还有不少，例如《横渡伶仃洋》《中秋夜》《去栖霞寺烧香》等。学界对这一类诗歌的评价不一。

褒的一面，例如有论者指出这一类诗歌"把原来附加在抒写对象身上的意义和价值统统消解掉，或者像现象学所做的那样，把它们悬置起来，放进括弧之内，视而不见，来个眼不见为净，这样，只剩下抒写者与抒写对象之间当下的、直观的因而显得十分单纯的关联，他认定这种关联状态中产生的印象和感觉才是抒写者真正拥有的经验，因而才是真实可信的。"[1]这样一种抒写方式或是抒写态度的产生，一方面是在诗歌领域对前辈诗人"影响的焦虑"下的产物，一方面也可以解读为新一代年轻人自我确认的一种姿态。这种去文化的，倡导"第一次书写"的理念的出现并不是个别现象。事实上，在韩东的好友圈里，例如在于坚的诗歌、朱文的小说中，也不时看到这样一种对文化强加在个人身上从而压抑了人的原始的欲望与生命力的揭露。典型文本如朱文后来的小说《没文化的俱乐部》、韩东的《障碍》等。

---

[1] 李振声：《季节轮换》，学林出版社，1996年，第49—50页。

担忧的一面在于，有些学者认为这批作者并没有在这种人的原始欲望与生命力这一有价值的母题上继续挖掘，而是转向了日常生活的经验层面，沉溺于琐碎叙事，将欲望浅表化。正如有论者指出的：韩东的《有关大雁塔》的成功，"多半是出于一种技术性的对比效果，当韩东试图把这种认知生活的态度推到小说创作领域，并成为一种显示'代'的审美原则，它的难度就变得相当大，它的实验结果也不像有些评论家所阐释的那么乐观。"①这种创作理念的产生，自有它的反抗意义。但是，当它在作家那里成了一种习以为常的叙述模式后，就会变成俗套与陈词滥调。不但不具有反抗意义，还沦落为一种保守的写作。

虽然上述诗歌的价值更多地体现在其在诗歌潮流中的互文关系中而非其本身，但我们还是要看到其对语言的影响。在第三代诗歌运动中，朴素的、直接的口语大量为诗人所采用，排除了笼罩在诗歌语言上过重的迷雾与陈旧的负担，带来了新鲜、亲切的语言体验。

二、韩东小说："下放地"书写

在韩东的小说中，"下放地"书写是很重要的题材。1995年，韩东的第一本小说集《树杈间的月亮》由作家出版社出版。这部小说集收录了韩东的二十八篇小说，创作时间为1989年到1994年。通过这本小说集，大致可以看到韩东开始着手小说创作后其学习与探索的最初轨迹。

韩东的关于下放地的小说书写应该从1991年的《描红练习》算起。接下来的1992年，韩东陆续创作了以下放地生活为素材的《母

---

① 陈思和：《碎片中的世界·碎片中的历史》，黄山书社，2013年，第170页。

狗》《田园》《西天上》，其中《母狗》和《西天上》写知青在下放地的命运，《田园》写下放干部被隔离审查。以上小说后来都成为韩东长篇小说《扎根》（2003年）的重要章节。小说《扎根》写作家老陶1969年率全家由南京下放苏北农村的一段生活，他们企图在当地扎根，打万年桩，最后，却由于各种原因又离开了那块土地。小说的题材明显带有韩东个人生活的影子。

前面提到，韩东的第一部小说集名为《树杈间的月亮》，这个名字取自集内的一篇同名小说，但韩东对这个名字十分不满。他原本拟定的书名是《西天上》——这是这本集子中另一篇小说的标题，该小说被置于该小说集压轴的位置。出版社未征得韩东本人同意便更换了书名，对此，韩东气愤不已。其实这部小说集中关于下放地题材的比例并不大，但韩东选择一篇写下放地的小说作为书名本身就说明了他对这一题材的看重和它们在他创作中的分量。

时隔十二年，2007年，韩东终于出版了小说集《西天上》——此举仿佛圆了他的一个梦似的。除了《西天上》，这部集子还收录了韩东关于下放地书写的质量较高的作品，共十六篇，其中有七篇已收录在《树杈间的月亮》中。可以说，这是一本彻头彻尾的下放地之书。他在该书的《后记》中又说，"有关下放的小说我还会再写。"下放地的生活对韩东的重要性不言而喻。

当韩东频频使用"下放地"这一指称时，潜意识里便是在提醒自己：我是个外来者。

在关于下放地的长篇小说《扎根》中，仅仅从第一章节我们就能感受到叙述者看待下放生活的态度。比如谈到上厕所，"三余人一般是在园子里埋一口粪缸，三面用芦席或玉米秸扎一道本人高的篱笆，上厕所的时候便蹲在里面。粪缸前没有篱笆，无遮无拦，一面出恭一面可以向外面张望。"而来自城市的老陶家虽然也在园子里埋了一口粪缸，但那是倒马桶用的。他们在屋内上厕所，使用痰盂。虽然这项工作做得很隐秘，但"老陶家人的秘密最终还是被村上的人发现了"。三余人惊讶于他们在屋里上厕所，"觉得这样的行为很不卫生"。这一章的结尾是这样的："可见，仅仅是在如何上厕所才是卫生的这样的事情上，老陶家人和三余人的分歧就很明显，甚至是无法调和的。"通过这些叙述，我们不难看到：城市/乡村的对比，城里人/乡下人的身份意识一直悄悄地贯穿在韩东关于下放地的小说当中。但，韩东毕竟是韩东，这种常见的城乡二元对立到了他笔下也会多多少少跟别的作家不同。

以韩东自己非常重视的一篇《西天上》为例。为了摆脱当地人的提亲，知青赵启明选择和同样是知青的顾凡谈恋爱。赵启明绝不会同某个贫下中农的女儿谈恋爱，因为"和这块土地联姻的危险使他不寒而栗"。当上民办教师后，他更是下定决心："不让自己的脚再踏上杨庄的土地了。"他看不起乡下人，只和下放干部家庭来往。同样下放自南京的学生小松成了他的忠实听众与伙伴，他们用南京话彻夜长谈。一般作家写到这里也就打住了，也就是将知青赵启明的地域身份认同建立在南京/杨庄、城市/乡村的二者对立之上。而韩东在小说中，对这一问题的呈现显然并没有停留在如此简单、浅显的层次。除了想离开杨庄这个鸟不拉屎的乡下地方，这个被时代环境所困的知青赵启明还怀有更大的梦想——去美国，他告诉小松："从南京到杨庄来的人都知道杨庄是乡下。从美国到南京，南京就是乡下了。你说乡下好还是城市好？"[1]赵启明的言外之意是他可是胸怀美国、放眼世界的人。写到这里，城市/乡村对比的范围一下就被扩大了。韩东的眼光并非局限在南京/杨庄这样具体的城乡对立中。这种对立也并非是一成不变的——比如跟美国相比，由于参照系的变动，南京的身份就不再是城

---

[1] 韩东：《树杈间的月亮》，作家出版社，1995 年。

市，转而变成了乡村。韩东关心的问题，毋宁说是结构性的、原理性的。同时，它也就跳出了知识分子／贫下中农——那个时期人的具体的政治身份认同的范畴。正是在这些幽微的地方，韩东显露出其独特的思考。而这样的处理并非偶然。

在韩东另一篇写女知青的小说《母狗》中，当女知青小范被当地人奸污后，当地女人的态度是"反正和城里女人睡觉不吃亏，睡一个赚一个，睡一次赚一次，不睡白不睡""我们的男人要睡他们的女人，我们的女人不能让他们的男人睡。"一般的作家写到这里就止住了。因为当地人的态度已经明显，知青的困境已经构成，而两者沟通之无望正是题中应有之意。但此时，韩东却插入议论："时间向后二十五年，范围扩大到整个国土，这种论调即变成'和外国女人睡觉或娶她们为妻是爱国。反之，被老外睡或娶走了就是卖国'。看来性关系上的爱国主义是由男人来执行的。"[1]这里，韩东的思想没有局限在下放知青与当地人的表面的对立上，来渲染与加深某种仇视与敌对，以致使自身和读者被情绪裹挟。而是通过制造一种距离感——"时间向后二十五年，范围扩大到整个国土"，从而使自身和读者从微观的故事情境中及时抽离出来，抓住乡人论调背后的逻辑来客观地分析当时乃至现时的现象与问题。韩东理性的态度、其描写对象与欲表达的落脚点之间的距离可见一斑。另外，诸如"看来性关系上的爱国主义是由男人来执行的"等调侃语句又弱化了对村民的批判、诊断的意味，使小说的主题更为内敛。

当然，下放的经历，那个年代的知青都有。许多知青作家都写过同类的题材。但是，韩东的下放经验与一般知青不同。

由于成长寂寞，突如其来的乡村生活扩大了成长期的少年的眼界，

---

① 韩东：《树杈间的月亮》，作家出版社，1995 年。

给他原本狭隘的生活带来了全新的体验。一般的知青小说，因为与叙述者自身前途、命运关系得紧，所以在下放当地的生活中，若说他们得到了更深的认识与教育，这认识往往是人事方面的。这些人既包括当地土生土长的人也包括别的下放人员，也包括他们自己。但总的来说，大致纠缠在人的世界、人的关系与命运中。

学者郜元宝曾指出："当代江苏作家从汪曾祺、高晓声、苏童、叶兆言、顾前直到朱文、韩东、吴晨骏、刘立杆以及后来移居外地的张生、海力洪、魏微等，个性迥异，但又一脉相承，都善于发现人的卑微，人的小聪明、小志气、小情趣、小龌龊。他们直率地写出被假道学的主流文化掩饰的这种独特的真实，满有宽容与怜悯。"[①]其实，不如将这份名单再往前延伸一些。于是，我们看到了这一传统的鼻祖——沈从文。

在对韩东的阅读过程中，有很多使人想起沈从文的地方。例如，在谈到在苏北农村的童年生活时，韩东说："这段生活对我还是十分重要的，十分宝贵。重要之处就在于使我与大地有了某种联系。人是自然之子。农村生活给我最大的帮助就是使我与自然、与大地之间建立起了一种直接的联系。特别是这件事发生在我的少年时代，伴随我的成长，因而更为重要。城市的夜晚虽然华灯齐放，但有人甚至长到这么大都没有见过银河，真是太可悲啦！这是很壮丽的景色。忽略这些也造成了一代人欣赏趣味的低下。他们不习惯于长久稳定，平静而深邃的光芒。"沈从文则说："从冷静的星光中，我看出一种永恒，一点力量，一点意志。"显然，他们都从自然中得到了一个更为宽广的世界的视野。又如，当评论家向韩东等晚生代作家索要"深度""理想"

---

① 郜元宝：《卑污者说——韩东、朱文与江苏作家群》，《小说评论》，2006年第6期。

"精神""价值"等东西时，韩东反驳说，他的写作"不是价值意义的取消，而是它的悬置。它不相信任何先入为主的东西，不相信任何廉价得来的慰藉，不以任何常识作为前提"。这和倔强的"乡下人"沈从文当初回应批评者的"我知道他们想要什么，我就是不给他们"何其相似！

当然，就出身与背景来说，韩东与沈从文的差异是明显的。沈从文本来就出生于偏僻的湘西，身上还流淌着少数民族的血液。他自称"乡下人"，自卑也好自傲也好，至少从表面上看，他对自己的身份认同是确定不移的。而韩东，用他自己的话来说，"我出生在红色的中国 / 父亲是纯洁的革命者"。这个本来与自然无缘的城里人，因了时代的关系，有了一段"寂寞的乡村生活"，从此，对城里人的身份变得动摇了，对自己的身份认同与一般城市中人不能一样了。

在短篇小说《下放地》的开头，韩东这样写道："一般很难看出卫民是哪里人，河南或者浙江，或者广东，或者是大概念上的南方和北方。为此卫民似乎很自豪。他常说'我是世界公民'。似乎一旦看出是哪里的人，这个人就有了局限性。在填履历表中籍贯一栏时卫民更是随心所欲，一会儿是湖南长沙，一会儿是陕西武功，更多的时候他愿意填目前的户口所在地。不过也有几次卫民填上了共水（该小说中的下放地的名字）。"这篇小说虽也有韩东一贯擅长的反讽，但我们必须挖掘出其中含有的情感真实。抛开韩东在里面所"不自觉"地流露出的对那种虚假做作的反讽情绪，从卫民身上看出他对下放地的真切眷念。

韩东也好，沈从文也好，抛开他们对自然感受的程度的差异，我想可以把这样的人称为"感受过天空与土地的人"。这样的人与没有感受过天空与土地的人的爱憎、对日常事物与现象的关注点肯定是不一样的。

1985 年，韩东写有一首著名的诗《温柔的部分》：

我有过寂寞的乡村生活

它形成了我生活中温柔的部分

每当厌倦的情绪来临

就会有一阵风为我解脱

至少我不那么无知

我知道粮食的由来

你看我怎样把清贫的日子过到底

并能从中体会到快乐

…………

这里的温柔并不是一般意义上的细腻柔情，而是一种看待人生的态度与观察世界的方式。"不那么无知"和"解脱"从理解中来，终将导向快乐。这背后，其实是一种宽容的、学着接受的眼光和态度。这种"温柔"的形成，很大程度上得益于下放时期接近自然的乡村生活。下放地的生活给了处在成长关键期的韩东一个领教自然教育的机会，这种教育的成果将会伴随作家的一生。

三、《描红练习》的儿童视角

韩东认为："小说就是讲故事，其重要部分不在于'故事'，而在于'讲'。'小说'按它的字面意义解释就是一种叙述。"可见，对于韩东来说，相较于内容，他更看重小说中叙述方式的意义。而一个作家选择什么样的叙述方式与风格，其实跟他选择观看与审视的距离和角度密切相关。从 1992 年左右开始，韩东的小说作品开始呈现出比较稳定的风格。其中，不少作品以儿童视角的书写为特征。

创作于 1991 年的《描红练习》是韩东下放地系列小说的发轫

之作。所谓"描红练习"讲的是文革时期"我"家门上被贴上了批斗的标语,"后来标语旧了,爷爷让我站在凳子上用毛笔把每个字又描了一遍。爷爷说这叫描红练习。"这篇小说以儿童视角记录了文革时期"我"家被批斗和从城市下放到农村的经过。小说的叙述分为两条主线,一条是以第一人称"我"的视角,主要书写文革时期的家庭生活,另一条是以小波的第三人称限制视角描写从城市到农村一路上的过程和见闻。两条线索交叉行进,富于形式的创新意味,仿佛是结构上的一次"描红"。

"文革时代"的一系列遭际,对韩东小说中的儿童来说,不啻为一场场游戏。既是游戏,就带有事实判断的悬置(suspension of factual judgment)的意味。同样是书写"文革",与"伤痕""反思"小说不同的是,作者并不以过来人的身份,用理性的态度去反省和反思那段有着惨痛记忆的历史,而是以一个孩童的不带价值判断的眼光,去观察与记录当时的人事和生活情形。

当然,以儿童视角去写文革并非是作家韩东的发明。湖南作家何立伟的短篇小说《白色鸟》就是以儿童视角写"文革"的经典案例,这篇不足三千字的小说获得了 1984 年全国优秀短篇小说奖。该小说内容很简单,以极度抒情与诗意的笔调写一个乡下少年和城里少年在乡间的嬉戏游玩的过程。写到最后才点出原来是"文革"中被赶到乡下的外婆即将遭受批斗,为了不让外孙目睹这残忍的一幕,才让乡下少年带外孙远远地去游玩。有论者用"浪漫反讽"与"克制陈述"来分析该小说的主题与叙事。但正如何立伟本人在谈到《白色鸟》创作时说的那样,他本拟写一组以少年时代亲历的往事为内容的小说,"其共通处除了季节上的相同,即是美的瞬间的破坏与毁灭①。可见,作

---

① 何立伟:关于《白色鸟》,《小说选刊》,1985 年第 6 期。

者创作的出发点还是美学上的，对"文革"的思考与反省倒是次要的。

韩东则不同，他的书写"文革"的态度是更为自觉的。用儿童视角去写"文革"，一方面避免了成人固有的先见与成见，同时也避开了当时社会上一般的价值预设，为作者同时也为读者提供了重新审视与接近那段历史甚至是历史真实的可能。与此同时，儿童视角的采用也表现了韩东对处于时代洪流中弱势的儿童本身的关心。

由于少不更事，儿童对那段历史的认识肯定是肤浅与流于表象的。与成人不同，他们的关注重心更多的是在生活中的现象、周围人的闲谈。对儿童来说，模仿是他们对周围事实进行把握的一种重要方式。在《描红练习》中，模仿成人的语言方式多次出现，例如："现在我们家三个好人三个坏蛋。爸爸、妈妈和哥哥是坏蛋。爷爷、奶奶和我是好人。我们家好人坏蛋一样多。后来爷爷也变成了反革命，是历史的，我们家好人就没有坏蛋多了。我们家的坏蛋比好人多两个。奶奶和我是好人，爷爷和哥哥是坏蛋。爸爸妈妈也是坏蛋。爸爸说哥哥觉悟不高，不是坏人，和他不一样。哥哥是觉悟不高的好人，至少能算半个好人。哥哥是半个好人半个坏蛋，有的时候是好人，有的时候是坏蛋。奶奶说，这个好人我不做了，让给你哥哥。奶奶说，我和你爷爷一样，是个坏蛋。她自己要当坏蛋，要当地主婆。现在我们家就我一个好人了。奶奶的好人不能让给哥哥。让给哥哥他就是一个半好人了。一个半好人的觉悟怎么还没我高？我才是一个好人。"

显然，对好人、坏蛋的简单区分只是孩子才有的幼稚思维，而"反革命""地主婆"一类词汇，只是儿童对成人的鹦鹉学舌，他根本不清楚也不可能清楚这背后的政治内涵与时代语境。当家里被贴上反动标语的时候，在"我"眼里，"我们家门上的标语比别人家门上的都漂亮。"而当"我"在喊"打倒爸爸"的时候，显然"我"根本不知道自己在喊什么，还以为是一场家庭游戏。在《描红练习》中，对"我"

的心理揭露的还是比较少的，主要以"我"的所见为主。同样的素材到了韩东后来的《扎根》中得到了更深入的展开。比如当闯到小陶家来贴标语的人对小陶说"你要和陶培毅划清界限，以后不能叫他爸爸，只能叫陶培毅！"时，后者的反应是"不禁深感荣幸"。"让小陶兴奋不已的不仅是这送上门来的火热场面，此外还有一种惊喜，翻译成成人的语言就是：'我们家居然也出了坏蛋！我们家居然也有人被打倒了！'"（《扎根》）这就是一个不谙世事的孩子在目睹自己家人在"文革"中被批斗时的心理。不同于我们一般对"文革"中的划分阶级成分、批斗等事件的认知，作家通过儿童视角展示给我们的，是一种陌生化效果，它有助于我们打破既有的认知模式，刷新陈旧的读者经验。

儿童虽然不懂事，不直接承担时代的恶果，但险恶的环境与紧张的时代氛围还是会在他们的生活中留下痕迹，并对他们产生潜移默化的影响。例如在《描红练习》中，学校有人写了反标，为了查出肇事者，老师让学生抄写含有反标里的字的毛主席语录，同时威胁学生说"就是用左手写的我们也能查出来"，要求学生把语录用右手抄一遍，再用左手抄一遍。处于弱势地位的小孩子在受到威胁会产生甚于成年人的恐惧心理："反标不是我写的，但我很害怕。林老师抄的毛主席语录我早就会写，反标里的字我也一定会写。"作为一个小孩子，"我"本能地有保护自己的欲望，特别是当听到老师说"谁写了反标就赶快交待，主要是交待幕后策划者，自己就解放了"的时候，"我"的直接反应是"想告诉林老师，我会写毛主席语录是爷爷教我的，他是历史反革命"。"文革"中，在威逼恐吓下出卖朋友与亲人以保全自己是一个并不少见的现象，很多文学作品中也对这种极端环境下人的本性表露做过揭露与反省。但是，当这样的心理暴力与其直接的反应在一个小孩子身上展现出来时，我们还是会觉得触目惊心。如果说有些伤痕是看得见的，数得清的，那么类似的这种经验对儿童的伤害则是潜在的、无形的。

儿童视角的采用并非早年生活经验书写中的自然与顺手，而是出于韩东的写作策略。首先，这些作品并非单纯的童年经验书写与个人的成长记录。复杂的政治事件、特殊的时代背景与儿童的小世界形成鲜明对比，是其作品构思的重要组成部分。其次，由于儿童的眼光单纯、不带价值预设，从这个意义上说，他们的视角带有一定客观性，甚至比起一个貌似旁观的叙述者或说书人来得更客观且更有说服力。在韩东这里，儿童之眼成为展示周围各色人思想与行动的窗口。

附录：

一、韩东主要作品

《白色的石头》，上海文艺出版社，1992年

《树杈间的月亮》，作家出版社，1995年

《爸爸在天上看我》，河北教育出版社，2002年

《扎根》，人民文学出版社，2003年

《爱情力学》，上海文艺出版社，2007年

《小城好汉之英特迈往》，上海人民出版社，2008年

《知青变形记》，花城出版社，2010年

《韩东的诗》，江苏凤凰文艺出版社，2015年

《奇迹》，江苏凤凰文艺出版社，2021年

二、主要参考文献

1. 陈思和：《碎片中的世界·碎片中的历史》，收录于《思和文存》第二卷，黄山书社，2012年

2. 韩东：《韩东散文》，中国广播电视出版社，1998年

3. 郜元宝：《卑污者说——韩东、朱文与江苏作家群》，《小说评论》，2006年第6期

4. 何同彬编：《韩东研究资料》，人民文学出版社，2016 年

5. 李振声：《季节轮换》，山东教育出版社，1998 年

6. 张钧：《时间链条之外的另一空间的写作》，《花城》，1995 年第 5 期

三、必读书目

《扎根》，人民文学出版社，2003 年

《奇迹》，江苏凤凰文艺出版社，2021 年

四、拓展与练习

讨论题：在韩东小说中，"下放地"有何特殊内蕴？

第十一章

苏童：南方与历史

苏童，1963 年生于江苏省苏州市。1980 年考入北京师范大学中文系。1983 年 7 月在《青春》杂志发表小说处女作《第八个是铜像》。1984 年大学毕业分配到南京艺术学院工作。1985 年底调至《钟山》杂志社任编辑。1990 年加入中国作家协会，曾任江苏省作家协会副主席。现为中国作家协会主席团委员。主要作品有长篇小说《米》《菩萨蛮》《我的帝王生涯》《蛇为什么会飞》《碧奴》《河岸》《黄雀记》等，中短篇小说《一九三四年逃亡》《罂粟之家》《妻妾成群》《红粉》《桑园留念》《飞越我的枫杨树故乡》《人民的鱼》《拾婴记》《茨菰》等，散文随笔集《寻找灯绳》《虚构的热情》《河流的秘密》等。多部作品被改编为影视剧，多部作品被译成英、法、德、意、韩等文字出版。曾获鲁迅文学奖、英仕曼亚洲文学奖、华语文学传媒大奖、茅盾文学奖、百花文学奖等奖项。

一、苏童的创作经历

苏童，原名童忠贵，1963 年 1 月出生于苏州。苏童的童年在苏州城北的一条老街上度过，这条老街的后面是一条河，河上常有停泊的油船，而老街对面却矗立着一座化工厂，每天都飘来类似樟脑的气味。按苏童自己的说法，关于老街的童年记忆"总是异常清晰而感人""我的很多短篇小说也都是依据这段生活写成。"[1]苏童的家境并不富裕，父亲在机关上班，母亲则是水泥厂的工人，由于长期的物质贫乏，母亲多病而浮肿的脸令苏童一直难以忘怀。苏童在九岁时患上了严重的肾炎和败血症，不得已必须休学养病，这段痛苦的经历让苏童对生命的脆弱性和死亡的阴影有了深刻的体悟，也使他形成了相对阴柔的性格。因为总是静坐家中，为了消磨时间，苏童阅读了许多小说，他可以一下午读完《复活》或《红与黑》，然后就徜徉在对文学无边的幻想中。初中毕业后，苏童曾报考海员学校，但没有考中。高中后，苏童开始了文学创作，最早是写诗，但屡屡被退稿。1980 年，苏童考入北京师范大学中文系。大学期间是苏童最自由的一段时光，他经常在北京城内闲逛，大量地写诗和小说，并不断投寄，终于获得成功。1983 年第 4 期的《飞天》发表了苏童生平第一组诗《松潘草原离情》。

　　1983 年，《青春》第 4 期发表了苏童的短篇小说处女作《第八个是铜像》，尽管这篇小说尚显稚嫩，但它的发表让苏童颇为骄傲，激发了他更强烈的小说创作热情。1984 年，苏童完成学业，选择到南京工作，很快便进入《钟山》杂志社做编辑。1986 年，《收获》发表了苏童的第一篇小说《青石与河流》，这篇小说来源于苏童幼年时期的一次植树经历，抒发了一种对于时光流逝的悲哀感，虽然与其后来的作品比不算出色，但苏童的小说才情于此开始真正显露。1987 年在苏童的个人创作史中具有特别的意义，短篇小说《桑园留念》《飞越我的枫杨树故乡》《北方的向日葵》《故事：外乡人父子》《遥望河滩》以及中篇小说《一九三四年的逃往》等作品都于这一年发表。这其中，1984

---

① 苏童：《纸上的美女——苏童随笔选》，人民日报出版社，1998 年，第 129 页。

年写毕，先发表于南京的民间刊物《他们》，后又几经辗转终于在《北京文学》正式发表的《桑园留念》尤其被苏童珍视，他说，"《桑园留恋》以后，我才真正找到了属于自己的路。"①这篇小说叙述了一群青春期南方少年在成长中的迷惘与扭曲，散发出优雅和颓败的气息。因为小说的叙事场景为"一条狭窄的南方老街"，所以后来也被普遍认为是苏童"香椿树街"系列小说的起点。

在同年发表的《飞越我的枫杨树故乡》中，苏童开启了另一个"故乡"系列小说，即"枫杨树故乡"系列，到中篇小说《一九三四年的逃亡》，苏童的"枫杨树故乡"系列受到更多的关注。在《一九三四年的逃往》中，"枫杨树故乡"作为一种符号性的空间，虽是虚构，但展现了苏童浓厚的"怀乡"情结和对童年记忆与自我精神之根进行清理、追溯的强烈欲望。而更加引人注意的是，在处理想象中的"故乡"时，苏童淡化甚至取消了传统小说的人物和情节，不再追求叙事结构的完整性，叙述中也充满了大量繁复、碎片化的意象，这种带有西方现代主义叙事手法的实验性小说很快被人指认为具有先锋小说的某些重要特征，苏童也由此被纳入先锋文学潮流，与余华、格非、洪峰、孙甘露等人一起成为先锋小说的代表性作家。

1988年至1989年，苏童的文学创作迎来了一个高潮，两年间发表了近二十篇小说，还有散文随笔若干。其中，《乘坐滑轮车远去》《午后故事》《伤心的舞蹈》等作品，都赓续了《桑园留念》关于"成长"的小说主题。这组短篇是在苏童对美国作家赛林格的"一度迷恋"中写成，小说往往会从一位少年的主观视角展开，以香椿树街为背景，讲述了也是苏童自己在成长过程中的心灵往事。而在《祭典红马》《仪

---

① 张清华：《存在之境与智慧之灯——中国当代小说叙事及美学研究》，福建教育出版社，2010年，第338页。

式的完成》《罂粟之家》等作品中，苏童继续深化的是先锋小说的形式探索，比如对人物心理幻觉诡谲敏感的捕捉(《祭典红马》)；对反讽和戏拟手法的运用(《仪式的完成》)；对幽暗和凄美的小说美学基调的呈现(《罂粟之家》)，这些作品都显示出苏童越来越成熟鲜明，独具个人风格的写作技艺。在这一时期的创作中，《妻妾成群》可能是后来苏童影响最大，也是议论最多的中篇作品。小说描写了一个受过新式教育的女学生颂莲自愿嫁入一个旧式封建家庭，最终在一群妻妾的争宠斗狠中走向悲惨结局的故事。在这部小说中，苏童开始尝试变化，意欲告别"先锋文本，老老实实写人物，写故事"。①一方面，苏童的叙述更重视通俗性和古典性的结合，在把握"历史"上也采用了更写实，更还原生活原貌的方式。另一方面，在对女性人物的刻画上，苏童的笔触表现出极其真切、细腻的特质，尤其是对女性心理的描绘最为精妙。苏童的这种转变，与 80 年代末期文学的整体性转向密切相关，先锋文学激越火热的话语狂欢日渐降温、收敛，小说企图再次突破叙事"圈套"和游戏的桎梏，回到真正的故事中去。"那种抒情性的叙事不再是掩饰不住的纯粹的话语风格，而是从故事的情境中自然流露出的美学气质。"②不过也有人指出，苏童在《妻妾成群》中还表现出一种传统士大夫全然融入的姿态，对红颜薄命等情调写得"富有韵味。这一点也引起有些人对他削弱'启蒙'的创造性文化内涵的批评"。③1991 年，《妻妾成群》被改编成电影《大红灯笼高高挂》，影片由张艺谋执导，并获得第 48 届威尼斯国际电影节银狮奖。电影的巨大成功让苏童的这部作品更广为人知，成为经久不息被热议的文艺话题。

---

① 汪政、何平：《苏童研究资料》，天津人民出版社，2007 年，第 5 页。
② 陈晓明：《无边的挑战》，广西师范大学出版社，2004 年，第 194 页。
③ 洪子诚：《中国当代文学史》，北京大学出版社，1999 年，第 296 页。

进入 90 年代之后，苏童自觉对"妇女题材"小说的兴致不减，所以仍然投入不少精力继续创作这类小说。1990 年初发表的《妇女生活》《红粉》《另一种妇女生活》等都可以视为是"妇女题材"小说的一种延续。在这些小说中，苏童使用的创作方法大体与《妻妾成群》无异。相对影响更大的中篇《红粉》在《妻妾成群》的基础上，进一步强化了对女性群象的描摹的精深度，对女性心理的描写也显得更为敏感纤细。除了妇女题材，在 90 年代，苏童明显对历史题材小说的写作兴趣与日俱增，就体裁而言，他开始涉足 80 年代并未进入的长篇小说创作领域，《米》《我的帝王生涯》《紫檀木球》（又名《武则天》）等长篇小说可算作这一方面的代表作。这几部小说都表现出苏童对"历史"进行再想象的执迷。与之前"香椿树街"系列和"枫杨树故乡"系列中的往事历史不同的是，这类作品中的"历史"更具虚幻、超验的特征，也有着更庞大、晦暗和诗化的美学理想。比如《米》写一个背井离乡的农民五龙逃荒到城里，在经过很长时间的忍辱负重后走向邪路，加入了当地的黑社会，并成为米店的老板。于是精神扭曲的他开始对侮辱过他的一切展开疯狂的报复，最终在人生无法预料的沉浮和悲哀中走向死亡。在小说中，五龙的一生实际上是作为一种作家所构设的"历史"隐喻而存在。五龙围绕"米"所呈现的欲望和命运线索，包括其间指涉的一切关于社会和人性的文化要素，"把北方和南方、农人和城镇、市面和黑暗、男人和女人种种生存景象连接在一起，复活了一幅幅生动的历史图画。"①应该注意的是，苏童在表现这类宏大的历史故事时，经常故意改变、过滤传统的叙事方式和"现实"元素，而使小说表现出一种忧伤悲怆的审美情调。基于这种特点，也有人将苏童类似的小说归纳在新历史主义小说的写作范畴内。在苏童 90 年

---

① 张清华：《天堂的哀歌——苏童论》，《钟山》，2001 年第 1 期。

代经典的长篇小说中，仍以"香椿树街"为背景的《城北地带》不得不提。这部小说的叙事结构并不复杂，但相比以往"香椿树街"系列的中短篇作品，凝聚了更多苏童童年记忆中的人群和生活闪光点，因而显示出一种带有圆梦和告别性质的醇厚风味。

21 世纪以后，苏童的创作能量似乎并没有衰减，短篇小说创作颇丰，较为知名的作品有《白雪猪头》《人民的鱼》《西瓜船》《拾婴记》《茨菰》等，其中《茨菰》荣获第五届鲁迅文学奖。2006 年后，苏童将大部分精力投入到长篇小说的创作中，《碧奴》《河岸》《黄雀记》的问世重构了苏童长篇小说的世界。《碧奴》重述了孟姜女哭长城的故事，不过苏童没有解构颠覆这一传说，而是寄托了一种对民间神话传说中蕴藏的人生哲学的思索。在《河岸》中，苏童通过书写库文轩、库东亮父子的荒诞命运，汇集了许多常见的写作主题，但比起此前的作品，《河岸》的叙事变得更加稠密深邃，"更重要的，苏童所擅长的抒情语气有了更多沉思、反讽的回声。"[1]2013 年发表的《黄雀记》还是延续了"香椿树街"的叙事背景，苏童对一座精神病院内三个少年生命轨迹雕刻般的呈现，沉着疏缓地勾画了一个时代变异幽秘的面貌。2015 年 8 月 16 日，《黄雀记》获得第九届茅盾文学奖。

二、"南方"的写作

提到所谓"南方写作"，有论者曾指出，其"在某种意义上就是一种'江南写作'"，"江南文化体现了南方文化、一个民族的文明的高度，而文学则真正地表达出了它的个性的、深邃的意味。正是在这样的一个具有个性化的历史、文化背景下，文化、文学在一种相对自足的系

---

① 王德威：《河与岸——苏童的〈河岸〉》，《当代作家评论》，2010 年第 1 期。

统内，呈现出了生长的和谐性、智慧性和丰富性。"①在当代文学史中，80 年代崛起的新一代"南方"作家和他们大量的文学创作已经成为用文学的方式记录南方、记录人类的心灵史。而他们"南方写作"的叙事美学特征也体现于"一是在作品的选材上，喜欢在旧式的生活题材中发掘、体验、想象，无论是着意于伤感、颓废、消极的生命形态"，"二是'江南格调'构成了'南方想象'的最基本的底蕴和色调"，"朦胧、氤氲、古典、雅致，不失艺术体统的节制"，"三是叙述语言的主体性、抒情性和意象气韵"。②

　　尽管对于单个作家很难以一种统一性的标准去衡量其艺术个性和气质，但综观苏童的文学创作，他无疑确是一位南方写作的典型作家。苏童说，"我和我的写作皆以南方为家"，③在他的文学世界中，可以自然地透析出两个南方，一个其所生长的地理意义上的南方，另一个则是他虚构和想象的南方，前者是苏童生命经验和情感的皈依，而后者则是他对南方"故乡"展开的无限的精神性追念和想象。从文学风格的角度来看，苏童的小说弥漫着"南方写作"独有的文气。一方面，苏童对童年、家庭、历史、女性的描绘都充盈着细腻、真切和温润的抒情基调，作品往往带有江南式的那种古典、粘稠和朦胧的诗化气息。另一方面，正是得益于对"腐败而充满魅力"的"南方精神"的笃信，苏童的叙述也时常挣脱"现实"的牢笼，驰骋在悠远飘渺的虚构和想象里，呈现出一种忧郁、繁密，环绕感十足的美学质感。

　　苏童这种南方写作风格的形成，首先当然离不开江南文化的浸淫。"在文学地理上，南方的想象其来有自。楚辞章句，四六骈赋都曾遥

---

①② 张学昕：《南方想象的诗学——苏童小说创作特征论》，《文艺争鸣》2010
年第 10 期。

③ 苏童：《苏童散文：露天电影》，浙江文艺出版社，2019 年，第 130 页。

拟或一种中州正韵味外的风格"，"而历来南渡、南朝、南巡、南迁、南风的历史事迹，在政治及经济的因素使然外，又已发展出独特文化象征的系统"，"明清以来，沈璟的声律学说，公安诸子的性灵小品，以迄江南的戏曲丝竹，海上的狭邪说部，不论雅俗，都为南方的想象，添加声色之美。"①苏童在生于斯、长于斯的环境中，感应江南沉厚的历史文化是必然的事情。不过，苏童对南方的体验其实更为复杂矛盾，他自己说："多少年来，南方屹立在南方，南方的居民安居在南方，唯有南方的主题在时间之中漂浮不定，书写南方的努力有时酷似求证虚无。"对"南方"的亲密和留恋是一种自觉，而在这种自觉之上，苏童的困惑、迷惘也是一种自足的情绪，所以在这两种相悖情感的纠缠扭结中，苏童的南方写作既渗透着过往的神韵文采，也表现着"现代"意义上的衰败腐朽的隐晦诗意。

其次，外国文学也对苏童的写作风格有着至关重要的影响。苏童从未讳言自己在塞林格、博尔赫斯、马尔克斯、福克纳、雷蒙德·卡佛等人身上汲取过许多重要的文学养分，尤其是福克纳，他创建出庞大的约克那帕塔法小说王国，其间所展现的满是阴郁、怪诞和死亡的美国南方世界带给过苏童很大的"震撼"。苏童一再提到福克纳隽永绵长的小说语言和瑰异深沉的"南方"意象对他产生的感召力，但他同时也意识到，这些"影响"并不能被视为一种纯粹单一的标杆，"没有一样东西可以作为一种旗帜性的东西来引导我们。"②相反，苏童最终在福克纳式的"影响"中所辨认和吸收的，恰是表达的"丰富性"才能真正完成伟大的写作，"我对福克纳的文体总的感觉是丰富，而不

---

① 王德威：《南方的堕落与诱惑》，《读书》，1998 年第 4 期。
② 苏童，王宏图：《南方的诗学——苏童、王宏图对谈录》，漓江出版社，2014 年，第 111 页。

是繁冗"。①确实，表达"南方"的丰富手段不是只靠外化的形式，苏童的南方故事也正是建立在他自己对南方理解的丰富性之上。"我写出来的小说有着各式各样的面目。"②而他写作的南方风格也因由这种"各式各样"，又透出一种丰饶开阔的气象。

在苏童的南方写作中，"香椿树街"系列和"枫杨树故乡"系列无疑最具代表性。作为两处虚拟的地理标记，香椿树街是一条古老的江南街道，也是苏童小说中家乡父老生长生活的所在之地。而"枫杨树故乡"则是另一个想象中的"故乡"，其中充满的虚幻、沧桑和腐朽更体现了苏童精神上的南方"乡愁"。这两处地方标签及其暗含的象征构成了苏童创作中最重要的时空交错的地缘背景。最早的香椿街故事在《桑园留念》中已经出现，虽然苏童在这篇小说中没有具体提到"香椿树街"的名字，但氛围已经是后来作品中"香椿树街"世界中那样的氛围，其已经浓缩了苏童少年时代的街区生活。随后在《乘坐滑轮车远去》《午后故事》《伤心的舞蹈》等作品中，苏童基本确立了"香椿树街"的叙事主题和故事元素。这些小说的主人公大都是南方小城里的青少年，往往通过描写青少年的那种懵懂的情欲，荒诞的爱情和百无聊赖中的骚动来表现青春成长中的孤独和惆怅。苏童后来说，这些早年的小说对其是一种依托，一个飘荡的影子。这些作品中的延缓、隔阂甚至对"南方"的仇视也是他童年的回溯，所以很多的小说在风格上都是一些"散漫的思绪"，且中间的形象都"非常意象化"。

到后面的《南方的堕落》《舒家兄弟》《刺青时代》《回力牌球鞋》《城北地带》等作品，苏童的"香椿树街"系列已不限于"成长"的主

---

① 苏童，王宏图：《南方的诗学——苏童、王宏图对谈录》，漓江出版社，2014年，第97页。

② 苏童，王宏图：《南方的诗学——苏童、王宏图对谈录》，漓江出版社，2014年，第98页。

题，一大群青少年的南方生活被放置在了更广大的历史背景中加以处理。在混乱无序的年代里，"香椿树街"上如金文恺、小拐、王德基、陶、达生、美琪一样的青少年似乎被彻底遗忘。他们在破败、忧伤的南方小城街头，整日狂欢、斗殴，挥洒无处发泄的青春热血，也时时被暴力和死亡的阴影笼罩。这些作品显示了苏童这样的 60 后作家如何将对"文革"那个特殊的政治运动年代的记忆和童年的琐细往事杂糅在一起，展现一种以小见大的写作广度。而在美学上，这些作品也更为整体性地传达了苏童对童年的"南方"的精神判断和浪漫化体悟。苏童眼中那种朦胧、狭窄、枯萎、湿漉、血腥、漫漶、繁杂的"南方"，最大程度地渲染了在它内部所发生的青春残酷物语，也最终转化成为最具他自己"南方"风格的青春叙事。"香椿树街的各色人物，小市民、儿童帮会、市井地痞、风流女孩，串联了那些日常而又稀奇的景致"，"所有这些都构成了一个城市边缘地带的特有景观，所以说当代作家还没有哪一个能像苏童这样如此丰富地书写出一个城镇生活的风俗图画，当代的图画"。[①]

与"香椿树街"系列有所不同的是，"枫杨树故乡"系列故事发生的地点大都是乡村，尽管苏童本人与乡村并不无联系，他也解释过自己十岁左右去过老家扬中，"扬中那个孤岛上正好雾蒙蒙的，所以我后来的许多作品中出现的枫杨树也是雾蒙蒙的水淋淋湿漉漉的。"[②]童年的一次偶见，还是很难以被当做原型，完全同小说中的虚构划上等号。在"枫杨树故乡"小说中，苏童表现出的浓厚的怀乡情绪更多的是一种自我想象，也许是先民的历史文化意识仍然残留在苏童的血液中，使他无法摆脱，魂牵梦萦，但毫无疑问的是，由苏童对自我强烈的寻

---

① 张清华：《天堂的哀歌——苏童论》，《钟山》，2001 年第 1 期。
② 姜广平、苏童：《留神听着这个世界的动静》，《莽原》，2003 年第 1 期。

根欲望出发，"枫杨树故乡"小说也往往呈现出更多南方式叙述视景和审美格调。

从《飞越我的枫杨树故乡》《一九三四年的逃亡》《丧失的桂花树之歌》《罂粟之家》等作品来看，小说中的叙述人"我"都是有"乡村"背景的城市人，他们执迷于追忆家族和祖辈的沧桑旧事，然而诉说的重点却经常转向一个无序、怪异、自溺的世界。有人指出，苏童的"枫杨树故乡"与莫言的"高密乡"最大的区别就在于，"苏童志不在召唤一种史诗般雄浑苍朗的格调。他所专注的是家族崩解前情欲悸动，历史消弥前的传奇征兆。"[1]于是可以看到，在"枫杨树故乡"的深处有无数的南方意象出现，《飞越我的枫杨树故乡》中的猩红色的罂粟花，《一九三四年的逃亡》中的木楼小屋，《丧失的桂花树之歌》中神秘落魄的村舍，《罂粟之家》中满是铁锈和巨型蜘蛛的仓房，还有黑衣的巫师、鬼气的幺叔、疯女人穗子、白玉瓷罐、大头竹刀等。这些富饶繁多的意象表明，苏童意在寻找的精神之根确实不是那个现实的南方故乡，而是一个象征与隐喻的"南方故乡"，一个绚丽、堕落、时空错乱、充斥着奔逃和死亡景象的"南方故乡"。而在叙事层面，与"香椿树街"相比，苏童以其更为哀艳、幻化的抒情表达完成了一种近乎仪式般的营构。在"枫杨树故乡"中，苏童南方写作的笔法最高妙之处，正在于将布满忧绪、诱惑的诗化语言同人物的性格命运与故事的走向完美交融在一起。他的"抒情风格不是实验性技巧或狂乱的语法句式表达的结果，它是故事中呈现的情境"。[2]尽管小说里那些瘟疫与死亡、欲望与复仇、崩溃与倦怠的久远轶事漂浮华靡，那些贪婪、颓败、懦弱的败家子和浪荡者无处遁形，犹如鬼魅，但它们却都在苏童的沉缓

---

① 王德威：《南方的堕落与诱惑》，《读书》，1998 年第 4 期。
② 陈晓明：《无边的挑战》，广西师范大学出版社，2004 年，第 142 页。

叙述中缠绕徘徊，"如歌如诉，幽怨婉转而气韵跌宕。"[1]

三、新历史主义的面孔

海登·怀特曾对"新历史主义"史学的基本特征有过这样的描述，对"在特定历史时空占优势的社会、政治、文化、心理以及其他符码进行破解、修正和削弱"，"尤其表现出对历史记载中的零散插曲、逸闻轶事、偶然事件、异乎寻常的外来事物、卑微甚至简直是不可思议的情形等许多方面的特别兴趣。历史的这些内容在创造性的意义上可以被视为诗学的，因为它们对在自己出现时占统治地位的社会组织形式、政治支配和服从的结构以及文化符码等的规则，规律和原则表现出逃避、超脱、抵触、破坏的和对立。"[2]在中国当代文学的语境中，一般认为，受到新历史主义理论影响而产生的新历史主义文学在1985年以后已经开始出现，而由于先锋文学往往会对"历史"表现出一种本能的狂热，先锋小说家们往往会在作品中表现出对传统历史的回避和解构，对消失的历史主体的挽救以及在历史反思中对历史的碎片进行重新拼接使用，所以其也常被认为是新历史主义小说兴起最关键的引发点之一。有人指出，中国当代新历史主义小说的全盛期是在1987年到1992年的这几年间。"先锋小说从其核心和总体上，也许可以视为一个新历史主义运动"，"从莫言到苏童、格非、叶兆言，再到方方、杨争光、北村甚至包括余华等在内"，"他们放弃了寻根作家和80年代初启蒙思想家的文化理想和社会责任，使历史化解为古老的人性悲歌和永恒的生存寓言"，"这样为意识形态所虚构的官史和具有

---

① 陈晓明：《无边的挑战》，广西师范大学出版社，2004年，第142页。
② 张京媛：《新历史主义与文学批评》，北京大学出版社，1993年，第106页。

启蒙话语特征的寻根小说的宏伟历史叙事便被化解为生活鲜活的民间史、心灵史，而宗教、神话、民俗、寓言等超历史的内容又使这些零散的、卑微的和边缘的历史表象具有了更为广泛的结构、渗透、辐射、隐喻、象征等各种意义与力量。"[①]

在苏童创作中，早期"枫杨树故乡"系列中的一些作品就已被很多研究者指认为是具有新历史主义写作特征的小说。如成名作《一九三四年的逃亡》写一个农村家族向城市的逃亡史，作为一个历史时间的1934年在小说中其实并不具有实在的意义，它只是一个虚空的时刻。作家更关心的是如何编造家族逃亡的逸事和传说，因此，被虚构的时空迷宫成为了最为吸引人的故事亮点。其间玄幻的记忆和往事缭绕交织，而历史的主体性和真实性却遭到消解。苏童的这类小说里，过去的那个宏大肃穆的"历史"变成了一个浮泛的背景，它沦为一种客体，只为烘托人物的命运和暗示故事的线索，而真正的历史究竟是什么已无人在意。历史的切实与否也不再重要，重要的是历史以何种方式表达出来，又如何演化成一种带有寓言性质的历史叙事话语。值得注意的是，虽然这些小说中的旧历史，尤其是那种主流的政治历史被消融和瓦解，但在历史间隙处的个体生命的复杂状态却也由此被发掘了出来。苏童对挣扎于沧桑世事间的具体的"人"的描绘细致入微，凄美幽婉，这也在提示新历史小说所能够展现的写作图景。

从1989年开始，苏童又尝试"以老式的方法叙事一些老式故事"，《妻妾成群》《红粉》等"妇女题材"的小说应运而生。在《妻妾成群》之后，苏童几乎摒弃了先锋文学时期时常采用的各种令人炫目的叙事技巧，回归到传统、古老的叙事方式，而对于"历史"，则又表现出一种"古怪的热情"。与"枫杨树故乡"小说对"历史"大肆进行解构不

[①] 张清华：《十年新历史主义文学思潮回顾》，《钟山》，1998年第4期。

同的是,《妻妾成群》《红粉》等作品所呈现的新历史主义写作特征不再仅是虚化历史,而是通过更加凸显私人史去替代过往裹挟一切的总体性历史。《妻妾成群》写妻妾的勾心斗角,其中的女性都是命运的俘虏,都注定走向失败。从颂莲将丫鬟雁儿逼迫致死,到颂莲挑战大太太毓如,再到同卓云的对立以及和梅珊的投合,这一系列情节内容都非常写实,并不复杂。但苏童在细写女性的行为举动和心理意识状态时,却表现出无与伦比的深幽绵密,如大太太毓如看似不动声色的面相;二姨太卓云表面温婉,骨子里却心狠手辣,下药放盅,无所不用其极的诸多恶行;三姨太梅珊冷艳之下的多情刚烈性子以及因戏子出身带来神经质;当然还有颂莲从一个清纯的女学生到阴冷绝望的妇人如暗潮汹涌般的人生转向。小说表面借用了一个"古典"的历史背景(民国历史)来展开叙事,但这种返回历史的方式却绝不在于彰显历史本身,而是将被忽略、被遗弃在历史褶皱深处的个人的生命史、感觉史通过丰富奇诡的想象翻转出来,重新构造并赋予其新的陌生化的意绪和体验。有如苏童所说:"我的写作冲动不是因为那个旧时代而萌发,使我产生冲动的是一组具体的人物,一组人物关系的组合扭结非常吸引人,一潭死水的腐朽的生活滋生出令人窒息的冲突。"[1]由此看来,"历史"之于苏童,倒像是一堆散落的碎片,它原来的面貌和形状无关紧要,重要的永远是碎片之上熠熠的闪光点。

在苏童90年代被划入新历史主义小说的作品中,长篇小说尤其亮眼,而1992年发表的《我的帝王生涯》又最为典型。小说以第一人称"我"的视角,讲述了一位十四岁的燮国少年帝王端白命运多舛的一生。端白幼年登基,性情却极为残暴,他清楚地知道自己不过是祖

---

[1] 苏童,王宏图:《南方的诗学——苏童、王宏图对谈录》,漓江出版社,2014年,第52页。

母和母亲的权力傀儡却无力反抗，一心只想做一个自由的走索艺人。后来端白的兄长篡位，端白被贬为庶人流放他乡，他苦练走索技艺，最终成为了一个举世无双的走索艺人。故事的结局是燮国灭亡，唯一幸存的端白遁入深山，出家为僧，人们时而还能看到一个奇怪的僧人走在钢索上，或疾步如飞或静如白鹤。苏童在《我的帝王生涯》里直接虚构一个根本不存在的王朝，叙述过程中也始终悬置王朝历史的真实由来，取而代之的是对真正血雨腥风、尔虞我诈的历代权力斗争的深度戏仿。苏童自己坦言，燮国的宫廷故事不过是"按照自己喜欢的配方"，随意"勾兑"和"搭建"的。①基于此，小说的文本游戏性质也就显露无疑，其内在的书写逻辑不仅不再为真实的历史事件负责，还将它任意的压缩、杜撰，设置成为一种和叙事文本同构，只服务于叙事文本的功能性存在。

从小说的人物形象来看，尽管出于虚构，但苏童对少年皇帝端白的塑造完全区别于传统的历史人物，端白身上没有多少正史皇帝的影子。他最爱杂耍，天天梦想着成为一个走索人。他大起大落，曲折妄诞的传奇人生也游离于以往的历史形象。而更关键的是，因为小说全凭端白的主观视角进行叙述，所以客观历史进一步被抽空，故事的主线也被拆解为由叙述人无数感受组合而成的无数复线。那些被过去的历史话语遮蔽，不曾被表达的隐性微弱却复杂多变的文本之声也因而得到显现，故事的游戏感愈加强烈。像作者对端白独白、呓语和幻象的深描，对其个人人生律动起伏充满戏剧性和无常感的揭示，这些大量精微的复线描写无不表露出一种走出威严正统的历史舞台之后，小说无限敞开，专注于感官体验和叙事自娱的"文之悦"。可以说，苏童在这里所展现的彻底反历史的游戏主义姿态，在某种程度上已经呈现

① 汪政，何平：《苏童研究资料》，天津人民出版社，2007 年，第 41 页。

出新历史主义文学的终极形态，虽然它又为当代文学打开了新的创作空间，但也正如有人反思的那样，其愈发强调虚化，刻意肢解主流历史的倾向，也必然在后来走向偏执的困境。"游戏历史主义不但是历史主义的终极，同时也是它的坟墓"。[1]

四、《黄雀记》：延续与缺陷

2013年发表的长篇小说《黄雀记》被很多人认为是苏童创作生涯中最有意义，也是最为重要的作品。小说发表后很快收获了大量荣誉，不仅荣登中国小说学会 2013 年长篇小说排行榜、《中国作家》杂志社2013 年度最佳长篇小说排行榜，更是在两年后的 2015 年获得了第九届茅盾文学奖。有人在总体上评价说，苏童的《黄雀记》"为我们提供了当代文学书写中难能可贵的城市经验"，"其间人的生计、人的世相、人的境遇、人的创伤、人的记忆都有着被作家唤醒并重新擦亮的可能"，"我们看到的是乱花迷眼背后的个人的历史对大历史的补充和修正，是生活的无限丰富性和复杂性，是表面光鲜背后的深微的灵魂喟叹"。[2]

《黄雀记》的故事背景依然设置在香椿树街，小说分为"保润的春天""柳生的秋天"和"白小姐的夏天"三章，主要是写保润代替祖父去拿"遗照"，因为错拿了仙女的照片而对她暗生情愫。祖父发疯被送进井亭精神病医院后，仍然四处挖地寻找祖先遗骨，导致守床的父亲旧疾复发，保润不得不替换父亲，照看祖父。随后，保润在精神病医院中撞见了仙女，并成为医院的一个捆绑人的好手。同街的屠夫之子柳生与保润做交易，设局让保润和仙女去医院的水塔跳小拉，仙

---

① 张清华：《十年新历史主义文学思潮回顾》，《钟山》，1998 年第 4 期。
② 何向阳：《似你所见》，中国书籍出版社，2021 年，第 243 页。

女不从，保润把仙女捆在了水塔里，结果仙女被柳生强奸，保润却被关进了监狱。十年后，保润出狱，和柳生摒弃前嫌成为好友，但当改名为白蓁的仙女怀孕归来后，三人又陷入巨大的痛苦之中。保润发现，自己到底还是无法放下与柳生的仇怨，于是终在柳生新婚之夜将其杀死，而白蓁也在留下一个红脸婴儿后消失得无影无踪。

用苏童自己的话说，《黄雀记》"是'香椿树街'系列的一个延续"，"几十年来，我一直孜孜不倦地经营香椿树街小说，因为使用文字造街，我期待这条街可以汲取某种神奇的力量，期望这条街道可以延展，可以流动。"① 一方面，《黄雀记》的确涉及了孤独、性、暴力、死亡等"香椿树街"系列旧有的写作主题，充满了南方少年青春期的亢奋和空虚。小说里的三位主角，无论是执着于性幻想和捆绑术的保润，还是沦为性罪犯和刀下鬼的柳生，再到无处可去，身体和灵魂都被束缚住的仙女，都无不沉陷于一种令人熟悉的青春的惶然和残酷中。另一方面，在叙事风格上，小说也弥散着"香椿树街"系列惯常的诗意氛围。苏童以三个当事人各自不同的视角构成了小说的三段体结构，再使用"照片""绳子""水塔"等意象将诸如街道、精神病医院、监狱等城市空间和众多畸形疯癫的人物形象串联建构起来，表现出了异彩纷呈的叙事气象和诡异的诗性。

需要注意的是，苏童在后来的散文中特别提及，《黄雀记》的书写脉络"是以人情世故的乱针针法来编织"。② 故事中，在以保润、柳生和白小姐三个人物组成的三大章之下，每一章之内又有诸多小节，且每一节都带有一个有意味的小标题，有无数的事件和人物在其中穿插往来。像祖父与保润母亲栗宝珍因照片爆发的冲突；祖父听了绍兴奶

---

② 苏童：《八百米故乡》，江苏凤凰文艺出版社，2019 年，第 270 页。
② 苏童：《八百米故乡》，江苏凤凰文艺出版社，2019 年，第 271 页。

奶的话，扛着铁锹在街上寻找手电筒和刚入井亭医院时的阴森情景；井亭医院收治的令人匪夷所思的各色人物；保润学习实践捆绑术后遇见柳生、仙女并最终入狱的全过程；乔院长为了维系医院运转的荒唐举措；柳生去马戏团找瞿鹰买马后发生的离奇命案；柳生自我忏悔后代保润照顾其祖父以赎前愆；白蓁离开时艰辛多舛的人生轨迹以及归来后与保润、柳生的复杂关联；白蓁最终在一种无所依靠的悲哀中梦见天井旁凄切的祖父，等等。

　　这些众多驳杂密集的情节、人物共同编制了一张充满历史人性隐喻和无可预测的无常命运的叙事大网。苏童在面对这些千头万绪的情节线索时，能够将纷繁杂乱"人情世故"清晰地展示出来，不只映现了其早已谋划好的叙事"针法"，更在另一层面体现了不同于以往的写作"野心"。用其自己的表述，那就是以小说的"自由"去"刺探各种人生最沉重的谜底"。不可忽略的是，《黄雀记》有特别的创作渊源。它源于苏童对两个人的记忆，一位是独居在衰败街道中垂死无声的老人，另一个则是一个腼腆的街坊男孩，他卷入一起轰动街头青少年轮奸案，多年后出狱，苏童总是想找机会向他询问当年的案底和真相，但始终没有勇气。某种意义上，《黄雀记》就是对这些极有可能永远"埋葬在臭味和沉默中"的人与事的"刺探"。苏童将香椿树街上失魂落魄、渐渐消失的人和故事整合至一起，归根到底不是为了炫耀凸显小说家令人眼花缭乱的叙事技巧，而是去潜心探索漫长的生活，去探索那些沉沦于道德紊乱的变革时代的人们如何在罪与罚之间的忏悔、反省中找到面对过去的恰当姿态。苏童坚信，只有这个姿态才"可以让一个民族安静地剖析自己的灵魂"，"让我们最真切地眺望到未来，甚至与未来提前相遇"。①

---

① 苏童：《八百米故乡》，江苏凤凰文艺出版社，2019年，第272页。

虽然《黄雀记》在诞生之后好评不断，赞誉居多，但这并不意味着小说毫无问题，没有缺陷。对《黄雀记》的最大的非议首先来自其长篇文体的问题。实际上，纵观苏童的小说创作，他显然更倾心和擅长的领域是中短篇小说，尤其是短篇小说。苏童在无数场合表示过，自己在写短篇小说时有无法掩饰的"激情"和"洋洋自得"，而对于写长篇小说，则"似乎有肩扛一座大山的体验和疲惫"，"不明白作家为什么要写长篇"。①新世纪之后，苏童的长篇小说不断问世，创作频率耐人寻味。有论者犀利地看出，苏童"喜欢描写封闭独立的狭小世界，所以文学做得精致美好，一旦世界放大，就像《河岸》的有些话语，好像外面世界吹进来的风，一下子有明显的不和谐。"②《黄雀记》在篇幅上当然是长篇小说，但其结构的设置，无疑也可看成是短篇小说的集合。"采用有意味的小标题一直是苏童长篇小说的习惯，它或许表明一位成功的小说家在探索长篇写作时的态度，即通过分而治之的方式，把事情依旧调整到自己最为熟悉的轨道上来。"③这种集合式的处理纵然有助于苏童在叙事中进行适当的调控，但当故事进一步被展开时，其难免就会出现生硬拼接的痕迹。此外，如果仔细观察，我们也会发现《黄雀记》在某些情节上亦有刻意抻长的嫌疑。像保润出狱后与柳生模糊不清的和解，柳生冗长又暧昧的道德醒悟，还有白蒉反复出走和归来的可疑循环，都并不似原先"香椿树街"系列小说中对"成长"的戛然而止。《黄雀记》似乎有意在拉伸其间主要人物的"成长"时间，来满足、迎合一个长篇小说的体量和布局。

其次，《黄雀记》对"现实"的把握也有不少失真之处。苏童说，

<hr>

① 汪政、何平：《苏童研究资料》，天津人民出版社，2007 年，第 126 页。
② 张定浩：《批评的准备》，北岳文艺出版社，2015 年，第 41 页。
③ 张定浩：《批评的准备》，北岳文艺出版社，2015 年，第 42 页。

多少年来，他之所以固守"香椿树街"，是因为相信"只要努力，可以把整个世界整个人类搬到这条街上来"。[1]在《黄雀记》的"搬运"中，苏童也确有勾勒更为庞大的现实生活的抱负，但在有些细节上还是不免落入自说自话的窠臼。"过于戏剧性的桥段，就仿佛不速之客，虽然推动了情节、增加了可看性，但终究是一种破坏性的叙事。"[2]比如小说中的精神病医院居然鱼龙混杂，有带枪的司令，有召妓的老板，有老迈的花匠，甚至还有梦中的女孩，三教九流之多使人瞠目，这显然与常识相距甚远。同样的例子还有许多，如保润一家对祖父拍照的偏执看法；医院和其他病人家属对保润捆绑祖父行为的一致赞同；郑姐看到康司令扔菩萨后突兀地捐香火庙；马戏团在柳生故事线中莫名其妙的神秘与混乱；被强暴的仙女看似顺理成章地成为了老板的情人，等等。这些不太合乎逻辑的情节演绎更像是在完成小说既定的叙述程序，而在一种希望小说顺利推进的殷切中，紧扣于现实的合理真相却常常流失不见了。苏童一向崇敬的作家加西亚·马尔克斯曾说，理想的长篇小说"像梦幻一样由现实生活中的细节构成"，"以其洞察现实生活的巨大力量激动读者"。[3]马尔克斯这里的意思并不是说"现实"是长篇小说写作唯一追求的法则，而是强调"梦幻"的想象也是出于对现实的洞察，由一种必要的真实作为基础，在此之上，小说才能具有一种对世界揣度与沉思的力量。而《黄雀记》恰是相较于这种"理想"，暴露出二者之间无法忽视的距离。

---

① 苏童：《八百米故乡》，江苏凤凰文艺出版社，2019年，第270页。

② 木叶：《〈黄雀记〉：被缚的宿命》，《新京报》，2013年10月12日。

③ （哥伦比亚）加西亚·马尔克斯：《两百年的孤独》，朱景冬等编译，云南人民出版社，1997年版，第172页。

附录：

一、苏童主要作品

《飞越我的枫杨树故乡》，《上海文学》，1987 年第 2 期

《桑园留念》，《北京文学》，1987 年第 2 期

《一九三四年的逃往》，《收获》，1987 年第 5 期

《罂粟之家》，《收获》，1988 年第 6 期

《南方的堕落》，《时代文学》，1989 年第 5 期

《妻妾成群》，《收获》，1989 年第 6 期

《妇女生活》，《花城》，1990 年第 5 期

《红粉》，《小说家》，1991 年第 1 期

《米》，《钟山》，1991 年第 3 期

《我的帝王生涯》，《花城》，1992 年第 2 期

《城北地带》，《钟山》，1993 年第 4 期到 1994 年第 4 期

《河岸》，《收获》，2009 年第 2 期

《黄雀记》，《收获》，2013 年第 3 期

二、主要参考文献

1. 陈晓明：《无边的挑战》，广西师范大学出版社，2004 年

2. 苏童、王宏图：《南方的诗学——苏童、王宏图对谈录》，漓江出版社，2014 年

3. 王德威：《南方的堕落与诱惑》，《读书》，1998 年第 4 期

4. 汪政，何平编：《苏童研究资料》，天津人民出版社，2007 年

5. 张定浩：《批评的准备》，北岳文艺出版社，2015 年

6. 张京媛编：《新历史主义与文学批评》，北京大学出版社，1993 年

7. 张清华：《存在之境与智慧之灯——中国当代小说叙事及美学研究》，福建教育出版社，2010 年

8. 张清华：《十年新历史主义文学思潮回顾》，《钟山》，1998 年第 4 期

9. 张清华：《天堂的哀歌——苏童论》，《钟山》，2001 年第 1 期

10. 张学昕：《南方想象的诗学——苏童小说创作特征论》，《文艺争鸣》，2010 年第 10 期

三、必读书目

《一九三四年的逃往》，上海社会科学出版社，1988 年

《妻妾成群》，花城出版社，1991 年

《我的帝王生涯》，花城出版社，1993 年

《黄雀记》，作家出版社，2013 年

四、拓展与练习

1. 讨论题：苏童的"南方"写作有什么独特的美学风格？

2. 从文学史的角度来看，苏童在 90 年代的新历史主义小说对"历史"进行了什么样的处理？这种处理与同时代的作家相比，又有哪些区别？

第十二章

毕飞宇：生活的质地、秘密与理想

1964 年 1 月，毕飞宇出生于江苏省兴化县杨家庄村。1969 年开始接受语文教育。1970 年，毕飞宇随父母工作调动到了陆王庄村。1975 年，随父母搬到中堡镇。1979 年，又随父母搬到兴化县城。1981 年，毕飞宇中学毕业，因高考失利，复读了两年。1983 年，毕飞宇考入扬州师范学院中文系。大一时，他成为学校诗社社长，开始主编校园诗刊《流萤》，并在上面发表诗歌作品。1985 年，兴趣从诗歌创作转向了诗歌研究，由此开始接触美学与哲学。

在像大多数文学青年那样，遭遇了"写作—退稿—再写作—再退稿"的漫长阶段后，毕飞宇终于在《花城》上发表了他的小说处女作《孤岛》（1991 年）。《孤岛》显然是受先锋思潮影响的作品，是一个对历史进行怀疑、解构与追问的寓言。小说围绕扬子岛的权力争斗而展开，语言略带矫揉造作，聚焦的是宏大的历史问题。这一时期（20世纪 90 年代前期）的作品，相较文学上的意义，更多的是对毕飞宇个人成长的意义。它们见证了一个年轻写作者的义无反顾、自负、郁闷与狂妄，同时也不可避免地暴露出"贪大、逞能，倔强、执拗"①的缺点。

---

① 毕飞宇：《这一半·自序》，《毕飞宇文集·这一半》，江苏文艺出版社，2004年 1 月，第 2 页。

进入 20 世纪 90 年代，先锋思潮退去，写实主义回归。毕飞宇开始探索真正属于自己的写作空间。在 1995 年夏日的一个凌晨，毕飞宇突然"对博尔赫斯产生了强烈的厌倦"，他渴望改变，渴望去探究生命"最基础、最根本、最恒常、最原始的那个部分"①。于是，他陆续创作了《哺乳期的女人》《手指与枪》《怀念妹妹小青》等乡土作品，渐渐摒弃过去他十分着迷的那些抽象寓言、宏大叙事。他开始渐渐找到自己的声音与特点，用一位评论者的话来说，"至此，毕飞宇气象初成"②。

一、成名：从《哺乳期的女人》到《青衣》

《哺乳期的女人》应该算是毕飞宇的成名作。这个不足五千字的短篇小说荣获了首届鲁迅文学奖短篇小说奖，为作家带来了声誉和更多的关注。单看故事情节，《哺乳期的女人》十分简单，可用一句话概括：七岁男孩旺旺咬了哺乳期妇女惠嫂的乳房。但就像海明威的"冰山"理论，这篇小说更多的内涵与力量是隐藏在这个表面事件之下的，毋宁说，毕飞宇其实更想书写的是隐藏在海面下的七分之六的冰山。这隐藏在表面之下的冰山正有着生命最基础、最根本、最恒常、最原始的要素——家庭、母性、乳汁，又包含着中国传统乡村、中国传统生活方式的变迁与瓦解的过程。有论者认为这篇作品的构成方式是"本体象征"，"故事象征了文明进程中'人'的变异与失落"。③

小说中，旺旺的父母都在外务工，连题目中的哺乳期的女人惠嫂

① 毕飞宇：《轮子是圆的·自序》，江苏文艺出版社，2004 年，第 2 页。
② 翟业军：《论毕飞宇的平原世界》，《扬子江评论》，2009 年第 3 期。
③ 汪政、晓华：《短篇小说：简单而复杂的艺术——毕飞宇〈哺乳期的女人〉》读解》，《名作欣赏》，1998 年第 2 期。

也在外务工，她是回乡生孩子的。这是一个典型的留守乡镇。旺旺本名不叫旺旺，但因为经常提着一袋旺旺饼干或旺旺雪饼，就被人叫做旺旺。旺旺是爷爷一手带大的，旺旺从小没有吃过母亲的奶，他是吃工业制成品长大的，因此他对自然的母乳有一种特别的迷恋。旺旺情不自禁地咬了正在喂奶的惠嫂的乳房，双方都吓了一跳。旺旺的举动在当天下午就传遍了断桥镇，人们说："要死了，小东西才七岁就这样了。"而当惠嫂事后反应过来，主动给旺旺喂奶吃时，旺旺却拒绝了。喂奶的骚乱再一次以"性"段子的方式流传于闭塞小镇人们的口头上，他们断定"这小东西，好不了啦"。

同主题一样，这篇小说的叙述手法也是凝练、含蓄、欲言又止的。比如旺旺拒绝惠嫂的主动喂奶后，回家被不明真相的爷爷打了一顿。作者是这样展现这个场景的：

旺旺逃回家，反闩上门。整个过程在幽静的正午显得惊天动地。惠嫂的声音几乎也成了哭腔。她的手拍在门上，失声喊道："旺旺！"

旺旺的家里没有声音。过了一刻旺爷的鼾声就中止了。响起了急促的下楼声。再过了一会儿，屋里发出了另一种声音，是一把尺子抽在肉上的闷响，惠嫂站在原处，伤心地喊："旺爷，旺爷！"

这里运用了叙述者的限制叙述的手法。叙述者没有进到旺旺家里，用视觉场面呈现旺旺被爷爷打，而是通过观察惠嫂，从惠嫂的角度，从声音的层次上来展开描述。一方面，读者能够在脑海中用想象填补这个令人不快的场景，另一方面，这样的叙述角度又让读者体会惠嫂的无助与心疼，看似限制，反而是突出了人物关系中的张力。又比如在小说的结尾，当惠嫂主动将奶水给旺旺吃而遭到对方拒绝时，镇上的人们——颇有点鲁迅小说中看客的意味，又开始说三道四、指指点点。"你们知道什么?"小说就在惠嫂的诘问中戛然而止。这诘问是针对镇上看热闹的人的,又像是针对读者的。我们有多少人真正关心、理解这些留守的孩童呢?又有多少人真正关心与理解这故事背后的故事呢?

从《哺乳期的女人》开始,毕飞宇真正开始注意刻画人物个体,书写人性样本。《青衣》是他努力探索的一个标志。2000 年,毕飞宇在《花城》上发表了中篇小说《青衣》,在业内获得广泛赞誉,有评论家称其为一部能代表毕飞宇创作新"标高"的小说。

《青衣》主要书写了戏剧演员筱燕秋的性格与悲剧命运。二十岁的有天分的青衣演员筱燕秋凭《奔月》中的嫦娥一角一炮而红,就在她人生的高光时刻,心高气傲的她因为泼了前辈演员李雪芬一杯开水而被雪藏。二十年后,烟厂老板出资请剧团重演《奔月》,指定让筱燕秋登台演出。对筱燕秋来说,这是一次拯救,是二十年心结的开解,她要证明自己。于是她拼命减肥,去跟烟厂老板睡觉,不要命地堕胎,在排戏分角上处处退让妥协。但筱燕秋毕竟已是四十岁的年纪,在短暂的旧梦重温之后,她最终无法阻挡自己的弟子春来登场,在春来表演的叫好声中,筱燕秋终于崩溃……

《青衣》的成功,首在女性的深入刻画。筱燕秋是一个浪漫的、想"飞"的,却被现实生活缚住手脚的知识女性。毕飞宇写出了这个女人的矛盾和复杂。"她身上既有艺术家的执着与神采,也有作为凡人的种种缺陷:忌妒、尖酸、薄凉、虚荣。"①正如二十年前没能赢李雪芬,二十年后,筱燕秋对弟子春来的嫉妒与压制只是一出悲剧的轮回。"筱燕秋的悲剧无疑是具有放射性的,某种意义上,筱燕秋就是

---

① 张莉:《论毕飞宇兼及一种新现实主义写作的实践意义》,《文艺争鸣》,2008 年第 12 期。

嫦娥，就是李雪芬，就是春来，她们是不同的人，又是同一个人，她们是真实的，又是虚幻的，正是通过互文的方式小说赋予了那种人生的疼痛与无奈以普遍性的意义。"[①]

《青衣》的成功，还在于其小说艺术的日臻成熟。它质地绵密，语言日常，没有抽象的思考与高调的形式，却在不经意间将对时代、艺术、人生、人性的喟叹汇聚到"旧戏重演"（旧梦重温）这一事件上。就像评论家指出的那样，"在毕飞宇笔下，那些现实的矛盾与历史的纠结、社会的纷乱与家庭的震动……时刻都在发生着冲撞，而人与人之间以及人物的内心与精神深处更是充满了波涛汹涌的内在紧张，但这一切在小说中全部都变成了日常的生活场景和生活细节，我们看不到人为的设计，看不到剑拔弩张的情节冲突，一切都仿佛是水到渠成、自然而然。"[②]尤其是对主人公筱燕秋心理的展现，作家并没有多少直白的剖析，而是通过具体的行动、场景，将其意象化、意境化了。比如，表现筱燕秋多年后重返舞台的复杂心情就通过描写其与丈夫的性生活折射出来。又如，小说最后，写筱燕秋精神上的崩溃，则通过"雪中唱戏"这一场景来展现：

筱燕秋穿着一身薄薄的戏装走进了风雪。她来到剧场的大门口，站在了路灯的下面。筱燕秋看了大雪中的马路一眼，自己给自己数起了板眼，同时舞动起手中的竹笛。她开始了唱，她唱的依旧是二簧慢板转原板转流水转高腔。雪花在飞舞，剧场的门口突然围上来许多人，突然堵住了许多车。人越来越多，车越来越挤，但没有一点声音。围上来的人和车就像是被风吹过来的，就像是雪花那样无声地降落下来的。筱燕秋旁若无人，

[①②] 吴义勤：《一个人·一出戏·一部小说——评毕飞宇的中篇新作〈青衣〉》，《南方文坛》，2001 年第 1 期。

剧场内爆发出又一阵喝彩声。筱燕秋边舞边唱，这时候有人发现了一些异样，他们从筱燕秋的裤管上看到了液滴在往下淌。液滴在灯光下面是黑色的，它们落在了雪地上，变成一个又一个黑色窟窿。

这个艺术性的情境无疑是整篇小说的高潮，通过可视的造型完成了对主人公最后的塑造。剧场内外的声色对比和"黑色窟窿"的触目惊心，把小说的悲剧氛围推到顶点。

有人说，毕飞宇是写女性最好的作家。其实对毕飞宇来说，"第一重要的是'人'，'人'的舒展，'人'的自由，'人'的神圣不可侵犯的尊严，'人'的欲望。"①他喜欢写女人，因为在女性身上，毕飞宇看到了更多让他感动、心痛，和值得书写的特质。同时，毕飞宇也极看重世态人情，他认为"对小说而言，世态人情是极为重要的，即使它不是最重要的，它起码也是最基础的，是一个基本的东西，这是小说的底子，小说的呼吸。"②沿着写"人"与"世态人情"的路子，毕飞宇终于在有关"文革"的书写中大放光彩。

二、"玉米"系列小说与"文革"书写

2001年，毕飞宇在《人民文学》上发表了中篇小说《玉米》，这篇小说真正奠定了他在当代文坛的地位。从《玉米》《玉秀》《玉秧》到长篇小说《平原》，毕飞宇围绕着一个"伤害"的母题，揭示出中国人生活里的"鬼"——那在极端的政治经济环境下扭曲的人性以及其延伸至今日生活中的残留。毕飞宇说，"中国人的身上一直有一个鬼，这

---

① 毕飞宇、汪政：《语言的宿命》，《南方文坛》，2002年第4期。
② 毕飞宇：《文学的拐杖》，《雨花》，2007年第11期。

个鬼就叫'人在人上'。它成了我们最基本、最日常的梦。这个鬼不仅仅依附于权势，同样依附在平民、下层、大多数、民间、弱势群体，乃至于'被侮辱与被损害的'身上。"[①]"玉米"系列小说本质上是"文革"小说。但它与一般"文革"小说的不同之处在于，它的矛头并不直指"文革"。小说并不描写"文革"中的关键事件与典型行动，并不聚焦政治与杀戮，而更多地把笔墨伸向"文革"社会的边缘——成长中的少女、村头的闲言、日常的餐桌、厨房还有校园。"文革"的"正事"被弱化成淡薄的背景。但越是这样，极权社会的力量反而越是得到了耐人寻味的放大与凸显。毕飞宇打得一手好太极。正如第四届英仕曼亚洲文学奖授奖辞所概括的，《玉米》对"文革"时期中国家庭和乡村生活进行了一次激动人心的探索，作家在一个扣人心弦的家庭冲突和爱情故事中，天衣无缝地游走于史诗般的宏大叙述和深入细腻的描写之间，既气势磅礴又精妙细微，不仅勾勒出个体的生活，同时还呈现了整个社会的全貌。

中篇小说《玉米》写的是乡村少女玉米的自我追寻之路。玉米是村支书王连方的大女儿。按道理说王家在村里也算是有权有势，但这一家人的痛点在于没有生出儿子，王连方一连七个孩子都是女儿。玉米作为家中长姐，性情也尤为早熟，以当家人自居，争强好胜，见不得别家比自家强。父亲背地里同村里的妇人勾勾搭搭，村里人对自己家的闲言碎语，这些账玉米早记在心上，迟早要算。这不，机会来了。玉米的母亲终于生下一个男孩小八子。玉米的高兴程度不亚于她的母亲，"就好像生下小八子的不是母亲，而是玉米她自己"。玉米抱着刚出生的弟弟一家家地去站，去揭发，去羞辱。好不容易玉米可以扬眉吐气了，父亲却意外倒台。两个妹妹看露天电影时被村里人轮奸。玉

---

① 毕飞宇：《玉米自序·玉米》，人民文学出版社，2015年，第7页。

米与飞行员的婚事也黄了。最后玉米主动选择去做革委会副主任郭家兴的填房，希望以自己的牺牲换取家族的颜面。

少女玉米一直在追求成为"人上人"，恰是在此追寻的过程中，她迷失了自我。玉米是冷酷的，甚至是残忍的——她咒骂自己的妹妹，咒骂村里人，咒骂自己，甚至亲手捅破了自己的处女膜。但是读者对玉米又讨厌不起来，尽管她的追求是错的，但是她的清醒，她的执行力，她的狠，又是那么有力量。就像地里的玉米，充满了旺盛的生命力，只不过这蓬勃的生命力在一个错误的年代结出了畸形的果实。不只《玉米》，在《玉秀》《玉秧》中，成长中的少女同样被侮辱被损害，程度更甚。

《玉秧》的故事发生在1982年的中学校园。1982年是"文革"结束后的第六年。"文革"后的第一批大学生已经成为了教师，在"文革"中被打倒的人也重新回到了课堂。之所以选择这样一个时间，是因为毕飞宇想通过这个文本来观察那些在"文革"中成长起来，被"文革"时期的观念、价值、生活方式所深深影响的人，观察他们在后"文革"时代是如何教育下一代的。毕飞宇发现，"这些人的教育依然在延续'文革'，尤其是那些在'文革'中被打倒的人。他们在用'文革'的方法告诉孩子们：我是正确的，永远正确，而你是错的，永远错"[1]。人与人的之间的关系依然是一种不能兼容的、斗争式的敌对关系。

值得一提的还有"玉米"系列小说的叙述角度。虽说是显见的第三人称叙述，但第一人称"我"一直在场。一般说来，第三人称全知叙事会给人一种隔岸观火、客观、冷静、克制的印象，但毕飞宇的第三人称叙事却一点也不隔。叙述者仿佛就在每一个现场，站在主人公的旁边，连她脸上的汗渍也看得一清二楚。同时叙述者也很激动，他

---

① 毕飞宇：《玉米自序·玉米》，人民文学出版社，2015年，第7页。

没有沈从文那样包容的"天眼"，他的情绪随主人公的心情而起伏。毕飞宇笑称这是一种自己所发明的新的"第二"人称，来自第一人称与第三人称的平均。

从"玉米"系列小说到《平原》，这些人们生活的世界是如此严酷，人与人之间充满了伤害。这是作家记忆里的"文革"创伤的反映。作为20世纪60年代生人，毕飞宇的童年在"文革"经验中度过，这是作家对世界体验最原始与深切的一段时光。毕飞宇自述对"文革"有着"切肤的认识，不只是记忆"，他甚至认为有关"文革"的部分更能体现他的写作。当然，他对"文革"的定义与理解不是历史教科书上的一场运动，一个特定阶段。他所指的"文革"不是"所谓的十年"，其划分不能简单地由某次会议、某个政治人物的宣告所决定。他认为对"文革"的认识与反省，需要"从更为细小的地方认真细致地推敲我们的生活、我们的基础心态、我们的文化面貌"。毕飞宇在访谈中说，"我对我们的基础心态有一个基本的判断，那就是：恨大于爱，冷漠大于关注，诅咒大于赞赏，我在一篇小说里写过这样的一句话：在恨面前，我们都是天才，而到了爱的跟前，我们是如此平庸。"[1]

用毕飞宇自己的话说，他的小说经历了历史的阶段、哲学的阶段、世俗的阶段和审美的阶段等多次艺术转型。很难说他的每一次转型都是一次向上的飞跃，比如从《青衣》到《玉米》的转变，就有学者提出质疑与批评，认为毕飞宇应该沿着《青衣》的路子继续走下去。但可以肯定的是，毕飞宇不想重复自己，不想为自己设限，也不想早早地"划地自治"，为自己建立起文学上的坚固的堡垒。他不想躺着继续书写"王家庄"，把王家庄打造成一个题材王国。因此，当一些评论者抓着"王家庄"不放，并非要以鲁迅的鲁镇、沈从文的湘西、莫言的高密东北

---

① 毕飞宇、汪政：《语言的宿命》，《南方文坛》，2002年第4期。

乡等来比附时，显然是一种简单粗暴的贴标签行为。毕飞宇像那些真正热爱写作的人那样，只是想尝试更多的可能性。

三、《推拿》：从冷峻到温情

与强调伤害的主题相反，毕飞宇在后来的一些以城市（尤其是南京）为背景的作品中——如《相爱的日子》《家事》等，笔调变得平和了许多。有论者用"重压"与"漂浮"来概括毕飞宇笔下 20 世纪 70 年代的苏北平原世界和新世纪的都市现代经验。这两个关键词提炼得十分准确。"和处在重压之下而又反抗着重压的'王家庄'相比，毕飞宇笔下的'南京城'是失重的。外力的消失，'关系'的断裂，个体无奈地走向自我内心的沉坠。"① 《相爱的日子》写两个年轻人在都市中以身体相互取暖，两人的关系"都像恋爱了"，但到了分手的时刻，绝不拖泥带水。女的掏出手机，调出相片，跟男的商量选哪个人作丈夫，男的也反复看，认真比较，最后建议她选虽离过婚带个拖油瓶，但收入要高的那一个，两人马上达成了共识。《家事》写 90 后高中生的过家家游戏，他们在学校里拥有夫妻、母子、兄妹、姑表等各种复杂的人伦关系。这里面既有对成人世界的预演与戏拟，又有青春暧昧的遮遮掩掩，虽然温情涌动，但也折射出真实的成人世界的冷漠与距离。当然，毕飞宇最温情、最体贴的小说无疑是他的长篇代表作《推拿》。

《推拿》最开始发表在 2008 年第 9 期的《人民文学》上，一经发表就引起了媒体、读者及学界的极大关注。2011 年，《推拿》获得了

① 吴俊：《毕飞宇创作论·毕飞宇研究资料》，人民文学出版社，2016 年，第 28 页。

第八届茅盾文学奖，后还被改编为电影和电视剧。在纯文学越来越边缘化的当代，一部长篇作品能够得到广泛的关注与讨论是不容易的。《推拿》的成功首先离不开它所选择的题材，这是国内少有的以盲人推拿师群体的生活为书写对象的文学作品。当然，题材的独特性并非就是作品成功的保证，关键还是作者独特的艺术匠心与表现手法。

正如毕飞宇自己所说："以往的作品中，有过盲人的形象，但是，他们大多是作为一个'象征'出现的。我不希望我的盲人形象是象征的，我希望写出他们的日常。"①从古希腊悲剧《俄狄浦斯王》中瞎眼的先知忒瑞西阿斯到中国上古神话中的瞽叟，从贝克特《终局》中的哈姆到金庸《射雕英雄传》中的柯镇恶，非正常的视角基本上统领了以往文学作品中的盲人形象塑造。这些盲人形象或者具有神性，或者具有魔性，或者具有非凡性，却唯独缺少了盲人正常的人性和普遍的日常性。毕飞宇《推拿》的一大突破就是将文学视野中的盲人正常化，把盲人当作普通的人来看待和书写。小说以一个推拿按摩店为中心，讲述了一群盲人按摩师的喜怒哀乐与平凡日常，以盲人按摩师王大夫和未婚妻小孔在奔向成家立业的途中所遭遇的困难为线索，细腻地展现了之前文学中从未有过的盲人的日常生活与心理。

由于显著的生理差异，盲人和健全人毕竟是不同的。缺乏盲的体验的作者要想贴近盲人的日常生活，写出他们的喜怒哀乐，不是一件容易的事。有学者认为，"在《推拿》中，毕飞宇已经消失，或者说他也转化为一位盲人，他以盲人之'道'去观察世界，因而获取了盲人才能感受到的体验。"②毕飞宇在访谈中坦言自己在写作盲人经验遇到

---

① 《生活就是要对得起每一天——郑重推荐毕飞宇以及〈推拿〉》，《推拿》，九歌出版社，2009年，第4页。

② 贺绍俊：《盲人形象的正常性及其意义》，《文艺争鸣》，2008年第12期。

困难的时候会尝试闭上眼睛，虽然知道没什么用。在小说中，我们看到作者扩大了他的其他感官，用了很多比喻、通感等修辞，借助丰富巧妙的语言，为读者描摹出盲人独特的感官世界。例如小说第八章，写盲人推拿师小马单恋王大夫的未婚妻小孔，在推拿店的休息室里无休无止地做着白日梦：

在嫂子没有任何动静的时候，嫂子是一只蝴蝶，嫂子是一条鱼，嫂子是一抹光，一阵香，嫂子是花瓣上的露珠，山尖上的云。嫂子更是一条蛇，沿着小马的脚面，盘旋而上，一直纠缠到小马的头顶。小马就默默地站起来了，身上盘了一条蛇。他是休息室里无中生有的华表。……嫂子的脚步声有她的特点，一只脚的声音始终比另一只脚的声音要大一些。这一来嫂子就是一匹马了。当嫂子以一匹马的形象出现的时候，休息室的空间动人了，即刻就变成了水草丰美的大草原。

在休息室里，小马只是静静地坐着，他比大多数推拿师都要沉默。但是恋爱中的小马内心是激情澎湃、缠绵不尽的。作者用天马行空的想象和生动的比喻为我们描绘了小马异常丰富、异常敏锐的意识世界。

又如第九章，写盲人金嫣倒追盲人徐泰来。当金嫣让徐泰来摸自己的脸回答"好看么？"的时候，泰来还能凭借信心答一句"好看"。而当金嫣进一步逼问"怎么一个好看法？"的时候，"徐泰来为难了。他的盲是先天的，从来就不知道什么是好看。徐泰来憋了半天，用宣誓一般的声音说：'比红烧肉还要好看。'"看到这里，读者可能会忍俊不禁。用红烧肉的味道来比喻女子的长相，也许只有在盲人的世界里才能够被理解。

对于盲人，作者的态度不是大众所熟悉的同情与怜悯，相反，作者几乎是以仰视的心态来展现盲人的独立个体，他们的自尊与爱。关于《推拿》的主题，如果只能有一个关键词，那一定是尊严。作者毕飞宇有一段自白："今天的中国正处在渐离尊严的时代，我愿意把尊严的问题看作一个社会问题。我愿意把《推拿》定义成一部有关尊严的书，虽然我有其他诉求，但是，尊严问题是《推拿》的一个大问题。"

毕飞宇认为，在追求尊严这一点上，盲人和健全人是平等的。甚至本身就有缺陷的盲人更在乎尊严。王大夫是小说中重点塑造的人物形象之一。王大夫一出生便是盲人，父母又生下了弟弟。王大夫脚踏实地、勤勤恳恳地工作、赚钱，但他健全的弟弟却整天游手好闲，不务正业，甚至"啃老"。他说过的最没脸没皮的话是责问其父母："你们为什么不让我瞎？我要是个瞎子，我就能自食其力了！"到后来，弟弟欠下一屁股赌债，讨债的人上门威胁、骚扰。弟弟不顾父母的安危，索性躲到外省去逍遥快活，把家里的烂摊子丢给王大夫一人。王大夫本想替弟弟还债，他自己的积蓄有一万五——那本是他准备结婚，准备以后开店，让小孔实现当老板娘的梦想的积蓄，又从老板沙复明那里预支了一万块钱工资。钱凑齐了，回到家里，面对不争气的弟弟，面对讨债人的紧逼，想到这些钱的来之不易，王大夫突然改变了主意，他把系在裤腰上的钱扔进了冰箱，从厨房提着菜刀来到客厅。就在追债人以为他要干架的时候，他把刀对准了自己的胸脯划了下去。最终，王大夫以自残的方式赶走了讨债的人，他后来在医院缝了一百一十六针。在此过程中，王大夫遭受了巨大的痛苦，这个痛苦不是身体上的创伤带来的，而是他的行为让他丧失了自己全部的体面和尊严。他感到自己的行为和一个地痞、流氓、人渣没有区别，他愧对父母，愧对自己的信念。要知道，他原本只想做一个自食其力的人啊。无论如何，王大夫的自省与痛苦，能够让读者看到并感受到一个盲人真切的尊严感。

毕飞宇认为，健全人最可怕的一点，是在无意识中践踏残疾人的尊严。与此同时，还打着同情、怜悯、慈善等"善意的招牌"，实则以善之名，让残疾人饱受屈辱。《推拿》中的都红是一个在音乐上有天赋的盲女孩。小时候本喜欢唱歌，却被老师以残疾人应该做有难度的事为由迫使她学习钢琴。仅仅三年时间，都红的钢琴演奏水平就达到了八级。都红放弃学钢琴是在一次慈善晚会的演出之后。当晚，都红演奏得很糟糕，观众却对她报以热烈的、经久不息的掌声，女主持人盛赞都红的演奏完美无缺。都红的内心却很苍凉："都红知道了，她到底是一个盲人，永远是一个盲人。她这样的人来到这个世界上只为了一件事，供健全人宽容，供健全人同情。她这样的人能把钢琴弹出声音来就已经很了不起了。"女主持人又把都红拉到舞台前，在电视节目直播中亮相。主持人说都红可怜，说都红演奏是为了"报答全社会——每一个爷爷奶奶、每一个叔叔阿姨、每一个哥哥姐姐、每一个弟弟妹妹——对她的关爱"：与女主持人的声情并茂、自我感动相反，都红的内心是茫然而痛苦的。"'报答'，这是都红没有想到的，她只是弹了一段巴赫。她想弹好，却没有能够。为什么是报答？报答谁呢？她欠谁了？她什么时候亏欠的？还是'全社会'"。一个盲人有音乐天赋，学习钢琴是为了发挥自己的天分与长处，是展现自己的技能与才华，本应成为令人自豪的所在。但在健全人眼中，盲人始终是残疾人，无论怎么优秀，怎么有才华，最终还是其怜悯的对象。这本质上还是一种对残疾人的歧视。正是健全人这种高高在上的态度，正是这种打着慈善名义的耻辱性的表演，让都红这样有才华的年轻人彻底放弃了音乐。都红终于明白，残疾人的演出与音乐无关，残疾人只能充当健全人自我感动的道具。正如有论者所指出的，尊严是"毕飞宇以小说形式展开的关于普世价值思考的重心所在，而他小说所具有的社会批判性也隐蕴其中"。①

　　毕飞宇的现实主义思路随时提醒他盲人之间也有争斗，也有矛盾。比如王大夫打电话给老同学沙复明，希望带着未婚妻小孔去给他打工。王大夫已经放低身段叫对方"沙老板"了，沙复明却欺骗王大夫自己在推拿室"上钟"，不方便接电话，让王大夫二十分钟后再打过来，以此端出老板的姿态，挫老同学的锐气。又比如"羊肉事件"之后，沙复明和张宗琪两个老板明争暗斗，各自争取公众力量。

　　但作者在整部小说中更多地展现的还是盲人间的温情。比起"玉米"系列，"作家的感情不再冷峻，笔调不再犀利，他的笔头热起来，笔墨亮起来，文字充满温暖和光亮。"②比如季婷婷热心介绍都红来南京工作，让她跟自己挤一张床，在都红面试遭到婉拒时又搂着肩膀安慰她，为她担心和着急。都红为了安全的需要和健全人高唯打成了一片，季婷婷虽有失落却仍然大度地原谅了她，在都红受伤后她更是不离不弃地照顾甚至不顾自己已经临近的婚期。比如金嫣和小孔，两人本来不对付，后来以金嫣帮小孔挡了一个醉酒的客人为契机，两人渐至掏心掏肺、无话不谈的闺蜜。原来两人在结婚这件事上各有各的烦恼。小孔的父母不同意她嫁给一个全盲，她瞒着父母跟王大夫"私奔"到了南京。而金嫣梦寐以求的盛大婚礼对泰来来说是个难题，两个人在雨天敞开心扉、开怀大笑的场景令人动容。又比如小说最后的夜宴，推拿中心的全体盲人和员工送吐血的沙复明到医院做手术，张宗琪虽然之前与沙复明有猜忌和矛盾，但在危急关头，

① 刘俊：《执着·比喻·尊严——论毕飞宇的〈推拿〉兼及〈青衣〉〈玉米〉等其他小说》，《当代作家评论》，2012 年第 5 期。
② 张永禄：《拥抱生命的圆全——评毕飞宇新作〈推拿〉》，《名作欣赏》，2009 年第 1 期。

他却不计前嫌，挺身而出，以责任人的身份在手术单上按下了手印。"正是在这些情感深处的彼此'推拿'，使人们看到，在这个独特的人群里，有着远比健全社会里更为执着的爱、关怀、宽慰和理解，也有着比健全社会更丰富、更温暖的人性之光。因此，《推拿》虽然延续了毕飞宇一以贯之的'伤害'母题，但它同时又大大地强化了人性内在的体恤之情，从而使整个小说在审美格调上摆脱了对'灰色道德'的过度崇拜。"①

毕飞宇说："文学总是在逼近了生活质地、逼近了生活秘密、逼近了生活理想的时候绽放出开怀的笑声。"②一路走来，无论是冷峻还是温情，"重压"亦或"漂浮"，毕飞宇对生活细节的深切感受，对"人"的执着，对现实题材的开拓与创新将一直伴随他清醒而"沉沦"的书写。

附录：

一、毕飞宇主要作品

《哺乳期的女人》，《作家》，1996年第8期

《青衣》，《花城》，2000年第3期

《玉米》（小说集），江苏文艺出版社，2003年

《平原》，《收获》，2005年第4、5期

《推拿》，人民文学出版社，2011年

《苏北少年"堂吉诃德"》，明天出版社，2013年

二、主要参考文献

1. 毕飞宇、汪政：《语言的宿命》，《南方文坛》，2002年第4期

---

① 洪治纲、葛丽君：《用卑微的心灵照亮世界——论毕飞宇的长篇小说〈推拿〉》，《当代作家评论》，2009年第2期。

② 毕飞宇：《玉米·后记》，江苏文艺出版社，2003年。

2. 毕飞宇：《文学的拐杖》，《雨花》，2007 年第 11 期

3. 毕飞宇：《玉米自序·玉米》，人民文学出版社，2015 年

4. 刘俊：《执着·比喻·尊严——论毕飞宇的〈推拿〉兼及〈青衣〉〈玉米〉等其他小说》，《当代作家评论》，2012 年第 5 期

5. 吴义勤：《一个人·一出戏·一部小说——评毕飞宇的中篇新作〈青衣〉》，《南方文坛》，2001 年第 1 期

6. 吴俊编：《毕飞宇研究资料》，人民文学出版社，2016 年

7. 张莉：《论毕飞宇兼及一种新现实主义写作的实践意义》，《文艺争鸣》，2008 年第 12 期

三、必读书目

《玉米》（小说集），江苏文艺出版社，2003 年

《推拿》，人民文学出版社，2011 年

四、拓展与练习

讨论题：毕飞宇的《推拿》有哪些创作特色？

第十三章

格非：江南意与文人气

　　格非，1964年出生，本名刘勇，江苏镇江丹徒人。1981年考入上海华东师范大学中文系，毕业后留校任教。2000年调入清华大学，任中文系长聘教授，博士生导师，清华大学文学创作与研究中心主任。1990年加入中国作家协会，先后任第九届全委、主席团成员，第十届全委、副主席，享受国务院政府特殊津贴。1984年开始发表作品，成名作《迷舟》发表于1987年。四十年来的创作主要包括长篇小说《敌人》《边缘》《江南三部曲》（《人面桃花》《山河入梦》《春尽江南》）《望春风》等，中短篇小说《迷舟》《唿哨》《褐色鸟群》《相遇》《隐身衣》等，散文集《格非散文》《塞壬的歌声》等。格非同时还是一位文学评论家，著有《小说艺术面面观》《文学的邀约》《雪隐鹭鸶》《小说的十字路口》等文学评论集。《隐身衣》（中篇小说）获2015年鲁迅文学奖、老舍文学奖，《江南三部曲》（长篇小说）获2016年茅盾文学奖。2021年，格非凭借《人面桃花》英文版成为首位入围美国国家图书奖翻译文学奖终选名单的中国作家。

　　一般认为，格非是以先锋作家的姿态在文坛出现的，他在1997年前后发表的小说存在着风格上的明显差异。1997年以前，他的作品带着鲜明的现代派特征，更多探讨"偏重抽象的精神问题"；以后创作的小说"回归日常生活的琐碎表象，对精神危机的思索也更贴合时代"。①早期小说在叙事特征上体现为"时间的倒错、情节的错置、重复与空缺、语言的高度隐喻性"，进入 20 世纪 90 年代之后，随着社会转型，文学阅读和写作的关系发生了巨大的变化，格非也"试图寻找一种新的叙事方式"，体现了对中国小说叙事传统的回归。②事实上，对于一个写作时间已经持续四十年的作家而言，始终保持一种写作风格是不现实的，"变"与"不变"对格非这样的"老"作家而言，不仅仅是一种个人风格的坚守抑或转变，也是创作主体意识觉醒乃至突出的表征。格非小说中的神秘主义、江南文化特质、中国古典诗学特征显而易见，文人化写作气息浓厚，被称为"兼有小说家和学者气质风度的作家"，在当代作家中，格非的特殊性还在于，他既有小说创作的实践，亦参与或主动探寻小说创作的理论研究。

一、神秘主义诗学

　　神秘、神秘主义、梦境、乌托邦、谜语、迷失等词汇，是评论界分析评论格非小说时所用的高频词，意在直接或间接指出格非小说的"神秘"特征。而《迷舟》《陷阱》《谜语》《暗示》《湮灭》《隐身衣》等篇名，更像是格非本人营造"格非迷宫"③的一种宣告。在小说创作

---

① 梅兰：《格非小说论》，《文学评论》，2016 年第 4 期。

② 谭杉杉：《论格非向中国小说叙事传统的回归》，《华中科技大学学报》，2017 年第 1 期。

③ 雷达在《动荡的低谷》一文中称，"格非迷宫"可能是目前小说界最奇特的现象之一，《小说选刊》，1989 年 2 期。

的早期，格非无疑是将写作的重点放在了如何写的层面，虽然他作品的故事性并不缺乏，却又因神秘感的追求，事实上给读者造成了阅读上的障碍。

格非小说的神秘主义特征主要表现在两个层面，第一个是"写什么"的层面，在他笔下体现为小说事件发生的偶然性和小说中人无解的追寻；第二个是"怎么写"的层面，格非小说的叙述一再改变故事本该有的或预定的走向，线性的时间成为立体交叉的坐标，且多用重复叙述，让读者真假难辨，而叙述上的空白、缺失或断裂加剧了作品的神秘感，空缺与重复，成为格非的叙事策略。

格非小说一般采用第一人称叙述，且都设置为故事套故事的结构，正在讲述中的故事随着现在的时间线而发展，又与那个被讲述的故事重合、交叠。小说一般都从探访、寻找开始，于是总是伴随着支离破碎的回忆、前后矛盾的讲述、不同人等的猜测等，由此，小说中的时间变得立体、多元，加重了神秘主义的氛围，也增加了读者阅读的障碍。"在格非的中短篇小说中，这种迷宫叙事效果与叙事时间的设置紧密相关。时间的拼贴与组合连接，呈现出闪回、跳动、重复、穿插交织、循环等多种形式，每次变换都是一次新的时间顺序的开始，使多条线索的不同头绪，变成一种立体交叉式的结构。似乎通往事件真实面貌的路有很多条，读者试图通过它们解开谜团，真相却依然模糊不清。"[1]

格非小说一方面提供着"在场"的种种迹象，以示某事物的确在场，而同时又否认和抽空在场的所有理由和根据，以示"在场"的根本"不在"。从本源上动摇"在场"的可能性，使"在场"成为一个似

---

[1] 张霞：《迷失在时间中的"缺席者"——论格非小说的时间与人物设置》，《东岳论丛》，2011 年第 6 期。

是而非的空洞，无所指的能指，无意义的符号。①小说《青黄》的主体故事是"我"寻访九姓渔户最后一代子孙的过程，小说开篇，叙述者"我"即告诉"读者"，基于对一个颇有争议的名词"青黄"的疑惑，自己"决定再次到麦村去"，但"我"的想法立刻被研究过"青黄"的教授否决，他非常确定地对"我"说："你到了那里将一无所获。"在"我"的探访正式开始前，关于"青黄"，至少已经有了三种解释：第一、"一个漂亮少妇的名字"；第二、"春夏之交季节的代称"；第三、"一部记载九姓渔户妓女生活的编年史"。"我"的寻访又与不同人的回忆、讲述交织，其中又穿插了一桩谋杀案，最终非但没弄清楚"青黄"的真正含义，反而更加模糊，读者与"我"一并陷入了无解的泥淖。格非让故事的核心要素缺失，也让关键人物消失，由此加剧小说的神秘性，消失的"他"或"她"——本可成为迷惑的解除者或谜团的解释者——《迷舟》中萧的父亲、《褐色鸟群》中"我"的妻子、《人面桃花》中陆秀米的父亲、《傻瓜的诗篇》中的莉莉等这些"缺席者"，都强化了小说的神秘主义气氛。

读者对小说的阅读期待，总是与完整的故事情节联系在一起。格非的小说有故事，但在因果关系上常常是断裂的，可以说，他重塑了时间，让故事不断改变本该有的走向，突出偶然、意外这些外在因素的作用，使得结局总是出人意料。中篇小说《迷舟》的故事线是清晰的：北伐战争期间，军阀孙传芳部的一名旅长萧奉命回家乡侦察敌情，恰好遇见前来报告父亲死讯的马三大婶。萧便带着警卫员过河，回家奔丧，期间与表妹杏旧情复燃、私通，此事被杏的丈夫三顺察觉，三顺扬言要杀死萧，并把杏送回榆关娘家。萧连夜赶往榆关看望杏，归来后被自己的警卫员连击六枪身亡。原来，榆关是和孙传芳对峙的

---

① 王宏玮：《缺失和断裂——格非小说叙事策略解读及神秘性探因》，《江汉大学学报（人文科学版）》，2005 年第 4 期。

北伐军所在地，而萧的同胞兄弟此时是北伐军先头部队的指挥官，萧的警卫员早就收到指令：只要萧去往榆关，便可击毙。这是一条完整的故事线，但小说实际在行文中，因果要素全部被打乱。小说充斥着表示时间的词，既有如"午后""傍晚""黄昏""拂晓""晚上""午夜""黎明""中午前后""昨天"等标识时间段的词汇，也有明确的日期，如"1928 年 3 月 21 日""七天后"等，而且整部小说就是按"第一天""第二天"等来安排章节的。但因为表示因果的要素的缺失或断裂，小说的叙述不断改变着故事预定的走向：如果萧不回家奔丧，就不会和杏私通，也就不会去往榆关；如果萧和哥哥不是分属两个阵营，也就不会有通敌的嫌疑；更为蹊跷的是，身为军人的萧，那天竟然没带枪。由此，萧的死便成了一个偶然因素。

《敌人》是格非的第一部长篇小说，"敌人"无疑是最吸引读者注意力的词语，小说中人也被究竟谁是"敌人"所困扰，"敌人"贯穿了整部小说的叙事，却从未真正出场。因一场大火而起的假想的"敌人"成为了赵家几代人心中的梦魇，一代代的赵氏子孙都在恐惧中陷入了悲剧命运的轮回。小说叙述了赵家人历经数代对"敌人"的真实身份进行苦苦探寻，并以此对这一叙事空缺进行补充。格非要告诉读者的是："所有的恐怖都来源于一种心理上的东西，最大的敌人正是自己。"其实，真实的敌人并不存在，真正让赵家衰败的正是赵家人内心的恐惧。格非突出描写了人的本能冲动与理性、规范的冲突。赵少忠一直做着一些与自己意愿截然相反的事，而本能冲动控制着他，使他难以摆脱，以至最终丧心病狂地杀了亲生儿子。赵少忠在自我封闭的寻找敌人、逃避敌人的过程中，自身不自觉地成了赵家败落的帮凶。[①]但《敌

---

① 小米：《中国"后现代主义"小说的艺术标本——格非长篇小说〈敌人〉读解》，《浙江师大学报（社会科学版）》，1991 年第 4 期。

人》中的叙事空缺不仅如此。此时，由于小说情节的需要，曾经在中短篇小说中出现的隐喻式叙事空缺并不完全适用于长篇小说，因此在原有的叙事策略的基础上，格非展示了叙事空缺的另一面——情节中的悬念。在第五章第9节的结尾，关于当年那场火灾的真相，格非并没有直接给出，而是在赵少忠与翠婶的对话中隐约透露出与之相关的信息。从对话中得知，村中仍然有许多人记得此事，且从大家的记忆中透露出众多说法，但这一切也只是流言与猜测。陈晓明认为："空缺不是无，而是无限。因此这个本文最后剩余的结果，却变成对整个故事解释的前提。"[1]探索真相此时已经不重要了，格非正是利用此处的叙事空缺营造出一种神秘的氛围，推动着整个叙事的前进，从而大大增强了作品的丰富性与可读性。

《褐色鸟群》是典型的故事中套故事的结构，由此形成两条时间线索：第一个故事是正在进行中的故事——"我"向前来拜访我的"棋"讲述的，"我"追寻一个穿着栗色靴子的女人的故事；另一个故事正是"我"追寻一个穿栗树色靴子的女人的故事，她后来成了"我"的妻子，却在结婚当天死去了。过了若干年，"我"又见到"棋"，她却说她不认识我，而"我"断定，眼前这个女人就是"棋"（都背着画夹或镜子），但"棋"说此前自己没去过城市。各种看起来确凿无疑的细节和故事中人"不在场"的自述，让"故事"变得扑朔迷离。《褐色鸟群》充分展现了重复叙事的技巧。"我"两次与"棋"的相遇如出一辙，却展现了两种完全不同的结局，格非用重复叙事打破了正常的叙事逻辑，其目的并不是为了构建一个丰富的故事情节，而是用这样的情节来表达一种对于存在本质的怀疑。"'重复'有效地扰乱了本文原来的秩

---

① 陈晓明：《空缺与重复：格非的叙事策略》，《当代作家评论》，1992年第5期，第44页。

序。"①文本中的每一次"重复"都使读者对所谓的事实产生怀疑，而真实本身也在作家的主体意识中被逐渐解构。

另一种重复则体现为在不同的作品用相同的意象来结构故事，如梦境。格非小说中有众多关于梦境的描写，梦境作为一种真实与虚幻的结合物，一方面在小说叙事中起到反叛传统小说叙事逻辑秩序、质疑历史真实性的作用，另一方面也推进了小说叙事情节的发展。但在格非看来，梦境更为重要的特征在于其感觉上的真实性："许多人对于这种'感觉上的真实'似乎一直颇有微词，但我不知道除了这种真实之外还存在着其他什么真实。"②这种"真实"以梦境为外衣，长期出现在格非的小说创作当中。《锦瑟》中的四个冯子存，正是通过梦境完成了重复叙事的轮回；《敌人》中，梦境化作梦魇，让赵氏家族世代都被笼罩在对"敌人"的恐惧之中；《蒙娜丽莎的微笑》中，胡惟丐自杀后托梦给"我"，并向他告知了关于李家杰的遗产，进而点破胡惟丐内心关于物质与精神的矛盾；《望春风》中父亲离开后的半夜"我"做了一个梦，梦中看见父亲去找一个叫徐新民的人；《人面桃花》中，陆秀米的梦境与她的真实经历总是接踵而至，使她"惊骇异常，恍若梦寐"：眼前的场景"竟然跟梦中所见一模一样！"③一场场的梦与接连发生的事件让陆秀米产生恍惚，更让读者疑惑，而神秘主义的氛围也愈发浓厚。

格非对于神秘主义诗学的追求，一方面源于对命运无常、生活充满阴差阳错的认识，另一方面则是受到博尔赫斯的影响。博尔赫斯的名篇《小径交叉的花园》写的就是一个阴差阳错、充满诡异的故事：

① 陈晓明：《空缺与重复：格非的叙事策略》，《当代作家评论》，1992 年第 5
　　期，第 48 页。
② 格非：《重绘中国当代文学的叙事学图谱》，《探索与争鸣》，2007 年第 8 期，
　　第 14 页。
③ 格非：《人面桃花》，上海文艺出版社，2012 年，第 55 页。

怯懦的黄种人余准为了拯救德军而冒险，在危急中刺杀了友人、著名的汉学家艾伯特，仅仅因为艾伯特也是英国一个城市的名字，他以这样奇特的方式暗示德军去攻击那个英国城市。小说围绕这个充满诡谲氛围的故事，通过余准与艾伯特的交谈，揭示了世界如迷宫，宇宙如迷宫，迷宫错综复杂，生生不已，包罗过去和将来，在某种意义上甚至牵涉到别的星球的神秘玄机，以及时间和人物身份的不确定性。[①]

二、格非笔下的江南特征

进入新世纪，格非小说逐渐脱离早年的先锋取向而转向现实主义，日常生活的比重不断加大，"江南"这个独特的地理空间也逐渐成为他小说创作的主要背景。格非曾经说过，他"全部的童年生活，都在长江南岸的一个小村庄里度过"，江南是他"记忆的枢纽和栖息地"。"江南"既是格非的出生地、成长地，也成为他创作想象的起点，"江南"自然而然成为他创作的底色。"江南三部曲"的人物和故事"都取材于江南腹地"[②]，这正是格非以自己的故乡江苏丹徒为参照物构建出来的，小说中的自然景观呈现出鲜明的"江南"特色。《人面桃花》一开篇借助陆秀米的视角，展现出"江南"春天特有的繁盛景象——"海棠、梨树、墙壁上的青苔，蝴蝶和蜜蜂，门外绿得发青的杨柳细丝、摇曳着树枝的穿堂风"[③]。《山河入梦》里是大片的紫云英和苦楝树，潮湿的水汽、袅袅的炊烟、迷蒙的雨雾笼罩着水面。《春

---

① 樊星：《命运如烟，诗意如歌——读格非小说有感》，《中国文学批评》，2022年第1期。

② 格非：《人面桃花》，上海文艺出版社，2012年，第1—2页。

③ 格非：《人面桃花》，上海文艺出版社，2012年，第4页。

尽江南》虽主要展示现代化的城市空间，但城市之外也是青山绿水、烟雨朦胧。格非以诸般景物构建了一幅相对完整的"江南"图景，为人物提供了一个宁静美妙的"原乡"。

从《人面桃花》中的普济、夏庄、长洲等村镇，到《山河入梦》中的梅城，再到《春尽江南》中的鹤浦市及其附属行政区划，"江南三部曲"中的"江南"标识非常突出。普济地势低洼，位于"长江北岸"，小说中写长江在普济"村南二三里远的地方"，站在村里便可看到"似乎悬在头顶之上"的"高高的江堤"，以及"江中打着补丁的布帆"，听见"江水哗哗的声音"①。"花家舍"位于长江南岸，它在小说中是一个桃花源。对"桃花源"的追求是贯穿"江南三部曲"的一条主线，"桃花源"呈现的是"江南"文化记忆——对诗意生活的追求，而这种追求已经消失在过去的历史当中。《人面桃花》描述，被抓到湖心小岛来的陆秀米看到"一箭之地"外的"整个花家舍……实际上是修建在平缓的山坡上，……村子里每一个住户的房子都是一样的，一律的粉墙黛瓦，一样的木门花窗。家家户户的门前都有一个篱笆围成的庭院，甚至连庭院的大小和格局都是一样的"②。依照王观澄的描述，这是真正的世外桃源，"桑竹美池，涉步成趣；黄发垂髫，怡然自乐；……天地圆融，四时无碍。夜不闭户，路不拾遗，洵然有尧舜之风。"③这里的百姓都谦恭有礼，"见面作揖，告退打恭，父慈子孝，夫唱妇随"，"抢来的东西，人人都争着拿最坏的，要把那好的让与邻居，河滩上的鱼，都拣最小的拿，剩下那大的，反倒无人去动，最后在河边腐烂发臭……"①《山河入梦》中，这一切再次重现，小说中写道，谭功达

----

① 格非：《人面桃花》，上海文艺出版社，2012年，第61页。
② 格非：《人面桃花》，上海文艺出版社，2012年，第102页。
③ 格非：《人面桃花》，上海文艺出版社，2012年，第115页。

来到当年陆秀米被围困的湖心小岛，"隔着水光潋滟的湖面"，看到整个花家舍"实际上是修建在一处平缓的山坡上。……村子里每一个住户的房子都是一样的：一律的粉墙黛瓦，一式的木门花窗，家家户户的门前都有一个竹篱围成的庭院，篱笆上爬满了藤蔓植物，……连庭院的大小和格局都一模一样"。②而花家舍人民公社的百姓也个个"纯洁而严肃"，毫无私心，集体过着祥和、安静的生活。以花家舍为基点，"江南三部曲"塑造了一系列的乌托邦主义者，"从陆侃、王观澄、张季元、陆秀米，到谭功达、郭从年和王元庆，都因理想脱离现实，而成为乌托邦失败者。"三部曲，三代人，无论是对世外桃源的追求，还是重现桃源风光的努力，抑或人人自律的道德乌托邦的建设，最后都无一例外的失败，"体现出作家格非对中国式乌托邦本身的质疑"，③也给江南蒙上了一层诗意的美感。

在"江南三部曲"中，"江南"作为一个地理名词呈现出两种性质，一方面作为自然地理空间存在，但是这并不指向一个现实的地理位置，而是格非基于对现实"江南"体认而塑就的虚拟地理空间；另一方面，如格非在小说弁言中所说，"江南不仅仅是一个地理名称，也是一个历史和文化概念"，是他对于"江南"地区的历史记忆和文化想象。这里的建筑、植物、习俗、日常生活、工匠、职业和人物性情，无不带着江南的气息与底蕴。在谈及《人面桃花》的创作时，格非曾说："我不希望重新去再现一段历史，这个不是我的任务，也不是我感兴趣的，我感兴趣的是能保留我记忆当中的某些文化信息。"①所以从这个意义上，写作相当程度上是对遗忘的一种反抗。

---

① 格非：《人面桃花》，上海文艺出版社，2012 年，第 150 页。
② 格非：《山河入梦》，上海文艺出版社，2012 年，第 294 页。
③ 熊修雨：《从"寻根"到"先锋"中国当代文学观察》，中国戏剧出版社，2016 年。

"由于江南的得天独厚的气候条件和自然山水条件，加上江南的富庶，使得'江南'成为'优美'这种审美形态的最佳载体"②。而正是这种对于优美的追求，使得"江南"文化充满着诗性和自由。在"江南三部曲"中，格非利用古典意象，为"江南"赋予了诗意的文化内涵，使"江南"拥有了优美的自然风光和人文情怀。"雨"这个意象在小说文本中得到了诗意诠释，它不仅是自然环境的一部分，也是人物命运重大变故的暗示。吴秀明指出："江南地区典型的梅雨季节与狭窄破旧的街道本身即含有一种忧郁迷离的湿气，这种自然与文化氛围的淤积便很可能创造一种阴晦迷离的感官世界。"③这使得"江南"始终笼罩着一种迷蒙的氛围，闷热潮湿。格非时常将雨作为故事的背景，在雨中营造出神秘的氛围。《人面桃花》中，陆侃失踪前对秀米说"普济马上就要下雨了"。④这句"就要下雨了"成为一种预言，昭示着重大变故的到来。《山河入梦》中，谭功达的水库梦想在一场大雨中彻底破灭，而暴雨后的混乱也显示出他作为县长权力被架空的悲哀。《春尽江南》里，庞家玉自杀前，鹤浦市下了一场"如泼如泻"的雨。作为古典文学中常见的意象之一，雨在预示人物命运变故的同时，往往也承载着独特的情感内涵。在给孙姑娘送葬时，陆秀米梦到自己在寺庙被张季元侵犯，梦里笼罩着让人无法睁开眼睛的大雨。谭功达与姚佩佩互诉衷肠也是在一个雨天。格非以雨的意象作为人物情绪的外延，渲染浓烈的悲伤氛围。他早期的众多小说如《青黄》《边缘》《锦瑟》

---

① 格非：《写作是对遗忘的一种反抗》，《新京报》，2005 年 4 月 14 日。
② 陈望衡：《江南文化的美学品格》，《江海学刊》，2006 年第 1 期，第 46—50 页。
③ 吴秀明：《江南文化与跨世纪当代文学思潮研究》，浙江大学出版社，2009 年，第 179 页。
④ 格非：《人面桃花》，上海文艺出版社，2012 年，第 5 页。

《傻瓜的诗篇》《背景》《褐色鸟群》等，叙述中不断地出现下雨天；而《雨季的感觉》《夜郎之行》《戒指花》等作品中，雨贯穿了全篇。"雾"在《春尽江南》中也成为一个带有鲜明江南印记的意象。小说写到，小时候的谭端午特别喜欢雾，春末或夏初，每当他清晨醒来，"就会看见那飞絮般的云雾，罩住了正在返青的芦丛，使得道观、石壁和翁郁的树木模糊了刚劲的轮廓。若是在雨后，山石和长江的帆影之间，会浮出一缕缕丝绵般的云霭。白白的，淡淡的，久久地流连不去。像棉花糖那般蓬松柔软，像兔毛般洁白。"①但就是一场大雾，导致航班大面积取消，谭端午没能与庞家玉见上最后一面，两人之间最终没能达到真正意义上的和解。

除了雨、雾，植物类意象在"江南三部曲"中也很常见。从"夏天满园的荼蘼花、满山的紫云英、招隐寺池塘里的睡莲"，到"荼蘼架下一年四季不同的鲜花：春天的海棠、芍药，夏天的芙蓉、石榴，秋天的兰蕙和凤仙。"②这些植物意象营造出独特的"江南"景观，也暗示着人物的命运。《人面桃花》中，在陆侃下楼的时候，西府海棠"已花败叶茂，落地的残花久未洒扫，被风吹得满地都是"③，残花满天的场景正暗示着陆侃桃源梦的破灭。《山河入梦》中被反复提及的紫云英是生命力的象征，在饥荒年代，它是普通劳动人民救命的口粮。姚佩佩期待长满了紫云英的荒岛，正是渴望旺盛的生命力。

格非出生在农村，"十七岁前仿佛生活在另外一个世界，基本没出过县城，和外面的世界没有任何关联性"。十七岁到上海读书，后来又到北京工作，去过世界上很多地方，对"关联性"有了越来越深切

① 格非：《春尽江南》，上海文艺出版社，2012年，第347页。
② 陈粲：《文本策略语境——格非"江南三部曲"时空演变叙事艺术论》，《扬子江文学评论》，2022年第4期，103—108。
③ 格非：《人面桃花》，上海文艺出版社，2012年，第5页。

的体会，"仿佛所有的陌生人都能关联起来"。长篇小说《登春台》表达的"关联性"正是从"江南"开始的。小说以四个人物的名字结构故事，表现了四十年里四个人物的亲情、爱情与命运流转。来自江南筥溪村的沈辛夷的故事放在作为第一章，显而易见，江南是格非最熟悉的故事发生地，也是他本人与外部世界发生关联的起点。"刚刚下过一场雨。清澈的溪流从山阴的竹林中蜿蜒而下，奔冲喧腾，汇入村中的深涧，漫过低洼处的碎石路面，最后隐没在浓密的树荫中，注入山下六七百米外的邮驿水库。溪流激起的漫天水雾，浸润着竹木和松脂的香气。"①格非的语言带着诗的节奏，"江南"的轻逸之气扑面而来。

三、对知识分子话题的持续关注

知识分子书写贯穿于格非四十年来的小说创作，知识分子的精神困境主题也成为了他小说创作的标志，体现了格非对于知识分子话题的持续关注，在他的笔下，知识分子形象、知识分子的心理状态不断在发生变化，这"不仅体现了他对于知识分子现实存在问题更为深刻的认知，也表现出他在小说叙事中的不断突破。"

格非在早期的先锋创作阶段便塑造了众多知识分子形象，例如《追忆乌攸先生》中的乌攸先生，他有一屋子的书，并懂医术，但在乡间，他的命运最终屈服于代表着乡村权力话语的头领，书被烧毁，并被误认为是杀人凶手而被枪决；又例如《傻瓜的诗篇》中的杜预，作为医生的他有着知识分子的气质，被精神病人女大学生莉莉的诗篇所吸引，但最终原本的病人痊愈出院，而杜预则成为了精神病人，这样讽刺的结局也反映了知识分子在现实中的生存困境及他们脆弱的心

---

① 格非：《登春台》，译林出版社，2024年，第17页。

理状态。《大年》中的唐继尧也是个郎中、乡村知识分子，此人极善于搞谋术，表面上有着道德美名，实际却极端自私，为了个人欲望不惜置人于死地。当格非的创作不再以"形式实验"为特征，他仍以知识分子为主角，"但他们不再是兼济天下、以家国为己任的历史参与者，而是一个个边缘人，在急促的社会转型期无所适从"，他的小说是对转型时期"知识分子的荒原"现象的心灵写照。《欲望的旗帜》展现了知识分子群体在急剧转型的现实生活中被欲望所驱使，精神世界从匮乏走向彻底崩塌的真面目。"九十年代初期的上海，一个重要的学术会议将在这里举行，由于某种无法说明的原因，知识界对这次会议普遍寄予了过高的期望，仿佛长期以来所困扰他们一切问题都能由此得到解决。"这是小说的开篇，伴随这次"意义重大"的学术会议的筹备、召开和落幕，人物一个个登台亮相，有哲学泰斗、中青年学者和小说家，有佛学大师、神学家，有企业家兼诈骗犯。"他们各自在欲望的深渊中纠缠、折磨，混乱不堪，面目全非，哲学研究并不能使他们的心灵充实、纯净，成为人生的智者和善者，相反，哲学作为智慧之学反倒成了一壁'游动的危崖'，加剧了向欲望与迷惘臣服、坠落时的危险性和毁灭力。"[①]

在格非笔下，这些知识分子的内心都极度敏感，由此暗示，知识分子主体自身的性格、心理、家庭出身、所受教育等因素，导致了其精神上的溃败。从《欲望的旗帜》，到《春尽江南》《月落荒寺》，格非笔下的各类知识分子在商业社会中无所适从，当无法成为社会的主角，"他们要么迎合潮流，成为商业和政治的附庸，要么主动边缘化，成为一个无关紧要的人。"[①]前者如林宜生（《月落荒寺》），名利双收，

---

① 易晖：《世纪末的精神画像——论格非九十年代小说创作》，《小说评论》，1999 年第 6 期。

却无法摆脱空虚；后者如谭端午（《春尽江南》），陷入精神困境无法自拔，自甘沦为无所事事的废人。谭端午是格非塑造最为用力的一个知识分子形象。《春尽江南》告诉读者，经济的高速发展为人民群众改善物质生活的同时，也让这个时代的知识分子们"病入膏肓"。作为陆秀米、谭功达的后代，谭端午身上的知识分子气质不言而喻——拥有高学历，爱好古典音乐，研读《新五代史》，写小说，可惜他厌倦了政治与婚姻、厌倦了一切欲望消费，也同样在理想与现实之中迷失了自我。但谭端午与徐吉士、陈守仁这样已经在功利化社会彻底迷失的知识分子不同，他心中仍有一份对于理想的坚持，可惜他没有用行动来守护自己的精神世界，最终成为了一个彻头彻尾的弱者，而以他为代表的知识分子，也成为这个时代无用的"多余人"。这些知识分子试图摆脱困惑却越陷越深，格非对于人性的深度探寻让读者充分感受到知识分子在不同时代所遭遇的不同方面的精神困境，用一种向内转的方式让读者更真切地感受到内心的无助与绝望，而扎根于现实生活与内心世界的表达也更能触动读者的内心，形成一种感同身受的呼应。

格非专注于写作男性知识分子的心理困境与现实焦虑，但他笔下也不乏充满生命活力的女性，总体而言，他的小说形成了一种模式——将知识与女性作为两大叙事动力，而且往往是女性的表现越蓬勃有力，男性知识分子越虚无、颓废。《春尽江南》中的谭端午与庞家玉、《月落荒寺》中的林宜生与楚云、《登春台》中的周振遐与姚岑都是这样的人物关系组合。当男性及其所代表的知识退隐，女性便变得坚强有力，这也是格非对于现实世界欲望横流的一种理解。

---

① 宗城：《格非长篇小说〈月落荒寺〉：转型期知识分子的心灵写照》，《文艺报》，2019 年 11 月 22 日。

格非的知识分子写作，还表现为作品本身的"文人气"。格非在小说中为凸显知识分子的身份，于他的工作或日常消遣中，嵌入了诸多知识性的表达或表述。《人面桃花》中穿插诗词、楹联，并假借喜鹊学诗，留下"诗法温、李"的诗集《灯灰集》等，其实都是出自格非自己的手笔；而对于元刻本《李义山集》的诵读、批注等，更显示了作家本人的知识储备与素养。《春尽江南》中，除了对于古典音乐的赏鉴、《新五代史》的研究等，暗示作家个人的知识性，更利用学术会议，嵌入了大量历史的（诸如王安石变法、天津条约的签订等）、现实的（哥本哈根协定、阿多诺的《残生省思》、葛兰西等）知识，但也对"掉书袋"、夸夸其谈的知识分子充满了揶揄与嘲讽，如这位教授煞有介事地提及 AURA 究竟应该翻译成"氛围"还是"辉光"。① 格非用身为知识分子的清醒，看到了当代社会"思想贫乏而知识过剩"的尴尬现状。

四、向传统叙事的回归

20 世纪 90 年代初，格非一度从事过诗词典故的再叙事写作，最有代表性的作品是短篇小说《锦瑟》和《凉州词》。《锦瑟》是晚唐诗人李商隐的代表诗作，《凉州词》则是王之涣的名作，两首诗一首晦涩难懂，一首苍凉雄浑。小说《锦瑟》采用了连环接续的故事结构，写了名叫冯子存的人一个又一个的梦，这个冯子存先是隐士，后是书生、茶商、皇帝，在梦里，冯子存一次次消亡，又一次次重生，恰如小说中人冯子存夜读诗歌《锦瑟》时的预感："李商隐的这首诗中包含了一个可怕的寓言，在它的深处，存在这一个令人无法进入的

① 格非：《春尽江南》，上海文艺出版社，2011 年，第 319 页。

虚空。"①小说《锦瑟》混淆了真实与虚空，现实与梦境，与李商隐诗的神秘感保持了风格上的一致性。小说《凉州词》却一改原诗苍凉的风格，写尽了人情冷暖。小说设置了双重叙事结构，叙述者"我"与小说主人公临安博士都是生活在 20 世纪 90 年代的知识分子，临安博士在学术研究中考证了王之涣与高适等人赛诗的一则逸闻，于是大胆想象王之涣弥留之际的焚诗举动，"表达对历史、文化承传与积淀，知识分子历史境遇和文化命运的独特体悟和深邃思考。"②从改写《锦瑟》和《凉州词》中，格非"将对于文学与人生、历史与可能的感悟"与"现代民间史的书写悠然地勾联在了一起，体现出对经典乃至古人命运的别样思考。在这样的改写与猜想中，作家对命运的深切感悟也得到了别致的呈现"。③格非对中国古典诗词的化用，在多部长篇小说中得到了升华。"江南三部曲"中，《人面桃花》的书名来自崔护"人面桃花相映红"的诗意，这首诗饱含思念之情，也流露出深深的惆怅，暗合小说主人公陆秀米的人生遭际。《山河入梦》回首的是激情燃烧的 20 世纪 50 年代，书名也令人联想到古诗"山河频入梦，风雨独关心"（王冕《有感吟》）和"铁马冰河入梦来"（陆游《十一月四日风雨大作》)。《春尽江南》描写的是改革开放年代里人们情感与观念的大起大落，书名出自杜牧的名句"秋尽江南草未凋"，小说意境与原诗却判然有别。《登春台》的书名受《老子》中"众人熙熙，如享太牢，如登春台"句的启发，体现了格非近年来的创作在更高维度上体察、凝视和省思生命的追求。

---

① 格非：《格非作品精选》，长江文艺出版社，2006 年，第 70 页。

② 易晖：《世纪末的精神画像——论格非九十年代小说创作》，《小说评论》，1999 年第 6 期。

③ 樊星：《命运如烟，诗意如歌——读格非小说有感》，《中国文学批评》，2022 年第 1 期。

格非承认自己早期的创作"受现代主义思想的影响很深",从 20世纪 90 年代开始,他的创作发生改变,除了从古诗词中寻找故事进行再叙事,他大量阅读中国古典小说,包括笔记、传奇等。他在阅读《红楼梦》《水浒》《聊斋志异》等中国古典小说时,发现了这些作品共有的特征,他将之称为"客观化",他说这些作品的作者"不是说没有自己的见解、没有自己的情感,而是他会非常委婉地用所谓的'春秋笔法'来表达他的意图,并不是强制性地要你接受他的观点,那么这样一些被认为西方叙事学里面非常高明的手法实际在中国早就存在了。"莫言曾将格非的作品与《红楼梦》进行过关联性探讨,在他看来,在《山河入梦》中,谭功达的性格就如同贾宝玉一样,颇具理想主义的"痴傻气"。谭功达痴迷于自己的理想蓝图,却忽视了对人际关系等俗世的经营和维护,这使他在官场上形单影只,孤独地徘徊在理想的孤岛。毫无疑问,从"江南三部曲"开始,格非有意识地学习"春秋笔法"。①格非曾说,《人面桃花》本可以"用一个零散化的故事、穿插不断拆解的片段化的故事"方式来结构全篇,但他很快意识到"这样一种写作方法和形式文体"会形成一种障碍,因为这种方式他"已经有了十多年的实践",所以他有意识地"要开始在另外一个相反的方向做一些努力。"这就是所谓的"向内转"——格非有意识地向中国小说叙事传统学习。张清华认为,在中国现当代文学史上,诸多作家都在新文学创作中有意或无意地向着传统叙事回归,而"格非无疑是最为自觉地向着中国传统叙事的核心地带靠拢的一位,他的《人面桃花》不只使用了传统的核心意象,而且通过《红楼梦》式的循环论模式,成功地链接了此后的

---

① 谭杉杉,《论格非向中国叙事传统的回归》,《华中科技大学学报》,2017 年第 1 期。

《山河人梦》与《春尽江南》两部书，不只是将故事与人物连缀在一起，更重要的是构造了'现代中国历史的悲剧循环'这样一个重大的主题，构造了一个围绕革命历史而产生的悲剧人物谱系，一个革命者的精神现象学，一个与中国古老的历史观熔于一炉的悲剧历史美学。"①包含《人面桃花》在内的整部"江南三部曲"，在"结构与故事、笔法与神韵、格调及语言，都明显地回到了传统式的讲述《红楼梦》式的故事。……实现了对中国故事的一种精心的修复，以及在现代性思考基础上的复活"。②

《月落荒寺》的主人公林宜生是北京某理工大学的老师，在他周围，有大学同学周德坤夫妇，好友李绍基夫妇、赵蓉蓉夫妇等形成的一个小型朋友圈；在家庭里，前有与他离婚的白薇，后有情人楚云。小说"借鉴了史传的传统，写人物带事件，随着小说的推进，不断有人物出场，一个个分散的人、一段段分散的故事，正好拼凑起社会这个大拼图"。③小说标题"月落荒寺"来自德彪西的名曲，实际也是极富东方神韵的曲调，格非以此告诉读者，生命里这些来来往往的人貌似平常的日常交往背后，隐含着并不像表面看上去那样简单的人际关系，而是充满了人生的迷思。格非写人物无法驾驭自己的命运，难逃劫数的宿命，显然是受到了中国传统文化观念的熏染。

在格非小说中，中国小说叙事传统主要表现为以下三个方面：第一、布局巧妙，采用套嵌式叙事方式——主体故事采用全知全能叙事，其中穿插包括日记、书信等第一人称叙事；第二、故事性强，常用纪传体的方式来结构全文，人物的经历完整，命运走向清晰，可读性强；

---

① ② 张清华：《知识，稀有知识，知识分子与中国故事》，《当代作家评论》，2014 年第 4 期。

③ 刘小波：《〈月落荒寺〉：交织着现实的乌托邦书写》，《文学报》，2019 年 11 月 3 日。

第三、叙事语言优美，善用意象营造悠远的意境，表达主观情思，体现出鲜明的中国古典文学的诗性特征。

《人面桃花》中，革命党人张季元留下的日记，以第一人称叙事反复出现在陆秀米被劫后的章节起首，不断补充过去时间叙事里的细节，日记也激荡起陆秀米内心对于革命的向往。《山河入梦》用不同字体标识心理描写和姚佩佩逃亡后写给谭功达的信，在提示和补充相关信息外，也增强了小说的抒情性。

不可回避的是，近年来，格非回归传统叙事的作品显示了某种同质化的倾向。《望春风》分为"父亲""德正""余闻""春琴"四章，在结构方式上明显地接受了纪传体的影响。《登春台》同样如此，用四位主人公的姓名作为章节的名称，分别为沈辛夷、陈克明、窦宝庆、周振遐。从结构布局看，《登春台》很像《儒林外史》的结构，以周振遐为楔引与尾章，形成故事回环，四个章节间，叙事完成传递交替，人物的主次之分并不明显，达到了呈现众生相的效果。

格非的小说语言，文白皆用，以四字句与六字句为主，间以杂句，整齐中又有变化的韵致，颇具文味儿。如《人面桃花》中的一段话："这排凤仙常年未经养护，红色的根茎暴露于外，叶片亦被鸡啄食得有如锯齿一般，一副将死未死的样子。秀米撮来黄土，掺以细沙，培敷于花下，又以淘米水、鸡粪和豆饼沃根，并用石灰水杀灭蚯蚓，先后折腾了差不多一个月，等到金风送爽、秋霜初降的时节，叶片果然由黄转绿。一场冷雨过后，竟然开出花来。红紫纷罗，鲜秾绰约。先是单花，稀疏无可观，秀米于每日傍晚掐去残花小苞，又插竹扶蕊，花遂渐密，继而蕊萼相迭，蔚然成球，攒簇枝上，妩媚娇艳。"像这样的叙述语言在格非小说中可谓俯拾皆是，显示了作家在语言表达上的独特美学趣味。

附录：

一、格非主要作品

《追忆乌攸先生》，《中国》，1986 年第 2 期

《迷舟》，《收获》，1987 年第 6 期

《褐色鸟群》，《钟山》，1988 年第 2 期

《敌人》，花城出版社，1991 年

《人面桃花》，上海文艺出版社，2012 年

《山河入梦》，上海文艺出版社，2012 年

《春尽江南》，上海文艺出版社，2012 年

《月落荒寺》，人民文学出版社，2019 年

《登春台》，译林出版社，2024 年

二、主要参考文献

1. 陈晓明：《空缺与重复：格非的叙事策略》，《当代作家评论》，1992 年第 5 期

2. 樊星：《命运如烟，诗意如歌——读格非小说有感》，《中国文学批评》，2022 年第 1 期

3. 李遇春：《乌托邦叙事中的背反与轮回——评格非〈人面桃花〉〈山河入梦〉〈春尽江南〉》，《中国现代文学研究丛刊》，2012 年第 10 期

4. 梅兰：《格非小说论》，《文学评论》，2016 年第 4 期

5. 江丹：《古代世情小说叙事传统的当代传承与新变——以贾平凹〈秦腔〉、格非"江南三部曲"为例》，《当代作家评论》，2021 年第 5 期

6. 谭杉杉：《论格非向中国小说叙事传统的回归》，《华中科技大学学报》，2017 年第 1 期

7. 易晖：《世纪末的精神画像——论格非九十年代小说创作》，《小说评论》，1999 年第 6 期

8. 张闳：《时间炼金术——格非小说的几个主题》，《当代作家评论》

1997 年第 5 期

9. 张清华：《知识，稀有知识，知识分子与中国故事》,《当代作家评论》, 2014 年第 4 期

10. 张霞：《迷失在时间中的"缺席者"——论格非小说的时间与人物设置》,《东岳论丛》, 2011 年第 6 期

11. 张学昕、赵海川：《孤独的梦寻——格非"江南三部曲"的精神意蕴》,《辽宁师范大学学报》, 2023 年第 1 期

三、必读书目

《迷舟》《褐色鸟群》《人面桃花》《山河入梦》《春尽江南》

四、拓展与练习

1. 讨论题：有人认为，格非是一个经历了从"先锋"到"传统"的变化型作家，你如何看待这个问题？

2. 思考题：格非《江南三部曲》中的"孤岛"意象有何寓意？

第十四章

鲁敏：城市批判与乡土回归

鲁敏，1973年出生于江苏台东，当代作家，江苏省作家协会副主席、南京市作家协会副主席，中国作家协会第九届全国委员会委员、创作研究室主任。中国作家协会第十届全国委员会委员。1999年开始小说写作，发表短篇小说《转瞬即逝》《寻找李麦》《宽恕》《冷风拂面》《左手》《头发长了》《四重奏》《李麦归来》《摇篮里的谎言》《虚线》《我是飞鸟我是箭》《未卜》《方向盘》《小径分叉的死亡》《暗疾》《离歌》《伴宴》《西天寺》《大宴》《火烧云》《乌云镶边》《天衣有缝》等。中篇小说《白围脖》《纸醉》《取景器》《离歌》《墙上的父亲》《镜中姐妹》《思无邪》《梦境收割者》《或有故事曾经发生》等。长篇小说《戒指》《爱战无赢》《百恼汇》《博情书》《六人晚餐》《奔月》《金色河流》等。其中长篇小说《六人晚餐》获得2012年人民文学奖，短篇小说《伴宴》获得2010年第五届鲁迅文学奖，短篇小说《火烧云》获2019年第六届汪曾祺文学奖，中篇小说《或有故事曾经发生》获得2021年第十九届百花文学奖中篇小说奖、第十六届十月文学奖中篇小说奖。

一、先锋时期的城市批判

在先锋时期，鲁敏穷追不舍地探究人性沉浊，挖掘人性幽暗。鲁敏以城市为背景的小说，表现出强烈的现实性。她在这些作品中描绘了城市最底层的普通人的生活故事，极力表现他们生存的艰辛，揭示他们精神上的疾病。鲁敏有别于其他作家将底层的艰辛完全归结于外在的社会环境，而是致力于揭示导致底层人民不幸的精神病灶，并对城市中种种不良现象进行了批判。

鲁敏的城市批判小说执着于挖掘生活的假面，沉浊的人性。鲁敏曾在一次访谈中表示，生活中存在着种种涉及到房子、车子、金钱等的物质困境，实际上更多的是我们摸不着看不见的精神上的困境，这与城市的发展联系甚密，同时也和我们在社会交往以及伦理道德上的危机休戚相关。由此，鲁敏的城市小说偏重将人性中阴暗的一面暴露给人看，呈现出这种沉浊人性的病态与暗疾。在她看来暗疾背后隐藏着种种触目惊心的人性，而写作恰恰能将这种人性暴露出来，同时探测其之深度。①在城市经济的发展下，物质文明得到了无限的增长，相对而言，精神文明开始逐渐落后，人们的信仰变得畸形，陷入了被物质诱惑的精神困境。物质使人的欲望得到了满足，但任何事物都是相对的，在得到这一满足的同时也造成了人们精神方面的空虚。②

鲁敏在回忆自己选择小说创作的动因时说，自己站在30层的写字楼里俯瞰小半个南京城，看到下方各种各样的人，"所有那些人，并不真像我看到的那样……每个人都有一团像影子那样黑乎乎的秘密，像镣铐那样深锁内心。就是那些深沉的秘密，就是人们身后长长短短的影子，一下子击中了我，像是积蓄多年的火山终于找到了一个突破口。"③

---

① 鲁敏：《我以虚妄为业》，河南文艺出版社，2014年，第128页。

② 李洁非：《物的挤压——我们的文学现实》，《上海文学》，1993年第11期，第66—72页。

③ 鲁敏：《回忆的深渊》，昆仑出版社，2013年，第58—59页。

显然，鲁敏有一种揭示人性灵魂秘密的渴望，一种对现代人心灵之痛的探索。鲁敏有篇小说篇名就叫《暗疾》，将人性在卑微生活中琐屑不堪的日常展现得淋漓尽致，对人物暗疾的集中展示荒诞而夸张，父亲莫名其妙地呕吐，母亲不知疲倦地记账，姨婆不分场合地谈便秘，梅小梅的退货癖，连最随和的新郎"黑桃九"都暗藏着对整个世界无比仇视的祸心。在婚礼上，他的"暗疾"也发作了。他用燃着的烟头把粉红色气球一一烧破，咬牙道："我恨所有的一切……所有的人，整个世界……"

"暗疾"由此成为了鲁敏小说的关键词，"N 种狂人、病人、孤家寡人、心智失序之人、头破血流之人、心灰意冷之人，进入了我的小说。我毫不回避甚至细致入微于他们的可怜可憎与可叹，而他们的病态每增加一分，我对他们的感情便浓烈一分。"[1]鲁敏进一步挖掘了这些存在于都市异化人群身上的精神暗疾，并加以扩大化与夸张化，使得她对病态都市的批判更加深刻，绝大多数的小说角色都或多或少地表现出一种病态，她通过细致刻画都市人群的病态，从精神层面上展开对现代都市文明的揭露与剖析。有研究者统计过，在鲁敏从 2001 年到2012 年的小说中，共出现了八十八位病人、一百多种疾病，这个数字是相当惊人的。[2]在鲁敏的随笔集《我以虚妄为业》中，有一节名为"疾病解说者"，鲁敏从心理学和社会学的角度解说了"静脉曲张""肩周炎""偏头痛""眩晕症""肺结核"。她将"疾病"作为理解"人性"的重要途径，同时，当她向着"病体"举刀时，最终将这刀刃对准了自己："我病得同样地久、同样地深。"[3]这里的"疾病"显然是文化隐喻意义上的使用，鲁敏巧妙地通过对都市人身上疾病的书写，实现

---

① 鲁敏：《我以虚妄为业》，河南文艺出版社，2014 年，第 149 页。
② 李奎艳：《鲁敏小说创作论》，《山东大学硕士学位论文》，2017 年，第 40 页。
③ 曹霞：《鲁敏论》，《中国当代文学研究》2021 年第 3 期，第 126 页。

了对"病态"的都市文明的批判。

《男人是水，女人是油》①选取了三家故事，电信官员孙浩波一家的生活早已奔入小康，而移动技术员刘雄也有房有车，最清贫的向光，其妻子靠家教班挣的钱一下子能拿出十五万，然而却依旧无止尽地追求着物欲，陷入欲壑难填的漩涡之中。《四重奏》中，妻子苹果将丈夫是否发达作为衡量他们之间婚姻的要素，而被苹果羡慕着的周峰一家却因金钱而陷入爱情破碎，婚姻即将结束的边缘。这部小说存在着许许多多追逐金钱而失去自我，异化了的人。这些人被物欲束缚，成了金钱的奴隶，连人格都失去了。为了金钱，他们甚至连自己都可以作为被相互交换的商品，既可怜又可悲。《墙上的父亲》中，王蔷、王薇的母亲十分功利，她和苹果一样，用物质条件来衡量婚姻，认为比起情感方面的沟通交流，金钱在婚姻中才是更具有魅力的。父亲的去世使得生活的重担全都压在了母亲的身上，母亲不得不为了三个人的生计而想尽办法。在这样的家庭中生存，两个女儿的精神世界必然是无比匮乏的，母女之间存在的也仅仅是为了生存而对物欲无穷的追求。母亲为了得到更好的生活与三个男人进行"暧昧"的交往，面对邻居们的闲言碎语，她也不以为意，反而像阿Q一样采用精神胜利法。母亲在与男性的交往中应对自如，她利用了自己姣好的面容以及寡妇的身份，通过和各个男人若即若离的亲密关系得到了生活上的便利，同时也满足了自己心理的渴求。②

两性关系在包括家庭在内的各种亲密关系中无疑有着特别的意义，而鲁敏笔下的两性关系往往充斥着理性，甚至时不时会闪现寒意，很少出现夫妻之间的柔情蜜意。正如她在《博情书》中说的婚姻

① 鲁敏：《男人是水，女人是油》，《人民文学》，2004年第8期，第2—22页。
② 鲁敏：《墙上的父亲》，新星出版社，2012年，第48页。

就像是"长满'漏洞'的竹床"。[①]她笔下大多数男女的婚姻都像是一个禁锢自由的牢笼，一对对男男女女在婚姻的坟墓中相互欺骗、博弈、挣扎、逃离，婚恋变得畸形、扭曲。在充斥着消费文化的城市中，人与人之间的感情难以长久，多生变故。就连婚姻也成了易碎品，夫妻之间要么形同陌路，要么各自追求婚外恋的刺激。

《白围脖》[②]中，父亲是一位知识分子，有着一份工作，他在经济上独立。他生活于都市但出生于农村，这使得他既想追求理想的爱情却又被农村家族束缚而不得不与母亲结合。在婚姻中，父亲认为夫妻之间应该有共同语言，应该是相互配合，充满柔情蜜意；而在母亲看来在婚姻中她应当遵守妇道，婚姻于她而言是一份沉甸甸的家族责任。父亲与母亲不同的婚姻观念预示着他们的婚姻必将陷入悲剧之中，果然，父亲因婚外情而被迫进行劳改，母亲也因此变得孤独、自闭，对情感的观念变得扭曲。

《耳与舌的缠绵》[③]中，因为突如其来的一场车祸，丈夫失去了听力，这本该是令人惶恐、悲痛的遭遇，但谁知夫妻二人却坦然接受这样的横祸，不免让人疑惑。原来夫妻二人对于婚姻早就产生了厌恶之感。丈夫的失聪令妻子毫无顾忌地在他耳边诉说她想象中的出轨，而丈夫也为再不用听到妻子的唠叨而感到自由、舒适。失聪成了夫妻俩拒绝交流的有力借口。

《百恼汇》中的姜宣在家里毫无地位与尊严，整日被老婆骂。在如此压抑的生活中，他的心灵逐渐变得扭曲。他在"弱者"保洁员胡兰的懦弱性格中找到强大的自己，随意冲胡兰发火，从胡兰恐惧的眼神

---

① 鲁敏：《博情书》，江苏文艺出版社，2007年，第26页。
② 鲁敏：《白围脖》，《人民文学》，2002年第3期，第45—62页。
③ 鲁敏：《耳与舌的缠绵》，《青年文学》，2005年第23期，第26—58页。

中获得病态的满足感。而作为一个知识分子，他的行为是自己所不能接受的，于是，他又从妻子尖刻的辱骂中获得良心上的安慰。

《博情书》中，林永哲可以说是一个十分精明的人。在别人的眼中他得体，懂人情世故，能力强，很受欢迎，而他的妻子却很平庸、无趣，没有让人想要交往的念头。因此，林永哲的妹妹对于哥哥的婚姻对象全然不看好，疑惑哥哥为什么会娶这样一位妻子。其实在林永哲看来，婚姻对象不过是人生"劳役"途中的一位"狱友"罢了，本不必精心挑选。①因此，林永哲对于婚姻的另一半是满不在乎的，他要娶的不过是一个"差不多"的女人，妻子开心与否，健康与否与他毫无干系，而他如此冷漠的态度导致了妻子陷入孤独之中，步入了出轨的道路，在这种背叛家庭的精神压力之下，妻子变得神经质。最后，林永哲也因一时精神失常而误伤他人被关进了监狱。

在以经济发展为前提的都市中，最能体现消费时代特征的是人们对物欲的狂热化般的追求。在追求物欲满足的过程中，人们不可避免地产生精神上的困惑与迷惘。都市的崛起以及商业行为，使得人性与欲望进行了激烈的抗争，最终人性遭遇变形，人成为物的奴隶，人与人之间的关系也被异化成商品关系。异化的含义在理论界大致分为两种，一是认为异化是"资本主义制度的产物，它随罪恶的资本主义制度的产生而产生，也将随其消亡而消亡"；另一种认为异化是不会消亡的，它是"人性中与生俱来的东西"。②在鲁敏的作品中，异化主要体现为人内心精神世界的扭曲，在人际交往方面，人们要么是有利可图，否则就漠不关心。鲁敏笔下城市小说中的人物常常给人压抑绝望

---

① 鲁敏：《博情书》，江苏文艺出版社，2007年，第18页。
② 杨丽娟：《异化主题及其原型分析》，《当代外国文学》，2001年第1期，第137—142页。

的感受，他们的精神世界总是萦绕着一股阴郁的氛围。他们渴望改变，找到生活的出路，但在跌跌撞撞中始终不得其法，只能在泥潭般的生活中存活。紧张的家庭关系、无望的前途、无趣的工作、琐碎的日常生活……这一切的一切使人们渴望得到改变，而挣扎过后仍旧陷入绝望。

《宽恕》中，主人公张力是一位大学生，他因疾病而欠下大笔债务，在无力偿还的情况下他沦落成了一个小偷，但他"盗亦有道"，从不向弱者下手。在偷盗过程中他开始渴望回归正轨，于是向作为他好友的"我"坦白了他所作的一切，同时，他还帮助"我"交到了女朋友。他信任"我"，认为"我"是他难得的好友，却没料到"我"为了证明对女友的爱而出卖了他。在利益面前，人与人之间的友谊脆弱不堪，即使是最好的朋友也无法信任，人变得狭隘又自私。

《在地图上》的重点人物是一位邮件押运员，他的工作地点就在一节短短的火车货运车厢里，他的世界被局限在这样一个狭小的空间中，让人感到十分压抑。他的工作充满枯燥与乏味，毫无技术，毫无个性。而李伟丰为了逃离工作带来的无聊和空虚画下火车经过的每个地方的地图，他通过自己的方式缓解工作带来的乏味，但最终仍然被现实压垮，因抑郁而跳下了火车。[1]

《镜中姐妹》写的是一个小城市中发生的故事，介绍了五个姐妹的成长历程。生活在同样的环境，五个姐妹却有着各自鲜明的性格，这也使得她们走上了不同的道路。春花嫁给了职员，但婚姻面临危机；秋实进行了一次又一次的恋爱，最终嫁给了鳗鱼小贩；小双去世，大双因此深怀歉意，远嫁西藏；小五离开了生活多年的家乡去外面上大学，最后留在城市之中，她染了发，找到了工作，和其他人合租

---

① 鲁敏：《伴宴》，江苏文艺出版社，2011年，第150—151页。

房子，且从不谈家人与过往，像是一个没有过去的人。①小说中的姐妹们想要逃脱生活的桎梏找到新的未来，最后却被现实击败，落入世俗的轨道。

鲁敏的确热衷于书写精神疾病，疾病也一直是文学世界重要的创作主题。鲁敏曾表示，"我很喜欢的谷崎润一郎、太宰治、斯特林堡、三岛由纪夫、普拉斯，对'病''变态''变形'的酷爱、辩护、自戕，是有着很大共同点的。"②"我不断地翻看福柯的《疯癫与文明》《精神疾病与心理学》以及……福柯传记，他是我当时的强大支撑……他对疯癫、疾病、神经质加以筑沟引渠，引申到社会隔绝、阶层压迫、教育误区、文明进程的戕害、平权与特权的诡变等，对我很有影响。"③米歇尔·福柯认为人类规训之下的文明必然会导致疯癫，他认为在现代文明的规训下，人的反抗被消解掉，而看破社会真面目的觉醒者却被当作异类，被视为疯癫的精神病人与狂人。"鲁敏通过精神暗疾对现代社会文明展开的批判，就是以福柯的疯癫理论作为支撑，在小说中不断呈现并印证疯癫理论。"④

评论者张瀚苒也敏锐指出鲁敏在这一暗疾主题的创作中，还存在着很多的未完成性，所谓的精神病人当他们"摆脱了正常人理解现实时所不得不运用的惯常知识、逻辑、思维方式、推理程序……完全凭着自己的感受对外界做出判断，他们就有可能更真切地看清了现实世界"。⑤不被社会规范束缚的精神病人具有独特的思维方式与言语逻

---

① 鲁敏：《镜中姐妹》，《十月》，2003 年第 4 期，第 173 页。

② 鲁敏：《路人甲或小说家》，译林出版社，2019 年，第 120 页。

③ 鲁敏：《时间望着我》，译林出版社，2019 年，第 127 页。

④ 张瀚苒：《鲁敏小说创作论》，辽宁师范大学硕士学位论文，2022 年，第 8 页。

⑤ 王彬彬：《余华的疯言疯语》，《当代作家评论》，1999 年第 4 期，第 39 页。

辑，天马行空的想象、奇异的用词、拼贴式的话语搭配使得文本富有强烈的感染力与表现力，"鲁敏本可以通过病人视角引领读者进入更深层次的感悟，但这极富意义的独特视角在她的小说中并未得到充分挖掘，表达也不够深刻。"①除此之外，在鲁敏笔下，对于这些生活在都市中下层的家庭来说，他们的生活是灰暗而压抑的，他们似乎与这个社会的发展毫无干系，只是傀儡一般地重复生活。鲁敏清楚地看到了这群人的生活状态并写出了他们在精神上的贫乏与追求。他们渴望突破现实的束缚，却不得其法，始终陷入生活的沼泽。"但实际上，都市生活与现代都市文明并不是仅具有负面的意义，如何带着正确的情感立场去面对城市，公正地书写现代都市文明绝不仅是鲁敏一个人需要面对的难题，也是一代作家需要去攻克的写作难关。"②

二、转型时期的乡土回归

在都市小说的创作过程中，鲁敏越来越想要寻求一个与充满欲望的城市不同的可供人们心灵得到栖息的地方，于是，她建造了东坝。鲁敏的东坝小说中处处可见温情的画面，从中可以看出她对乡土浓得化不开的深情。她笔下的东坝没有具体坐标，也没有具体时间，它只是想象中的一个世外桃源，这里人情温润，冷暖适宜。

全面考察鲁敏所写的东坝系列小说，我们会发现一开始小说中的人物并非尽善尽美，而是暗藏着欲望、贪婪、算计等恶性因素。直到2007年后，鲁敏由城市小说重又转向对乡土小说的描写，这时才有了一个具有浓郁田园风味，充满善与美的令人向往东坝。鲁敏说过：

①② 张瀚苒：《鲁敏小说创作论》，辽宁师范大学硕士学位论文，2022年，第8页。

"在最初，写东坝就是为了反现实主义，就是为了建造我一个人的乌托邦。"①在东坝这一理想世界之中，寄托了鲁敏对理想生活、理想人性的向往，这里的每个人都对他人充满善意，到处充斥着善良的人性与美好的人情。

东坝可以说是鲁敏为自己找到的"故乡"，对于东坝，鲁敏有着浓烈的情感，她在小说中描绘出了这样一片地域，这里的人"狡黠、认命亦不乏趣味"。这里的生活并不是全然美好，但这里没有恶意，没有激烈的冲突，没有流言蜚语，有的仅仅是一些调笑。在以东坝为背景的小说里，鲁敏"表达出以美德为标志，以宽厚为底色，以和谐为主调的人间至善。善，是这些小说要共同表达的核心主题"。②

《逝者的恩泽》描写了陈寅冬故意被砸死，给妻子红嫂和女儿青青留下了一笔抚恤金，而其在特殊环境中相处的情人古丽带着儿子达吾提来投靠红嫂。在我们看来接下来的发展必然是古丽的到来给东坝带来一系列的骚乱，将红嫂的生活变得混乱不堪。然而令人意外的是，鲁敏的笔下，这样一个奇异的家庭组合竟然意外的和谐。古丽的美赢得了红嫂女儿青青的崇拜，红嫂乐见其成。人情之美在这篇小说中体现得淋漓尽致，善意使得她们的生活洋溢着童话般的美感。红嫂知道陈寅冬是蓄意去死的，面对突然出现在她面前的陈寅冬的女人古丽和儿子，她虽觉得无比尴尬，但还是大度地留下了他们。她知道自己一生唯一的男人即使在那短暂的春节也从没有真正地爱过自己，甚至是那笔抚恤金，也更多的是为了古丽和那个男孩的生活。这对红嫂来说本应算是一个沉重的打击，她本应该仇视古丽和她的儿子。

———————————

① 鲁敏：《回忆的深渊》，昆仑出版社，2013 年版，第 48 页。
② 阎晶明：《在"故乡"的画布上描摹"善"——鲁敏小说解读》，《小说评论》，2008 年第 5 期，第 78—80 页。

但在作者笔下红嫂只是微微叹口气，每天仍旧为了四口人的生活而在冬季的寒风中挑着小食穿街走巷，没有一句怨言。当她想动用抚恤金为相貌普通的女儿青青准备嫁妆时，又想到了年幼的达吾提，担心他以后有什么要紧的事，却没有钱用。红嫂胸部长了肿块，痛得不能动弹，仍旧不肯听古丽的劝说去看医生，她坚持把抚恤金留下给达吾提治眼病，给青青置办嫁妆。红嫂的善良是宽容的、充满爱意而又感天动地的。

鲁敏的东坝小说充满诗意，带有田园的风格，她笔下的东坝自有一套道德规范。在东坝这一理想世界，邻里和睦，父慈子孝，处处充满温情与感动。这里的乌托邦主要是通过人与人之间的善良与人情味而构成的纯洁的世界。《颠倒的时光》中，东坝的人情之美被写到极致。小说中有这样两个重要情节：一是大雪即将来临，木丹十分担心大棚的安危，半夜的时候村民们自发地帮助木丹度过危机；二是在春天，大棚中的西瓜反季节收货，木丹挨家挨户给村民送瓜吃。[1]鲁敏在小说中重点指出木丹给村民送瓜并不是因为村民的帮忙，而是出于一种自觉，这是超越回报的。小说中邻里之间的关系十分单纯，村民帮助木丹是出于人情而非对利益的考虑。他们无私地伸出援助之手，真诚地给予帮助，同样的，木丹有好东西也会与村民分享，任何人有困难也会尽力帮忙。《纸醉》中的主人公开音是一位哑女，但村民们并没有歧视她，反而对她关怀备至。当开音凭借着高超的剪纸技术而身价不菲时，村民们也不攀附，反而给予她祝福。剪纸提高价格以后，村民们也不因要价高昂而在背后闲言碎语，这让我们看到了东坝醇厚无比的人情之美。当伊老师的小儿子小元给开音讲解剪纸的报酬与版权，伊老师脸都红了，感觉很不好意思，小元的想法违背了伊老师所

---

① 鲁敏：《颠倒的时光》，《中国作家》，2007年第4期，第120—135页。

学的仁义道德。①伊老师的观念中，人与人之间不应该因为利益才选择相互往来，而应以"仁义"作为交往的根本。

《思无邪》中，女主人公兰小是一个痴呆女，因中风而瘫痪在床。男主人公来宝则无父无母，又聋又哑。来宝既没有土地也没有房子，一辈子在别人的屋檐下吃饭。两个身有残疾的人，机缘巧合之下在一起相处。来宝每天的任务即将兰小照顾得妥妥当当的，洗头、刷牙等生活琐事来宝都一力包揽，在他的照顾下，兰小开始有了人样，每天都能享受到舒适的生活。本以为生活就这样平平淡淡过去，而就在某一个炎热的夏天，来宝"长大成人了"，他萌发了性意识。而他与兰小的结合是所有人都意想不到的，他帮兰小一天洗四次澡的行为在别人的眼中也不过是出于感激之情。兰小怀孕了，这样一件本该当做丑闻被千夫所指的事却出人意料的获得了村民们的谅解。人们都善意地往好处想，乡亲们宽厚地接受了两个孩子之间发生的这种事，还为他们积极地张罗婚事。伊老师作为村里少有的文化人，他没有歧视来宝与兰小之间发生的事，反而热心地为他们做媒，伊老师似乎忘记了兰小的痴傻、瘫痪，忘记了来宝的聋哑，并全然不提他俩的私自结合。伊老师保全了兰小父母的面子，而淳朴的村民则是善良地接受了来宝与兰小的结合，大家都用善意的眼光来看待此事，讨论着兰小孕育孩子之后可能会被带走她的痴呆或者瘫痪的病症。村民们怀抱善意，全心全意为他人着想。虽然他们没有太多的文化，但是他们有着善良本性。虽然最后兰小难产而死，故事以悲剧结尾，但我们从中看到了东坝中萦绕的温暖人心的善意。来宝以一颗纯真的善心妥善照顾兰小，村民们以一颗包容的善心谅解并祝福两个孩子之间的结合。正是这种人性之中蕴含着的震撼人心的善良，让我们对鲁敏笔下的东坝世界念念不

---

① 鲁敏：《纸醉》，江苏人民出版社，2008年，第322页。

忘，对人与人之间的美好交往产生无限的憧憬。东坝的人们无疑保留着最纯真最原始的美好的人性。

东坝世界处处充满着温情与诗意，令人神往。然而在城市化的进程中，这片净土也不可避免地受到了城市文明的浸染，东坝正在被潜移默化地改变。我们无力阻止城市文明与东坝产生交集，城市文明给东坝带来的冲击，使得理想中的乌托邦在逐渐破灭。

《颠倒的时光》里蔬菜大棚的出现打破了正常的四季循环，人们几千年来的春种夏长、秋收冬藏的农耕习惯被"颠倒"了，这使得木丹产生了困惑。从经济发展来看，大棚的出现无疑给农民带来了更多的收益；但从自然来看，似乎又破坏了自然规律。大棚种植即是现代化都市文明给乡村种植方面带来的改变，人们不再按照季节来种植，而是为了经济效益而在种植上打乱四季的规律。

《纸醉》中开音所擅长的剪纸属于中国传统工艺的一种，小说中对开音的剪纸过程进行了细致的描写，在这样的描写中我们感受到了开音性格上的沉静与敏感，更体会出了开音对传统剪纸工艺的热爱与珍视。如此传统的剪纸工艺流入城市很快受到了人们的追捧，被人们当做非物质文化遗产。剪纸大受欢迎，开音也因此而喜悦。伊老师的儿子小元从剪纸受城市人追捧之中发现了商机，他帮助开音将剪纸变得更有价值。经由媒体的宣传播报，开音所做的不仅仅是和往常一样，简单重复单调的剪纸工艺，她还要额外学习如何待人接物，如何计算剪纸的价格以及剪纸的版权问题。开音原本平静的生活逐渐改变，剪纸技术传统与利益挂钩在了一起，使得它改变了原有的纯粹，开音也不再仅仅因为单纯的喜欢而剪纸了。

《思无邪》中村主任万年青收留来宝，拿他当亲儿子对待，因而来宝积极勤快地做事，承担家里所有农活，这父慈子孝的画面在万年青从城市归来的儿子儿媳眼中，却成了万年青对来宝的剥削和压迫。他们为了捍卫来宝的"平等"与"自由"，强迫父亲送走来宝，使得他俩被迫离别。城市人以自己"先进"的思想来要求乡土生活的其他人，使得乡村的人们改变了原有生活方式，无形中受到了都市的侵袭。正如本该是圆满的结局，却因兰小大出血而死变成了悲剧。兰小的死亡也从一定程度上象征了传统人情逃不脱被摧毁的命运。

三、创作中的突破与问题

鲁敏对于自己的创作曾坦言，"对于未来几年我的写作走向和格局，我有一种潜在的焦虑，它确实是我比较重视和关切的所在"。[①]因此，从城市到乡村的创作转型正是鲁敏创作的焦虑下的一次自觉探索。鲁敏既让我们看到了她转型创作中的更多努力与突破，同时，也让我们看到了她小说中的限制与问题。对于这些创作探索的成功与失败，鲁敏有着清楚的自省："我与写作的关系一直很紧张，从来达不到真正的心满意足，每一个与之相关的夜晚都是艰难而结结巴巴的。"[②]

在充满着压抑沉重的底层文化中，鲁敏一反常态，转向对理想乌托邦的描写。她的东坝系列小说中的人物是十分平和的，这里的人不争不抢，不利欲熏心，他们的生活宁静祥和。鲁敏用她的笔描绘了纯洁至善的人性，向我们袒露了人性中最真诚最原始的美好。她有意识地在建构东坝这一乌托邦的过程中去挖掘生活的浪漫，去赞扬人性之善与人情之美。《颠倒的时光》中村民们对木丹无私的不为利益的

---

① 鲁敏：《以小说进入路人内心世界》，《天津日报》，2018 年 3 月 21 日，第 3 版。

② 鲁敏：《写作把我从虚妄的生活中解脱出来》，《中华读书报》，2012 年 11 月 1 日，第 6 版。

帮助；《思无邪》中，村民们对兰小和宝来私自结合的谅解与祝福；《离歌》中三爷对村民的任劳任怨、无私奉献等向我们展示了人性的美好与善良。鲁敏对东坝小说的写作从一定程度上弥补了当下底层写作的压抑沉重的绝望文化所带来的极端化问题，让我们看到了人性中存在的一种能抚慰现实中不理想境遇的能量，一种超越世俗的善意和大爱。她对于乡土的纯洁式的描写像黑暗中的一道光，对底层写作有着极大的启发作用。

以废名、沈从文等人为代表的田园牧歌式小说最早出现在 20 世纪二三十年代。这些乡土小说一反愚昧、落后的常态，处处充满着纯洁与恬静。而鲁敏继承了沈从文对于城乡的书写，一面批判都市，一面构建理想中的家园。但与沈从文不同的是，鲁敏笔下的乡村带有现时代社会转型的特征。如《颠倒的时光》中传统的农耕理念因科学化、现代化的生产而打破，乡村人的生活也被城市人的行为准则所改变。鲁敏在乡土小说中主动向都市靠拢，写出了乡村在转型中的一个状态。这不是像其他作家一样简单粗暴的城乡对立模式，而是乡村主动向城市化的过渡，使得鲁敏小说呈现了一种多元而急遽变动的态势。

评论者曾指出鲁敏的东坝系列小说在人物塑造上突破了"好人什么都好"的单一的传统模式。[1]《逝者的恩泽》中，鲁敏小说男主人公陈寅冬面对两难的情况，选择了被掉下的枕木压死以此换取抚恤金来供养他生命中最为重要的四个人。作为一个没有文化的粗人，陈寅冬用牺牲自己生命的方式去延续丈夫和父亲的责任，以求得四个人可以在同一屋檐下共同生活。他的善良是愚昧的，但同时又是震撼人心的。鲁敏大胆地写出好人陈寅冬也有一时糊涂的时候，写出了好人身上的

---

① 赵杨：《从批判城市到回归乡土——论鲁敏创作方向的转变》，《常州工学院学位论文》，2018 年 6 月，第 15—17 页。

缺憾。另一女主人公古丽年轻貌美，有着塞外风情，不受红尘戒律的约束，与陈寅冬在一起。到红嫂家后，她又和张玉才互相爱慕，可是当她知道青青爱张玉才时，随即放弃了自己的感情，甚至为他们俩牵线搭桥。当她发现红嫂的病便立即劝她治疗，表示自己与达吾提不会要抚恤金。古丽的善良是率真的，但不是十全十美的，她曾迷失过，邪恶过，但最终她的善良战胜了自私与邪恶，成为了一个善良的人。古丽这一形象被塑造得真实可信，她不是一味的善良，而是在成长过程中逐渐改变，是一个有缺憾的善良的人，在她身上有着一种可亲可敬、可爱可恨的"人性"。她体现了鲁敏塑造人物的才能，具有艺术美。《离歌》中的彭老人热心为三爷修桥，但他不是纯粹的善良，他的善良里带着点小私心，即希望自己死后，三爷能为他办一场完美的丧事。

鲁敏用她的浓情书写着东坝这片朴实的大地。她笔下的村民摆脱了鲁迅时代的愚昧麻木，更多的是智慧与善良，在人性善的光辉中，我们看到了希望之光。作为70后女作家中的一员，与其他70后不同的是，鲁敏是以一种奇异的方式进行都市生活的描写，而非其他女作家笔下千篇一律的对都市中物质以及病态等因素进行放大化的描绘。鲁敏描写了都市生活中的种种暗疾，揭示了人们处于经济化社会中产生的心理问题以及精神上的疾病。鲁敏在现代性都市小说中的独特切入角度使她区别于其他70后女作家，但现代性从某种程度上说又限制了鲁敏的思想。现代性导致了鲁敏在小说题材上和其他70后作家一样陷入作品同质化、想法稚嫩缺乏深度，以及小说结构过于简单的问题中，比如说都倾向个人化的叙事。鲁敏的《白围脖》中，父亲是大学生、父母之间毫无情爱可言、父亲早逝、父亲的劳教等情节都是她个人经历过的，是对她个体经验的投射。她的城市作品也与其他70后作家一样充满金钱与性，如《白围脖》中的极致性爱，《男人是水，女人是油》中三个家庭对金钱无穷无尽的追求。鲁敏的小说不具有哲学层次上的意义，而仅仅是单纯描写了人在现代社会中产生的孤独心理，只是真实反映了一个群体的状态。当这种写作开始变得批量化、同质化时，它还具有人文关怀层面的意义吗？

鲁敏笔下的东坝小说充满诗情画意，带给人美的享受，给文坛带来清新之感。但不容忽视的是这类小说存在"单边主义的美学"[1]的问题，它不是建立在现实基础之上的，东坝这一虚无缥缈之地，使得我们无法看到故乡真实的面貌。鲁敏在小说中对于乡土受都市浸染带来的改变明显带有个人主义色彩，她在对这一进程的描写中使乡土仍保持着一种较为"纯洁"的状态，"用善良把我们的每种散漫的生活姿态遮蔽起来，在它的下面流动着我们争吵、烦躁与不安"，鲁敏塑造的是她想象中的充满和平与美好的乡村，而非是现实中受到都市冲击而日益变化的乡村。她在《思无邪》中的确写到了乡村生活向现代化城市生活靠拢，如电视机的出现，大棚种植的出现等，但她的重点仍是放在对人性中真善美的描绘与宣扬。这样的小说主观色彩太过浓郁，是作者理想中的家园。

附录：

一、鲁敏主要作品

短篇小说：

《四重奏》，《人民文学》，2003 年第 6 期

《小径分叉的死亡》，《人民文学》，2005 年第 4 期

---

[1] 特指一种文学创作层面的"单边主义"，作家对于笔下的乡土产生一种想当然的、自以为然的审视与想象，由此产生了美化或丑化乡土的"单边主义美学"，作家有意识无意识的带有一种倨傲的、赏玩的美学姿态，乡土的真实境况反而被遮蔽了。

《暗疾》，《大家》，2007 年第 3 期

《离歌》，《钟山》，2008 年第 3 期

《伴宴》，《中国作家》，2009 年第 1 期

《西天寺》，《天南》，2012 年第 6 期

《大宴》，《人民文学》，2016 年第 10 期

《火烧云》，《上海文学》，2017 年第 1 期

《乌云镶边》，《江南》，2022 年第 2 期

中短篇小说集：

《纸醉》，江苏人民出版社，2008 年

《取景器》，山东文艺出版社，2009 年

《离歌》，春风文艺社，2010 年

《墙上的父亲》，新星出版社，2012 年

《镜中姐妹》，太白文艺出版社，2017 年

《思无邪》，四川文艺出版社，2018 年

《梦境收割者》，中信出版社，2021 年

长篇小说：

《戒指》，中国青年出版社，2005 年

《爱战无赢》，百花文艺出版社，2005 年

《百恼汇》，上海人民出版社，2008 年

《博情书》，江苏文艺出版社，2007 年

《六人晚餐》，北京十月文艺出版社，2012 年

《奔月》，人民文学出版社，2017 年

《金色河流》，译林出版社，2022 年

二、主要参考文献

1. 李海音：《鲁敏的世界观及写作》，《小说评论》，2014 年第 6 期

2. 李云雷：《"底层"、魅惑与小说的可能性——读鲁敏的中短篇小

说》,《当代文坛》, 2008 年第 6 期

3. 孟繁华:《历史、主体性与局限的魅力——评鲁敏的小说创作》,《扬子江评论》, 2008 年第 1 期

4. 阎晶明:《在"故乡"的画布上描摹"善"——鲁敏小说解读》,《小说评论》, 2008 年第 5 期

5. 余荣虎:《鲁敏论》,《中国现代文学研究丛刊》, 2018 年第 10 期

6. 张瀚苒:《鲁敏小说创作论》, 辽宁师范大学硕士学位论文, 2022 年 6 月

三、必读书目

《镜中姐妹》, 北京十月文艺出版社, 2003 年

《颠倒的时光》, 中国作家出版社, 2007 年

《伴宴》, 江苏文艺出版社, 2011 年

《我以虚妄为业》, 河南文艺出版社, 2014 年

四、拓展与练习

鲁敏的小说创作展现出颇具个性化的风格特点,城乡书写更是其小说中的一大亮点,请对鲁敏小说中的"城"与"乡"对照探究,放在中国现代乡土文学的视野下,进一步梳理和概论鲁敏在创作上的延续与创新,同时与其他"70 后"作家群相比的独特地位与价值。

第十五章

徐则臣：在"到世界中去"的写作

徐则臣，1978 年出生于江苏省东海县，现任《人民文学》杂志副主编。1997 年开始创作，2005 年崭露头角，先后获得了庄重文文学奖、老舍文学奖、鲁迅文学奖等文学奖项。著有《北上》《耶路撒冷》《午夜之门》《夜火车》《水边书》《天上人间》等作品，在海外已被翻译成二十多种语言，包括英语、德语、法语等。2017 年，《摩洛哥王子》获第十七届百花文学奖短篇小说奖，《人民文学》优秀编辑奖；2019 年，《北上》获第十届茅盾文学奖；2022 年，《虞公山》获第七届郁达夫小说奖短篇小说奖首奖。

徐则臣之所以后来被有的批评家称作"学院派"作家，与其北京大学的教育背景相关。2003 年，徐则臣考取了北京大学中文系硕士研究生，师从曹文轩。北京大学严谨的治学环境，扎实的学术训练，给徐则臣提供了非常重要的写作资源——问题意识。徐则臣说："自己写中篇小说是因为自己有疑难、对自身的疑虑如此凶猛。""作家与批评家不同，我是通过故事解决问题。"硕士研究生期间，徐则臣已经在主流刊物上发表了几篇小说，也在此期间获得了"第四届春天文学奖"，出版小说集《鸭子是怎样飞上天》。

在徐则臣前期小说，如《花街》《大雷雨》《伞兵与卖油郎》《水边书》等作品中，花街都是作家极力描刻的重要生活空间。"我们可以认为，花街既是徐则臣前期小说的主要文学空间，也构成了其小说叙事的起点和地方中心经验。"①北大毕业后，徐则臣成为一名地地道道的"京漂"，经历了"京漂"要面对的经济窘困、身份认同缺失等问题。也许是经历了"北漂"都可能经历的困苦，且故乡多有到北京打工的老乡，徐则臣才会对这群城市"底层"人更为关注，在构造这群人物的群像时更加"及物"。"京漂故事"成为他早期创作的主题，表现了乡村或小镇青年对外部世界的渴望。"卖葫芦丝的""卖麻辣烫的""卖假古董的""办假证的""在广场上放鸽子的""开杂货店的""来北京读书的学生""来北京寻夫的妻子"……一众小人物，成为徐则臣"京漂"系列小说的主人公。"我也从没把他们当成什么'底层人物'来写，在我看来他们就是一个个'人'，有我的亲朋也有我的好友，跟他们聊天我没有心理负担，也不必藏着掖着，他们比我还好说话。"②这群"小人物"形象生动，在王城中韧如蒲苇。这些人物的精神气质实质上都与徐则臣本人北京期间的生活以及其对"京漂"群体的理解密不可分。

一、《耶路撒冷》中的"个体精神史"书写与救赎意识

徐则臣不仅凭借长篇小说《耶路撒冷》获得了第五届老舍文学奖，同时也获得第九届茅盾文学奖的提名。《耶路撒冷》从人文主义的立场出发，对笔下人物保持着高度的人文关怀，探寻作为"70后"代表的几位主人公的"救赎"之路。小说的主要特点如下：

---

① 邱域埕：《发明"花街"与"北京"之外的普遍性世界——徐则臣小说论》，《当代文坛》，2024 年第 1 期。
② 徐则臣：《无法返回的生活》，长江文艺出版社，2021 年，第 127 页。

（一）圆弧结构与经历罪感

这部四十五万字的长篇小说，徐则臣将其叙述几乎均匀地分成十一等份。他择取小说人物作为冠盖这十一份叙述故事的标题，而实际动用的人名只有六位，他们自然是小说故事的主角们——

第一至第五		第七至第十
"初平阳"		"杨杰"
"舒袖"	第六章	"秦福小"
"易长安"		"易长安"
"秦福小"	"景天赐"	"舒袖"
"杨杰"		"初平阳"

这样的叙述框架呈现出清晰的对称关系，十一则故事犹如五圈圆弧在叙述水面上荡漾铺展，居中的是第六部分，标题为"景天赐"——它是小说圆弧结构的初始圆心，是激荡出五圈叙述故事的动源所在。

作为小说故事原点的，实际是一桩自杀事件：少年景天赐在河水中遭遇雷击，"天赐吓傻了。然后，天赐开始伤人。然后，天赐开始伤自己。然后，天赐割破血管，杀了自己。"少年生命的夭亡犹如一次惨烈血喷，在少年同伴内心激起不息波澜，此后初平阳们的生命就在天赐割腕自杀激起的心理余波中颠荡——那枚手术刀割杀了他的生命，也割伤了他们的生命。肉身死亡的是景天赐，心灵受创的则是初平阳们。前者是小说故事的原点事件，它被作者置于叙述的中心区位，仿佛震源所在；后者是原点事件漫长的后续反应，犹如冲击波从震源扩展，地动山摇之后，生命犹且战栗不歇。如此，《耶路撒冷》的圆弧结构既暗示故事原点事件与其后续反应之间的构成性粘连，也表述着死亡与创伤的叙述蕴涵。

作为小说故事原点事件的少年天赐自杀，实非小说叙述重心，它被作者置于十九年前的叙述"后景"中，以人物（初平阳等）回忆的方式呈示出来，而作为叙述"前景"在小说中着力表现的，则是天赐自杀在少年同伴那里激起的漫长的心理反应，这种持续的心理反应在小说叙述中被作者确定为一种"罪感体验"：天赐用于自杀的手术刀，由杨杰提供，他把医院作为废旧品处理的刀片，作为玩具兼削笔文具分送给少年伙伴们，而天赐最后却将它用作自杀工具；从手术刀到玩具兼文具再到自杀工具，刀片的功能性转变，使杨杰一直无法抹掉这个事实："刀片是我送的"。碰巧身处天赐自杀现场的是初平阳，他被"巨大的恐惧贯穿了"，"转过身撒腿就跑"，多年以来他念念不忘："你曾浪费了足可以让天赐起死回生的宝贵时间"。同样自责的还有易长安，这个伪证制造商兼批发商，即便在凄惶逃亡中犹且铭记天赐遭雷击的情景——是他，在电闪雷鸣之际激将天赐跟人游泳比赛，其直接后果是天赐在河中遭雷击，"被吓傻"。如此，景天赐从遭雷击发疯到割腕自杀，少年生命的早夭与少年同伴的人生经历及其生命体验在小说叙述中构成某种因果逻辑，前者作为经验事实转化为后者的罪感体验：活着的同伴被天赐自杀惊吓，而更深重的惊吓则是——他们意识到自己是这桩自杀事件的参与者、帮助者，甚而就是谋杀者。他们负罪出走，离开花街，"到世界去"，又负罪返乡，回花街来，少年同伴的自杀就像无法愈合的溃疡，生长在他们生命里。

　　徐则臣将笔下人物推上灵魂的审判席作了被告，控诉的原告和审问的法官也由他们自己担任，角色齐全，即此展开一场内心自我审判。一桩自杀事件，在小说叙述隐设的灵魂法庭上，转化为一宗"谋杀案"，借以透视出庭人物的心理实景，这显示出小说叙述的精神向度与精神蕴涵。

（二）灵魂历程与精神向度

《耶路撒冷》不失为一份当代中国"个人心灵史"的文学叙述，这部长篇小说的真正价值，恰恰就在于它呈示出当代背景下的个体经验与个人体验。

小说以初平阳返乡开篇。返乡是现代汉语文学中屡见不鲜的叙述情境，而返乡的叙述情境总包含着追忆的叙述内容，笔涉往昔与现实；因此，在返乡情境中小说叙述积聚着、并展开来丰厚的人生与社会内容，"个体精神史"即在人生与社会交集中得以叙述表现。返乡的直接因由各不相同：初平阳是出售祖屋及迁家；杨杰是扩大水晶制品产业；秦福小在多年浪迹后带着领养的儿子回乡，他仿佛是她割腕自杀的弟弟的"转世"，她给他取名"天送"，他的名字以及他与天赐的外貌相像，构成了一则有意而为的叙述隐喻，她浪迹多年的唯一收获是寻得了又一位弟弟——其实是弟弟的"替代者"。

不管初平阳们返乡的直接因由是什么，潜存内心的经历罪感则是共同的深在原委，它与少年天赐的夭折有关。"没有比天赐更大的理由"，易长安说出了他们的幽深心曲，天赐自杀是他们无法释解的罪感，他们的返乡就是彼此心照不宣的一场特殊约会，既出自抚慰创伤的心理需要，也具有祭奠与赎罪的精神意味。因此，将天赐作为最大的"理由"，实际是为要救赎他们自身的灵魂，所以初平阳说："甚至也不是为了天赐，是为了，我们自己。"就这样，《耶路撒冷》的叙述意义由经历罪感走向某种宗教体验。花街斜教堂同样是小说设计的一则隐喻，它在世俗生活叙述中另行豁开神圣信仰之维。作为小说结构圆心的第六部分"景天赐"，作者取初平阳为叙述视角，而对于虔诚敬神的秦环老奶奶的旧事回忆，与有关犹太民族的某些历史记忆，在这一部分勾连、交融，拓开了关于生命苦难与精神信仰的叙述、想象空间。

小说叙述在第六部分交集、集聚着双重情感能量：一是对经历原罪的焦虑，一是对精神拯救的热望——它们浑融成叙述的内在动能，冲溢开来，仿佛圆心扩展、波澜涌荡，传布至小说前前后后的叙述中。在花街，在"革命"与"批斗"的背景中，秦环老奶奶"她一个人的宗教"，被好奇的少年们窥见；她"在一个大雨之夜抱着十字架死在石板路上"，但出自其口的"耶路撒冷"这四个具有特殊"韵味和美感"的"汉字组合"，连同老人卑微而虔诚的形象，构成少年初平阳朦胧而神秘的宗教启蒙。他后来的生活阅历，随岁月不断增生的那份经历罪感，逐渐将其隐伏心间的最初的宗教启蒙激活，经历罪感与精神拯救遂成其灵魂共振。

《耶路撒冷》的叙述至少勾勒并表现出了小说中心人物初平阳的灵魂历程；并且，小说此份深度表述的更深在的心理动力，是作者本人的精神向度——他力图在庸常、驳杂的俗世生活中寻得某种意义根基，或者说，建立起某种意义秩序，揭见生活与生命的某种神圣性与超越性。然而，无论是小说人物的灵魂历程，还是小说作者的精神向度，它们在小说叙述中实质并不具备群体的表现力与概括力，它们只具有"个体心灵史"的内涵与质地。小说叙述就其本质而言，是个体性与个人性的。正是个体性与个人性的叙述内质，成为小说叙述在全部文化构成中的本质独特性，并决定了它的存在价值。

（三）精神救赎书写的现代意义

在徐则臣众多小说中，《耶路撒冷》特殊之处在于，它一方面解构了作为凡俗现实生活"此在"的伦理困境，另一方面也让众多寻求救赎的人物获得了理想的精神寄托。徐则臣专注于日常生活写作，将笔触与目光投注于当代人的现实挣扎和心灵世界中，寻找自我存在的意义和突围精神困境的方法，承担起救赎的时代任务。

海德格尔的"此在"是存在"在世界之中"的"在"。此在既存在于现实的日常生活里，存在于说话、言语之中，也存在于历史中①。《耶路撒冷》中几乎所有人物都在生活中苦苦挣扎，为现实忧愁，也即困于"此在"。徐则臣以超常的文字驾驭能力解构了书中几乎所有重要人物的伦理困境。如易长安对父亲易培卿强烈的俄狄浦斯情结，吕冬和杨杰在择偶倾向上都表现出的"恋母情结"，以及秦福小与景天赐之间的互相拉扯的张力。"在秦福小自私的潜意识中，她对弟弟有诸多不满，但是她根本意识不到这种嫉妒和不满，这种情绪以'反向作用'的形式发挥出来，于是就有了初平阳所认为的秦福小对自己的弟弟非常好，比自己的姐姐对自己好一万倍的看法。实际上，秦福小是把对弟弟的仇恨和敌意掩藏于潜意识之中，而以反向的对弟弟异乎寻常的好的形式表现出来"②。无论是易长安还是吕冬和杨杰，包括秦福小最后都在良知的召唤下试图去对自己过往的"罪责"做出弥补。

小说中的每个人都有到世界去的梦想，就连傻瓜铜钱也有这个梦想。而小说中的世界本身就是一个没有特定参照物的虚幻空间，可以根据不同参照物自由切换。如果以花街为圆心，外面的世界就是世界，但与中国相比，国外就是更广阔的世界。所以，对于徐则臣小说中的人物来说，重要的不是他们去向何方，而是走向世界的行为本身。小说通过初平阳和铜钱的对话勾勒出现代人对世界的渴望和追求，又通过初平阳的出国学习之旅，引出了耶路撒冷这一更为广阔的世界。正是通过"到世界去"这一方式，"初平阳们"获得了彼岸的精神寄托。

---

① 周德义：《海德格尔"此在"研究的启示及其引发的思考》，《湖南大学学报（社会科学版）》，2013 年第 27 期，第 106—111 页。

② 叶雅平：《心理学视域下的〈耶路撒冷〉》，广西师范学院，2016 年，第 20 页。

二、《王城如海》的个体经验与典型都市认知偏差

《王城如海》以余家为叙述纽带，捆扎起余松坡、罗冬雨、韩山、罗龙河——这个"偶合家庭"及其关系延伸，俨然是都市里一个缩微版的"乡下人"小群落，正是当代中国都市与乡村之间内在关联的叙事表征。徐则臣在《王城如海》中表达出叙述当代中国都市的雄心，而小说"以北京为样本"，个中原委除了作者本人的城市个体经验（"我在这个城市生活了十几年"）外，恐怕还在于"王城"本身在当代中国社会构成中的典型性——作为当代中国首要的"一线城市"，其存在形态无疑是当代中国城市共同经验的表征。小说叙述对象的选择既立足于作者的经验积累，且具有高度的典型性（"样本"），这样的叙述选择显然是合理的。但作为大都市"样本"的京城（"王城"），在小说叙事中却实际处于被悬空状态，作者的叙事实践与其叙述意愿之间，表现出相当距离的暌违。

（一）自觉创作意识下的虚构形态

徐则臣是一位具有自觉的创作意识的作家，在《王城如海》中他虚构了"小说中的戏"——那是小说主人公余松坡创作的《城市启示录》，"戏里一个满肚子城市知识的教授从伦敦回来"，"该教授出国三十年只回来过三次"，这一回，他"要在国内做个课题，世界城市的比较研究"——

这些年，北京这个"庞大固埃"成为国际新兴大都市的样板，年逾半百的华裔英国教授一拍桌子，后半生研究的重心，就它了。以他收集的材料，作为一个国际大都市的北京，实在充满了难以想象的活力与无限之可能性。

剧本虚构的这位"华裔英籍教授"，他对北京作学术研究的兴趣，与小说虚构的"海归导演"余松坡其剧作《城市启示录》意欲表达的创作意图，具有主题的同一性；"小说中的戏"，构成双重虚构的文本形态，而小说与戏双重文本的融洽，正在于主题指向的同一性——当然，这种双重虚构的文本形态，着实强调着小说作者徐则臣的创作主旨："审一审"当代中国的大都市，它的"样本"就是北京。小说中，余松坡与记者交谈中比较分析了作为大都市的北京与巴黎、伦敦、纽约等的差异，在他看来，巴黎等大都市"它们进入了稳定、饱和、自足的城市形态"，"作为国际化大都市，它们超级稳定"，"你可以把这些城市从版图中抠出来单独打量，这些城市的特性不会因为脱离周边更广阔的土地而有多大的改变"，而北京——

　　你无法把北京从一个乡土中国的版图中抠出来独立考察，北京是个被更广大的乡村和野地包围着的北京，尽管现在中国的城市化像打了鸡血一路狂奔。城市化远未完成，中国距离一个真正的现代国家也还有相当长一段路要走。一个真实的北京，不管它如何繁华富丽，路有多宽，楼有多高，地铁有多快，交通有多堵，奢侈品名牌店有多密集，有钱人生活有多风光，这些只是浮华的那一部分，还有一个更深广的、沉默地运行着的部分，那才是这个城市的基座。一个乡土的基座。

　　徐则臣借助小说主角余松坡之口，表述了他对"王城"北京的认知。作者对大都市北京的乡土性的理性认知，落实在小说叙述层面，其人物选择即聚焦于都市里的"农村老乡"，遂形成"乡下人"小群落的叙述对象。人物从乡村进入都市的人生历程，以及他们乡村生活的早年经历和早年记忆，在小说叙述中构成都市乡土性的表述内容。换言之，作家有关都市乡土性的理性认知，落实于小说叙述层面，遂演绎开小说人物及其故事的乡土性背景与乡土性内涵。此间潜伏着小说叙述为作家认知牵拽的叙事逻辑，在都市的乡土性与人物的乡土性之间，徐则臣建构起一种直截了当的逻辑关联与叙事因缘。

（二）都市"乡土性"的划归问题

徐则臣在雄心勃勃地声言欲以这部小说"审一审大城市"（北京）的同时，又将作为国际化大都市北京的城市特性，提炼、概括为乡土性；要言之，他以北京的乡土性指认北京的城市性，就此在两者之间建构起意义与属性的等一关系——此间的认知归纳潜存着对对象的简约化抽象。乡土性，或许是北京城市性的一重内涵，却非唯一内涵；以乡土性概括北京的城市性，委实是认知的以偏概全，因为城市就其文化性状而论，是一种"文化复合体"。在乡土性的单面指认中，徐则臣对大都市北京的叙述表达，即表现出扁平化的倾向，因而我们在小说叙述中无法把握充实、饱满的北京特性。事实上，你几乎可以将这部小说的背景，设想为当代中国版图上的任何一座都市——尤其是那些雾霾来来往往的北方都市。作为大都市的北京，其特性在《王城如海》的叙事中，实际处于某种被悬置的状态，而作者在小说中分明表达着这样的叙述追求——

一座城市的复杂性，除了受到大家都能意会的那个相对抽象的政治、经济、文化的复杂性制约外，更受到这个城市人口构成的复杂性制约。他们的阶级、阶层分布，教育背景，文化差异，他们千差万别的来路与去路。

这份壮阔的叙述追求，在对北京都市特性的简约化认知（乡土性）牵拽下，铺陈为对余松坡家庭为纽带的"都市乡下人"小群落的叙事，"城市的复杂性"及"城市人口构成的复杂性"在小说叙述层面实未充分展开，城市特性在叙述表现中呈现着模糊、漫漶的状态。这样的叙述状态，造成《王城如海》的故事展开不足以支撑作者的创作追求，宏大的创作追求与局促的小说叙述之间，形成某种别扭的睽离与乖张，犹如一具没能充分发育的肉身。

（三）叙事意象设计与创伤记忆

《王城如海》的叙事表现并未聚焦于城市经验，"审一审大城市"的创作意欲在叙事展开中发生了悄然转向。在《王城如海》的叙述中，浓烈到爆表的雾霾作为都市表象得以浓墨表现："雾霾像灰色的羊毛在北京上空摊了厚厚的一层"，"在芝麻糊一样的雾霾里"，"北京的雾霾当然拔得头筹，味道醇厚，堪比老汤"……诸如此类的比喻性描述贯穿小说始终，一场持续一周时间的浓重雾霾既构成故事展开的现实场景，也成为"王城"的都市表象。但在叙述展开中，雾霾不唯作为都市表象得以渲染，更重要的是，它还作为心理象征得以表述。徐则臣有意在都市雾霾与人物心理之间搭建某种意义关联，以转喻修辞的造设，将物理性雾霾的呈示转向心理性创伤揭示；即此，对余松坡"怪病"的探究，成为小说叙述造设的基本悬念。

"雾霾进了爸爸的骨头里"，余松坡对儿子的这句反复声言，四岁半的儿子自然无法意会；当然，他也并不指望儿子理解，他其实是在喃喃自语，内心压力因触情生情而自然流露。"雾霾"进到了"骨头里"，实际是进到了他内心深部；"雾霾"就在他内心，是他经历中一桩挥之不去的往事：多年前，在乡村，为要使他跳出"农门"，他父亲与村长合谋"检举揭发"他的同房兄弟余佳山，后者因此深陷大牢十五年；尽管余松坡另行选择了自我奋斗之路，但这桩往事、尤其是同房兄弟余佳山的受难遭灾，就此成为他根深蒂固的"心病"。乡村伦理与现实功利之间的紧张冲突，构成这桩陈年旧事的叙述底蕴。余松坡时常复发的"梦游症"，兼具"歇斯底里"症状，它们即源于其精神深处的"心病"。在"走出乡村"的行程中，现实功利既催逼我们挣脱乡村伦理，后者又叫我们清醒地意识到自身的精神下坠，并由此产生强烈的羞愧感与耻辱感。

在徐则臣的叙述中，余佳山作为人物形象的内涵显然不是表述对象，他具有某种抽象化特质，承担着特定的叙事功能：他重现于余松坡的生活中，作为余松坡"心病"的具象化表现，在叙述中诡秘出场；余佳山在漫天雾霾中出现，激活了余松坡的"心病"——前者的重现是叙述安排的巧合，后者的"心病"激活则是精神存在的必然。对余松坡"心病"的揭秘，使小说叙述追溯都市人的乡村前史，从乡村到都市行程中的创伤记忆，遂构成人生历程的重要内涵，也成为小说叙述的聚焦处。在此，我们可以见到：徐则臣雄心勃勃的都市叙述，最后向乡村经验借用，就像一场冲刺后疲惫而松软的习惯性踏步。《王城如海》的创作更是作者上一部作品与下一部作品之间的过渡——毕竟，他怀揣一份未竟的宏愿："审一审城市"！

三、《北上》：运河文学叙事与历史建构

2014 年，中国京杭大运河成功入选世界文化遗产目录，成为中国第 46 个世界遗产项目。徐则臣出生的东海县青湖镇尚庄村曾经是一个运河环绕的村庄，"村庄的北边是后河、五斗渠、乌龙河，五斗渠往南再远处是另一条大渠。村子北边是八条水和八条水坝。"除了村庄周围的小运河，在离村子不远处的镇上，石安运河穿镇而过。对运河水的熟悉，也自然影响到徐则臣日后的写作。徐则臣说："河流是我生活的日常背景，习惯了，我无法想象没有水的生活。"[1]

---

[1] 李沛芳、徐则臣：《徐则臣："现实感"写作中的工匠精神——徐则臣访谈》，《长江文艺评论》，2021 年第 3 期，第 76—81 页。

运河的历史建构和文化影响，不仅包含在沿运河水道北上南下并转运至四方的货物当中，更包含于漫长的历史时间内关于这条运河不计其数的文学书写之中。唐宋诗词、宋代话本、明清小说无不浮现着这条大河的身影，进入 20 世纪，周作人、郁达夫、朱自清、刘绍棠等人笔下的运河更是构成了一段段或平和或壮丽的中国现代史。文学书写对大运河的历史建构不仅是一个时代的任务，也不仅由中国人来完成，而是跨越中西古今形成的合力。从这个意义上看，徐则臣小说《北上》不仅参与了大运河的历史建构，更通过对中国人、意大利人、英国人与这条大河命运交集的描述，精心设计的"断章取义"式历史对照的框架，借用他者的自我叙事，将运河历史碎片化后再次整体化的意象安排，参与了运河历史建构过程本身的叙事。于是《北上》就不仅仅是大运河的故事，更是关于大运河故事的故事。

（一）"考古法"叙事设计

从《北上》的目录中可以清晰看出作者希望通过两个历史切面的对比和联系进行叙事的努力。1901 年是小说的叙事起点，终点无疑是 2014 年，毕竟在那一年大运河入选世界文化遗产目录。小说选取了 1901/2014 这两个历史年份进行时空交叉的叙事。这种"断章取义"的蒙太奇手法被很多小说家所采用，时空的交叉转换并不是新奇的叙事方式，在意识流小说和现代戏剧中实属常见，如王蒙在《春之声》中用意识流手法对"故国八千里、风雨三十年"的表现，阿瑟·米勒《推销员之死》中的时空转换等，但上述作品中时空转换的叙事主要通过过去/当下的比对，来凸显作品人物的命运起伏和时代的沧海桑田，而《北上》并非如此。徐则臣对于人物命运和时代沧桑着墨不多，故有人认为《北上》写得"有些隔"，不太打动人，这也被视作《北上》的败笔，但实际上，徐则臣的着眼之处在于如何通过对历史的抽丝剥茧形成对运河的考古法叙事，2014 年的人物如何通过对 1901 年留下的蛛丝马迹的考证来还原百年前的运河历史，实现对运河历史的建构。在历史解密的过程中，作者是全知全能的，但小说中的人物不是，于是人物的流散和重聚，物品的湮没与发现，故事的起承与转合固然是作者有意为之的设计，背后却受历史之手这股无形之力的推动。小说中人物的行动与情绪，无法随意为之，必须要有历史证据的支撑。

徐则臣选择了一种读者颇不习惯的历史小说叙事方式，为的就是冷静地还原一段真实的历史。小说看似将1901年的故事写得明明白白，但那是对读者而言的，站在小说人物的立场，1901年就是一处历史的遗迹，如同打开一处尘封多年的古墓，2014年需要通过考古的方式，通过各种物证的分析与联系，才能认识1901年。这一过程实际上是极其枯燥的，更需要科学的判断，而不是情感的附会。小说直到结尾也没有让2014年的人物搞清楚马福德的信究竟为谁所持，全知全能的读者当然知道，可是小说中的人物没有足够的证据来指向持信人，徐则臣就不能随意给出一个理由让小波罗浮出2014年的地表。

徐则臣考古式的情节设计方式，在小说的开头已见端倪。1901年貌似故事的起点，细究小说正文第一句话，小说似乎另有逻辑起点。"很难说他们的故事应该从哪里开始"，这句话虽然指的是两位主人公谢平遥与小波罗在结识前，已经在街上偶遇过两次，但作为整部小说的开篇之语，显然另有所指，联系小说第一部之前的那篇考古报告，不难看出，1900年才是小说情节的逻辑起点。马福德写给小波罗的信作为一个历史的证据与线索，贯穿整部小说，引发了之后一系列的故事，此为其一。其二，徐则臣将考古报告作为小说的引子，之后的故事又围绕考古报告来展开，也赋予小说历史的真实性，大运河的历史建构也更为可信、可考。

在实物遗存的选择及其对应的人物方面，《北上》也颇见匠心。徐则臣在末尾将小说中的各色人物称为"运河之子"，他们的身份及工作领域形形色色，由此，这些"运河之子"拓展了大运河的综合功能，从最初的航运到今天的商业、旅游、艺术、教育等领域，林林总总，无所不包。这与马克·吐温《哈克贝利·费恩历险记》中对密西西比河的定位颇有相似之处。但马克·吐温通过对比河上生活与河岸生活强调的是密西西比河对主人公哈克综合的教育功能，显然比不上《北上》中运河更为丰富的功能。

徐则臣利用实物遗存将1901/2014两个历史断章并置，同时将各自时代的一群人物勾连，纵横交错，架起了大运河百年的历史结构，而这些实物遗存与相关的持物人本身也在不断叙述并拓展着自身的功能，并融入这个历史结构中，运河的历史形象也就这样清晰并丰满起来。

（二）历史的碎片整合与话语描述

地理意义上的运河一开始并没有统一的面貌，而是在人工干预下，将众多分散的、不联通的沟渠贯通，构成了今天纵贯南北的运河水系。运河本身是一个空间碎片不断整合的结果，运河的历史建构自然也就暗含着同样的动程。

《北上》对历史碎片的整合首先体现在空间维度上，即对碎片化的历史场景的整合。小说名为"北上"，表征着运河的流向，同时，"北上"也是一个过程，小波罗从杭州出发，一路经苏州、无锡、常州、镇江、扬州、淮安、济宁、临清、沧州、天津，最后"死在通州运河的一条船上"，算是完成了整段运河的旅程。徐则臣对小波罗历经的每一个运河区段基本都设计了特定情节，如在苏州，小波罗的第一个翻译伤了腿；在无锡，谢平遥加入了北上的队伍；在扬州，与孙过程发生了冲突等，这些情节赋予北上期间各种空间场景以故事性，而故事本身具有的连续性和因果关系，又将这些碎片化的历史场景联结起来。在2014年的时空中，谢望和则是通过从北京到淮安的南下将时空场景拼接在一起。小说通过1901/2014两个时空截面的互相对照，将历史的碎片反复拼接，从而构建出一条在时间和空间上都具有统一性的运河。这是小说对运河的历史叙事与建构，也是徐则臣本人对历史建构方法的认识。

小波罗去世之前，将他的随身物品赠送给了随他一起北上的中国朋友，他赠送的这些物品，无论是指南针、柯达相机、罗盘，还是运河资料，都是和此次沿运河北上有关的工具或知识。这些物件聚在一起，其基本功能可以共同呈现运河行旅的完整面貌，而它们一旦被分散各处，掌握在不同人的手中，物件之间的联系被打断，它们与运河的关系也就变得若有若无。如果想要单独把某一物件与运河的历史联系起来，除非有非常明确的历史证据（如送给谢平遥的运河资料），否则很难做出准确的判断。物件作为历史的碎片，可以作为历史建构的组成部分，但所谓建构，自然要想办法拼合起来，就如青花瓷的碎片一样，碎片本身首先得具有历史价值和审美价值，但碎片终究是碎片，如果把它们拼合成一个完整的青花瓷器，它的价值都会放大。因此，徐则臣在情节设计上，最终将这些物件的持有人聚集到了一起，谢望和通过对这些碎片的分析，还原出历史的过程："比如说，这封信和您的太姥爷，意大利人；比如邵大叔家传的意大利罗盘；比如周总，祖上传下来的规矩，必须会一口流利的意大利语；比如我们家，据说我高祖谢平遥是个翻译，陪洋人一路北上到京城，那人为什么就不能是个意大利人呢，听说我高祖后来也一口像样的意大利语；还有，宴临，你们家祖上孙过程老大人，没准当年护卫的，就是一个意大利绅士呢。"①

---

① 徐则臣：《北上》，北京十月文艺出版社，2018年，第15—16页、第72页、第462页。

在重组历史碎片的过程中，福柯认为，重要的"不是揭示所谓的'历史的真相'"，而是如何"对当时的话语体系进行描述"。因此，福柯一反传统考古学把古代历史遗迹作为研究对象的做法，他赋予文献以遗迹的特质，通过对文献的细查，呈现其具体形成过程中各种权力运行的复杂体系，从而对隐匿于其中的不在场进行揭示。①《北上》的逻辑起点是考古报告中的一封信，徐则臣对运河历史的建构也是围绕这个历史文献展开的。一位八国联军的意大利士兵受伤后在战地医院给父母和哥哥写了一封家信，在信中的第一段，他表达了战争的残酷；第二段中除了请家人不要伤心外，重点表达了对马可·波罗的崇拜以及对中国大运河的浓厚兴趣；第三段提及遇到了一个叫大卫的英国水兵朋友，大卫还为他取了一个中国名字；最后表达了对家人的爱。信的内容非常简单，例如马福德所谓的战争的残酷，是站在侵略者的立场来表述的，在小说中，战争的残酷主要不在于双方对垒的战斗（由于实力悬殊，战斗本身对八国联军来说并非难事，可以很容易地依靠更具优势的武器装备化解义和团的进攻），相对困难的是补给和环境，如小说中所述"饮用水这一条就足以把我们打垮"。马福德在养伤期间碰到了让他心心念念的中国女子如玉，如玉的家在运河边，马福德为了接近如玉，反复地从运河边走过，这至少是马福德对运河感兴趣的一个原因。马福德的信摘自于一份考古报告，由于小说没有明确说明考古报告的来源，因此，我们可以将这份考古报告理解为作者出于叙事需要的编撰，那么马福德的信就是徐则臣想要告诉读者的内容。小说对八国联军的侵略性着墨不多，马福德本人后来也在抗日战争中牺牲，为进一步凸显运河在中外文化交流中的正面价值，《北上》对部分

---

① 王玫、李阳：《新历史主义文论再研究》，《沈阳师范大学学报（社会科学版）》，2019 年第 2 期。

历史内容避而不谈或许也可理解。

《北上》以大团圆的结局收尾，不仅所有人物都心随所愿，结尾处"千古运河之大喜""所有运河之子节日"等表述亦可说明。这样的结局对应的是大运河申遗成功的欢悦，更对应着大运河对中华文化的历史贡献和特殊价值，运河的光辉历史也是中华文化的一种表征，更预示着未来的光明之途。徐则臣用这样一种叙事来建构运河的历史，就不仅是历史的还原，更是现实的需要了。

有研究者认为，徐则臣的过往小说贯穿着一个极为重要的文学主题，那便是"到世界去"。徐则臣自己坦言：多少年里我都有一种强烈的"到世界去"的冲动。①在晚近的小说中，他的创作有一个微妙的调整，深刻体现出一种"在世界中"写作的文学图景。《瓦尔帕莱索》《玛雅人面具》《手稿、猴子，或行李箱奇谭》《中央公园的斯宾诺莎》《蒙面》等小说，以游记与小说的融合，体现出"故事在世界发生，人物在世界行走"的特点，也呈现出世界旅行与世界阅读的相得益彰。②徐则臣将"探究的激情""思考的习惯""自我辩难的需要"和"艺术的担当"，当作"写作的动力"，而"艺术的担当"很大程度上体现在如何应对"中国和世界几十年来发生"的"翻天覆地的变化"，以及严肃思考中国文学如何真正成为世界文学不可或缺的一部分。③由此，在徐则臣这里，最重要的文学议题在于，在这个全球化的时代里，我们如何"在世界中"理解中国与世界。从《午夜之门》《夜火车》，到《耶路撒冷》《北上》，徐则臣将特定条件、特

① 樊迎春、徐则臣：《信与爱的乌托邦——徐则臣访谈录》，《写作》，2021 年第 5 期，第 23—29 页。

② 徐刚：《在世界中写作——徐则臣近期小说评析》，《当代文坛》，2024 年第 1 期，第 78—84 页。

③ 徐则臣：《写作的动力》，《中国文学批评》，2022 年第 3 期，第 33—34 页。

定经验下的"花街叙事"和"北京叙事",解构出一个"到世界中"去的普遍主题,再带着这些他乡的经验,以现代性的雄心,传达出"在世界中"的图景。从这个意义上说,徐则臣的创作视野越来越宏阔,我们有理由相信,这位70后作家未来可期。

附录:

一、徐则臣主要作品

《花街》,《当代》,2004年第2期

《耶路撒冷》,北京十月文艺出版社,2014年

《午夜之门》,《作家》,2015年第3期

《王城如海》,人民文学出版社,2016年

《紫米》,《大家》,2017年第2期

《北上》,北京十月文艺出版社,2018年

二、主要参考文献

1. 樊迎春、徐则臣:《信与爱的乌托邦——徐则臣访谈录》,《写作》,2021年第5期,23—29页

2. 李东若:《时间策略、命运意识与文化镜像——解读徐则臣〈北上〉的三种视角》,中国现代文学研究丛刊,2022年第1期,160—171页

3. 李徽昭、刘晨:《徐则臣研究综述与展望》,《小说评论》,2024年第1期,106—113页

4. 李沛芳、徐则臣:《徐则臣:"现实感"写作中的工匠精神——徐则臣访谈》,《长江文艺评论》,2021年第3期,76—81页

5. 刘大先:《永恒的暂时——徐则臣、郊区故事与流动性生存》,《小说评论》,2021年第1期,121—130页

6. 孟繁华:《北中国的风物志和风情书——评徐则臣的长篇小说〈北

上〉》,《中国文学批评》,2022年第3期,4—11页

7. 邱域埕:《发明"花街"与"北京"之外的普遍性世界——徐则臣小说论》,《当代文坛》,2024年第1期,第85—90页

8. 谢有顺:《对自我与世界的双重确证——论徐则臣的写作观》,《中国文学批评》,2022年第3期,第12—21页

9. 徐刚:《在世界中写作——徐则臣近期小说评析》,《当代文坛》2024年第1期,第78—84页

10. 曾攀:《时代的精神状况——徐则臣论》,《小说评论》,2021年第1期,第142—151页

三、必读书目

《耶路撒冷》《王城如海》《北上》

四、拓展与练习

讨论题:徐则臣有着"审一审大城市的"的雄心,但有学者认为,徐则臣的都市叙述是贫弱的,不得不借用乡村经验。请结合其作品,谈谈我们该如何解读此观点。